BUCH&media

War früher alles besser?
Haben wir heute mehr?

Wie lebt es sich in einem Krieg?
Wie kann man ertragen, was unerträglich scheint?

Gibt es ein Schicksal, das uns führt?
Wie können wir ihm begegnen?

Was ist Glück?
Wo können wir es finden?

Ich habe mir diese Fragen nie gestellt,
aber mein Leben hat sie mir beantwortet.

Kurt Martini

Ich wünschte, ich könnte das Leben
meiner Eltern genauso lesen
wie dieses Buch.

Maria Veronika Schulz

Kurt Martini

Pech gehabt und Glück gefunden

Ein Schicksal im 20. Jahrhundert

Aufgezeichnet und bearbeitet
von
Maria Veronika Schulz

BUCH&media

Weitere Informationen über den Verlag und sein Programm unter
www.buchmedia.de

Bibliographische Information der Deutschen Bibliothek

Die Deutsche Bibliothek verzeichnet diese Publikation
in der Deutschen Nationalbibliographie;
detaillierte bibliographische Daten sind im Internet
über <http://dnb.ddb.de> abrufbar.

Oktober 2006

Umschlaggestaltung: Kay Fretwurst, Freienbrink
Herstellung: Books on Demand GmbH, Norderstedt
Printed in Germany
ISBN 10: ISBN 3-86520-226-8
ISBN 13: ISBN 978-3-86520-226-0

Inhalt

Prolog

Als ein Assistenzarzt des Lazaretts meine Papiere und mich ansah, sagte er, dass die Bezeichnung meiner Verwundung in den Papieren falsch sei: »Sie sind nicht an beiden Füßen, sondern an beiden Unterschenkeln amputiert.«

Ich bin in einer Zeit aufgewachsen, in der man nicht nachfragte. Man gehorchte den Eltern, den Lehrern und irgendwann auch Hitler. Das Land der Väter war das Vaterland und für das zog man in den Krieg. So war es für mich. Individualität, Reflexion oder gar Selbsterkenntnis waren keine Werte in meiner Kindheit und Jugend. Ich lernte sie erst im Alter kennen, durch meine Kinder. Den Anspruch auf Liebe gab es noch nicht, nicht für die Kleinen und nicht für die Großen. Sie kam vor, aber sie war nicht Bedingung. Disziplin und »Sichfügen« waren die Basis der gesellschaftlichen Ordnung, die Möglichkeit, innerhalb dieser Gesellschaft zu leben. Ich wollte das, ich war ein Einzelgänger, aber ich war kein Außenseiter. Diese Werte haben mich dahin gebracht, wo ich heute bin, mit allen Vor- und Nachteilen. Ich muss gestehen, dass ich die Nachteile nicht erkenne. Wie gesagt, ich habe gelernt, mich zu fügen.

Diese Fügung hat mich meiner Beine beraubt, aber sie hat auch Karin in mein Leben gebracht, die Frau, die ich liebte. Ich würde nicht tauschen wollen, nicht ein Leben mit gesunden Beinen gegen das Glück, das ich mit ihr erleben durfte. Mit ihr habe ich die Welt auf eine wunderschöne Art erlebt: gemeinsam.

Das Einzige, was mich traurig macht ist, dass ich das Gefühl habe, Karin in ihrem Sterben nicht beigestanden zu haben, wie ich es von mir erwartet und wie ich es mir gewünscht hätte.

Irgendwann überraschte mich meine in Hamburg lebende Tochter mit einem ungewöhnlichen Geburtstagsgeschenk: »Vati«, sagte sie, »du bist zu einsam und ich kann mich zu wenig um dich kümmern. Ich habe deshalb eine Anzeige aufgegeben, um eine Gesellschafterin für dich zu finden.« Ich schluckte erst einmal bei diesem für mich doch sehr fremden Gedanken. Als aber die ersten Zuschriften kamen, hatte ich mich an ihn gewöhnt.

So kam eine Frau in mein Leben, deren Nachname gleich lautend mit Karins Geburtsnamen ist. Zufall? Wer weiß das schon. Jedenfalls bewirkte sie mit ihrer Gesellschaft eine Unterbrechung meines monotonen Alltags.

Sie hat mich dazu bewogen, meine Geschichte zu erzählen und sie aufgeschrieben. Sicher kann sie manches in einer Weise ausdrücken, wozu mir die Worte fehlen.

Kurt Martini

Elternhaus Berlin

Kindheit in der Egerstraße

Mai 1921: Der Erste Weltkrieg ist seit zweieinhalb Jahren beendet, das Leben hat sich zu normalisieren begonnen, doch waren die Lebensumstände in Deutschland – auch in den Staaten der Siegermächte – immer noch von Mangel geprägt. Die Inflation hatte ihre Startlöcher verlassen und begann ihren verheerenden Rundumschlag bis zum November 1923, als 500g Brot 2,6 Milliarden Mark kosteten. Die Währungsreform, mit der die Rentenmark und einige Monate später die Reichsmark eingeführt wurde, machte dem Spuk ein Ende.

Im Mai 1921 war die Schlacht um den Annaberg in Oberschlesien zwischen deutschem Freikorps und polnischen Truppen, nachdem diese versucht hatten, Gebiete Oberschlesiens, deren Bevölkerung bei einer vorangegangenen Volksabstimmung für Deutschland votiert hatten, gewaltsam zu annektieren. Ihr Versuch misslang. Gleichzeitig hatte in Österreich die Bevölkerung Salzburgs mit mehr als 99 % für den Anschluss an Deutschland gestimmt, ohne Erfolg.

Am 1. Mai 1921 streikten in Berlin die Beschäftigten der Nahverkehrsmittel. Es war Sonntag, es war Frühling und es war ein guter Tag, um geboren zu werden. In aller Herrgottsfrühe begehrte ich also Einlass in diese Welt – mein Leben sollte seinen Lauf nehmen.

Berlin-Grunewald: mit dem benachbartem Dahlem ist es das Nobelviertel von Berlin. Neben dem gehobenen Mittelstand wohnten hier die Reichen, unter ihnen viele jüdische Kaufleute, Industrielle, Richter, Rechtsanwälte, wenige Jahre später auch viele Filmschaffende. Die Bevölkerung lebte damals friedlich, wenn auch ohne große Kontakte zwischen den unterschiedlichen Berufsständen und Glaubensrichtungen zusammen, die einen in ihren großbürgerlichen Villen, die anderen in luxuriösen Mietshäusern. Vor dem Ersten Weltkrieg waren am Ostrand der »Kolonie« Grunewald großzügige Wohnungen gebaut worden. In einer solchen Wohnung mit sechseinhalb Zimmern, in einem Haus in der Egerstraße, lebten die Martinis.

Während also in der ganzen Stadt die Nahverkehrsmittel streikten und die Hebamme vergeblich auf ihre Beförderung durch eben diese wartete, wollte ich raus und meine Mutter wollte mich endlich loswerden. Erst nach einem langen Fußmarsch gelang es meinem Vater einen ihm bekannten Militärarzt aus dem Bett zu holen und so erblickte ich mit militärischer Hilfe das Licht der Welt. Es war 6 Uhr morgens.

Meine Mutter war bei meiner Geburt knapp 35 Jahre alt. Ich war ihr drittes Kind. Sie selbst war in Köln am Rhein als Tochter eines wohlhabenden Kaufmanns geboren. Mein Großvater handelte vornehmlich mit Gummi arabicum und war seinerzeit Alleinlieferant der Reichspost: Alle Briefmarken wurden mit seinem Gummi geklebt. Er war eine imposante, Respekt einflößende Erscheinung mit stattlichem Bauch, großer Nase, lustigen Augen und einem Schnurrbart, wie Napoleon III ihn trug. Nach dem Ersten Weltkrieg hatte er große Teile seines Vermögens verloren. Seine Warenlager in Ägypten waren als Fremdvermögen beschlagnahmt worden. Die finanzielle Entschädigung durch das Deutsche Reich fiel der Inflation zum Opfer.

Seine Frau, meine Großmutter, war eine hagere, stets schwarz gekleidete Erscheinung mit knöchellangem Rock und Stehbündchen am Hals. Obwohl sie eine Oma zum Schmusen war und ich sie sehr geliebt habe, ist die Erinnerung an sie verblasst. Allerdings gibt es bis heute noch eine Wortprägung, die immer wieder an sie erinnert: Da sie Schwierigkeiten mit ihren dritten Zähnen hatte, schnitt sie alle Happen, ehe sie diese mit der Gabel zum Mund führte, in winzig kleine Stücke; Häppchen jeglicher Art werden seither in meiner Familie »Großmutterhäppchen« genannt.

Clara Emilie Rosalie, auf diesen klangvollen Namen wurde meine Mutter getauft; sie stammte aus der zweiten Ehe meines Großvaters. Aus seiner ersten Ehe hatte sie einen Stiefbruder, Fritz, den sie und auch ihr Vater über alles liebten. Er war ein gut aussehender Mann, groß und kräftig gebaut und der Schwarm vieler Frauen. Als Reserveoffizier war er mit meinem Vater befreundet, der seit 1908 als Hauptmann in Köln stationiert war. Er war es, der meinen Vater bei seiner Familie einführte, und so wahrscheinlich die Ehe meiner Eltern gestiftet hat. Mein Vater war bei der Eheschließung 1910 bereits 37 Jahre alt und damit ein Opfer der damaligen Verhältnisse, die es vornehmlich aus finanziellen Gründen nicht gestatteten, dass ein Offizier heiratete, ehe er nicht zumindest Hauptmann war.

Fritz wurde während des Ersten Weltkrieges zur deutsch-russischen Waffenstillstandskommission in Brest-Litowsk abkommandiert. Nachdem die Kämpfe eingestellt worden waren, starb er wenig später in der Ukraine an Typhus.

Am Sachsenring in Köln wuchs meine Mutter in einem wohlhabenden Haus auf und wurde zu einer »höheren Tochter« erzogen. Sie wurde auf Haushaltsführung, Ehe und Kindererziehung vorbereitet, vor allem aber musste sie kochen können, denn sie sollte ja später einmal als Gastgeberin repräsentieren können. Natürlich lernte sie auch Klavier spielen, das gehörte damals einfach dazu. Mit 16 Jahren besuchte sie eine »Elite-Haushaltsschule« in Baden-Baden. In ihre Klasse ging auch die Tochter Bertha von Alfred Krupp, dem Gründer des gleichnamigen Konzerns. Meine Mutter knüpfte dort viele Mädchenfreundschaften, die zum Teil bis ins hohe Alter hielten. Als sie heiratete, war sie 24 Jahre alt. Es ist für mich schwer vorstellbar, dass es für sie die große Liebe war, die sie an meinen Vater band.

War meine Mutter eine Rheinländerin und damit eher eine Frohnatur, so lebte die Familie meines Vaters in Schlesien und gehörte damit zu einem mehr oder weniger sturen Menschenschlag. Er war 1873 in Strehlen, einer Stadt in der Nähe von Breslau, geboren und auf die Namen Walter Georg Hugo getauft worden. Er war Sohn eines Juristen, ein Beruf, der in seiner Familie Tradition hatte. Zwei Jahre nach meinem Vater kam seine Schwester Margarete zur Welt, unsere Tante Grete, die wir Kinder in unser Herz schließen sollten; sie stellte irgendwann in ihrer Jugend das Wachsen ein und blieb ein ganz kleines Persönchen.

Die Eltern wurden damals noch mit »Herr Vater« und »Frau Mutter« angeredet. Im Lateinunterricht wurde noch lateinisch gesprochen, was mich, der ich selbst fünf Jahre mit Latein gequält worden war, stets mit großer Bewunderung erfüllte. Mein Vater ging auf ein humanistisches Gymnasium. Er sollte sicher auf ein Jurastudium vorbereitet werden, wählte jedoch die Offizierslaufbahn und ging zu den Pionieren. Der Eintritt in ein so genanntes Traditionsregiment war ihm wegen seiner bürgerlichen Herkunft verwehrt. Als er Leutnant wurde, hat ihm der Maler Adolph Menzel gratuliert, der sein Großonkel war.

Mein Urgroßvater Carl Emanuel Martini und Adolph Menzel waren Vettern ersten Grades. Das bedeutete seinerzeit mehr als heute, denn die verwandtschaftlichen Verbindungen wurden noch intensiv gepflegt, sicher auch deswegen, weil man räumlich dichter zusammen lebte. Adolph Menzel hat meinen Urgroßvater 1844 gezeichnet, als einen ernst blickenden Mann mit Stirnglatze, zusammen mit seinem Sohn Hugo, meinem Großvater.

Tante Grete, die jüngere Schwester meines Vaters, hatte ebenfalls eine große Begabung für das Malen und Zeichnen, sodass sie als junge Frau von 28 Jahren einen Zeitraum von etlichen Wochen bei Adolph von Menzel, er war inzwischen geadelt worden und wurde jetzt die »kleine Excellenz« genannt, in Berlin leben durfte, um unter seiner Anleitung ihre Fähigkeiten zu entwickeln. Sie soll die einzige Frau gewesen sein, die er in seinem damals 88-jährigen Leben um sich geduldet hat. Ein Grund dafür mag ihre Kleinheit gewesen sein, war sie doch nur um ein Geringes größer als er. Tante Grete musste diese Phase ihres Lebens jäh abbrechen, als ihre Mutter 1903 starb und sie zurück nach Görlitz musste, um ihren Vater zu versorgen, der als Landgerichtsrat dort lebte.

Die Eltern meines Vaters starben lange vor meiner Geburt, sodass ich an sie keine persönlichen Erinnerungen habe.

Nun aber wieder zum 1. Mai des Jahres 1921. Das »Brüderchen« war angekommen und so sollte ich von meinen beiden Schwestern, der damals fast zehn Jahre alten Hilde und der zweieinhalbjährigen Gerda gerufen werden, bis ich in die Schule kam.

Meine eigenen Erinnerungen an die ersten Lebensjahre sind eher schwach, sodass ich vieles nur vom Hörensagen kenne. Die Ernährungsverhältnisse in diesen ersten Nachkriegsjahren waren bescheiden. Es war also nicht verwunderlich, dass sich bei mir Anzeichen von Rachitis bemerkbar machten. Ein glücklicher Zufall fügte es, dass die Portiersfrau des Nachbarhauses eine Ziege hatte. Deren Milch päppelte mich wieder auf. Ich habe also in meinen ersten Lebensmonaten, vielleicht auch -jahren kräftig Ziegenmilch getrunken. Dies mag eine Erklärung dafür sein, weshalb ich mein ganzes Leben lang so gern gemeckert habe.

Bei meiner Geburt war mein Vater Major im Reichswehrministerium, nachdem er 1917 von der Front in das seinerzeitige Kriegsministerium in Berlin versetzt worden war. 1918 zog dann die Familie von Potsdam nach.

Wie aber waren die Martinis nach Potsdam gekommen?

Bald nach der Hochzeit war mein Vater dorthin versetzt worden. Bis zu Beginn des Ersten Weltkrieges war er an der Kriegsschule Lehrer für Taktik. Bei Ausbruch des Krieges wurde er an der Westfront eingesetzt, wo er während des gesamten Krieges blieb. 1917 wurde er nach Berlin an das Kriegsministerium versetzt, und so waren die Martinis auf einmal Berliner. Das hätte aber nicht so bleiben müssen, wir hätten später auch noch Königsberger werden können, denn als mein Vater 1923 Oberstleutnant wurde, sollte er nach Ostpreußen versetzt werden. Das wollte mein Vater aber sich und seiner Familie nicht antun, da Ostpreußen schon damals nicht als sicheres Gebiet galt. Er meinte wohl auch, er sei in seinem Offiziersleben nun genug herumgeschickt worden. So nahm er seinen Abschied und suchte sich eine zivile Anstellung, was für einen ehemaligen Offizier seines Ranges trotz der hohen Arbeitslosigkeit nicht besonders schwer war. Er ging zur Hermes-Kreditversicherung und war für den Bereich Organisation zuständig. Das traute man einem ehemaligem Soldaten wohl noch am ehesten zu. Der Zweite Weltkrieg war der Grund dafür, dass er erst mit 70 Jahren in Pension ging.

In unserer Familie hatte sich die herbere schlesische Art gegenüber der herzlicheren rheinländischen durchgesetzt. Wir mussten unsere Eltern mit »Vater« und »Mutter« anreden, die Koseformen waren verpönt, auch bei meiner Mutter, obwohl sie ihre Eltern gelegentlich »Papa« oder »Mama« nannte. Zärtlichkeiten zwischen Eltern und Kindern kamen nur selten vor. Meine Schwester Gerda war wohl diejenige, die das am meisten vermisste.

Sie versuchte immer und immer wieder sich die Schmuseeinheiten zu holen, die sie offensichtlich so dringend brauchte, besonders von meinem Vater, aber sowohl er als auch meine Mutter blieben zurückhaltend damit. Ich selbst neigte nicht sonderlich zu Zärtlichkeiten. Außerdem störten mich die Bartstoppeln meines Vaters und sein Geruch nach kaltem Rauch.

Von ihm bekamen wir sowieso nicht viel mit, er war die meiste Zeit außer Haus und ging seiner Arbeit nach oder engagierte sich im Kriegsverein. Einer dieser Vereine, die nach dem Ersten Weltkrieg wie Pilze aus dem Boden geschossen waren, gab es in Schmargendorf und mein Vater war der Vorsitzende. Man war in diesen Vereinen glücklich, wenn man einen höheren Offizier für solch eine Aufgabe gewonnen hatte. Mein Vater genoss diese Stellung, machte sie ihn doch zu einem Prominenten, zumindest in Schmargendorf, der allenthalben gegrüßt wurde. Später, in den Dreißigerjahren, wurde er Kreisvorsitzender. Bei offiziellen Anlässen trug er ab und zu seine Uniform. Manchmal begleitete ich ihn, wenn er zu einer Veranstaltung ging. Ich war dann immer sehr stolz neben meinem uniformierten, ordengeschmückten Vater. Anlass zum Uniformtragen war zum Beispiel das alljährliche Stiftungsfest der »Kriegerkameradschaft Germania«, wie der Kriegerverein sich nannte. Mein Vater musste zu diesem Anlass jedes Mal eine Rede halten, für die er einen Spickzettel in seiner Uniformmütze hatte, die er vor seinem Bauch hielt. Anlässlich solcher Stiftungsfeste gab es stets eine Tombola, für die jeder etwas spendete, keine neuen Sachen, sondern Dinge, für die man zu Hause keine Verwendung mehr hatte. Ich weiß nicht, wer die glorreiche Idee hatte, die ungeliebte Germania-Büste von unserem Bücherschrank im Herrenzimmer auf diesen Weg zu schicken. Jedenfalls lieferte sie mein Vater beim Kriegsverein ab und sie bekam auf dem Tisch mit den Tombolageschenken einen Ehrenplatz. Nachts, als mein Vater von dem Fest nach Hause kam, schimpfte er fürchterlich, hatte er doch bei der Tombola seine eigene Büste zurückgewonnen. Er befreite sich aus diesem Dilemma, indem er die Germania-Büste seiner Kriegerkameradschaft Germania stiftete. Was für eine sinnvolle Lösung, die uns eigentlich schon lange von dieser hässlichen Büste hätte befreien können.

Meine Mutter wurde bis zum Ausbruch der Weltwirtschaftskrise 1929 von einem Dienstmädchen unterstützt. Sie wechselten ziemlich oft und waren teils Freude, teils Leid meiner Mutter. Bei mir überwog der Kummer, freundete ich mich doch immer schnell mit den Mädchen an und liebte den Wechsel gar nicht. Heute erinnere ich mich noch an Wally und Martha, mit denen ich ein besonders herzliches Verhältnis hatte; als sie gingen muss ich ganz fürchterliche Szenen gemacht haben.

Die Dienstmädchen waren in der damaligen Zeit fast immer minderjährig – Martha war eine Ausnahme, sie verließ uns, weil sie heiraten wollte. Diese Minderjährigkeit bedeutete eine besondere Verantwortung für meine

Eltern, die vor allem mein Vater sehr ernst nahm. Er wartete, bis sie von ihrem Ausgang – meist sonntags – nach Hause kamen und machte schreckliche Szenen, wenn sie nach 22 Uhr eintrafen. Die Dienstmädchen wohnten in einem kleinen möblierten Zimmer neben der Küche, also nicht mehr auf einem in der Küche eingezogenen Hängeboden, den sie nur über eine Leiter erreichen konnten. Dies war noch Ende des vorigen Jahrhunderts, also nur 30 Jahre früher, ein durchaus übliches Quartier für sie gewesen.

Neben den Dienstmädchen gab es noch Frau Quinque, die Zugehfrau fürs Grobe, die an zwei Tagen der Woche kam; zum Wäschewaschen mit einem Rubbelbrett in einem Waschbottich in der Küche, zum Bügeln mit einem gusseisernen Bügeleisen, das über der Gasflamme erhitzt wurde. Als ich etwas größer war, durfte ich mit einem Kinderbügeleisen der gleichen Art helfen, die Taschentücher zu bügeln, wobei ich mich oft genug verbrannt habe. Außerdem kam sie zum gründlich Reinemachen, dazu gehörte auch das Teppichklopfen, einen Staubsauger hatten wir damals noch nicht. Frau Quinque war eine hagere, aber kräftige Frau, etwas älter als meine Mutter. Ihr Mann war Straßenfeger und reinigte mit Besen, Schaufel und Müllkarren die Bürgersteige und die Rinnsteine. Zwischen Frau Quinque und mir bestand eine große Liebe, sie hielt die ganze Zeit, die sie bei uns war; das war so lange ich im Haus war, also bis ich im Frühjahr 1939 zum Arbeitsdienst musste. Ich besuchte sie zum Abschied in ihrer Wohnung in Schmargendorf. Ich war zuvor schon ein paar Mal dort gewesen. Trat man in die Wohnung, wurde man von einem überwältigenden Vogelkonzert empfangen: Die ganze Küche hing voller Käfige mit Kanarienvögeln. Ich war jedes Mal begeistert. Zu meinem Abschied schenkte ich Frau Quinque meinen Stoffaffen, der mit dem Kopf nicken konnte, wenn man seinen Schwanz bewegte. Ich habe Frau Quinque danach nie wieder gesehen; sie soll bei einem Fliegerangriff ums Leben gekommen sein, ihr Mann ist beim Volkssturm gefallen.

Es gibt ein paar Dinge aus meiner frühen Kindheit, an die ich mich sehr gut erinnern kann, zum Beispiel wie ich im Kinderwagen zum Bahnhof Grunewald geschoben wurde, ein Fußweg von einer halben Stunde, und in das Abteil des Dampfzuges nach Nikolassee gehoben wurde, denn wir wollten zum Strandbad Wannsee – seinerzeit das größte Freibad Europas im Binnenland. Die eindrucksvollste Erinnerung habe ich aber an ein Erlebnis mit meiner Schwester Hilde, die immer zu Scherzen aufgelegt war: Ich war noch in dem Alter, in dem ein Kind zum Bächleinmachen abgehalten wurde, wenn kein Töpfchen zur Hand war, und ich musste wohl mal. Da stellte mich Hilde, die damals ungefähr 12 Jahre alt gewesen sein muss, auf das Fensterbrett des offenen Fensters ihres Zimmers und ließ mich zwei Stockwerke tief hinunterstrullen, und unten sah das die Portiersfrau – es war die mit der Ziege – und schimpfte fürchterlich. Hilde hat hinterher immer abgestritten, dass sie so etwas getan hätte.

Dann kam meine erste Fahrt nach Köln. Ich machte sie mit meiner Mutter im Schlafwagen. Die Betten im Schlafwagen fand ich, wohl im Gegensatz zu ihr, die die ganze Nacht nicht schlafen konnte, wunderschön. Als wir am nächsten Morgen im Speisewagen beim Frühstück saßen, fuhren wir an der Schwebebahn über der Wupper vorbei; ich staunte nicht schlecht und wollte unbedingt mit ihr fahren. Ich habe es bis heute nicht geschafft.

Das Feuerwerk über dem Lunapark ist mir auch noch gut in Erinnerung. Es fand jeden Samstag um 22 Uhr statt. Der Lunapark war ein großer ständiger Vergnügungspark, heute würde man sagen, er war ein besserer Rummel. Er lag in Luftlinie etwa zwei bis drei Kilometer von unserem Haus entfernt, und wir hatten vom Wintergarten aus einen freien Blick darauf. Die Fenster dieses Wintergartens wurden im Sommer ausgehängt. Er begrenzte des Salon, der nur in Betrieb genommen wurde, wenn Gäste da waren. Verwandte zählten nicht zu diesem erlauchten Kreis. Er war mit teuren Mahagonimöbeln ausgestattet, am Boden lag ein großer, dicker Smyrna-Teppich, und auch der Flügel stand dort.

Neben dem Salon lag das so genannte Herrenzimmer, Vaters Refugium; dort stand eine Chaiselongue, auf der er sein sonntägliches Mittagsschläfchen zu halten pflegte. Herrenzimmer, Salon und das große Zimmer hatten Türen zur großen Diele hin, an der auch der Vordereingang lag. Das Esszimmer hatte seine Front wie alle übrigen Zimmer der Wohnung zu der Straße abgewandten Seite des Hauses, an der nach einem schmalen Rasenstück ein mit Riffelfliesen gepflasterter Fußweg entlangführte, der später einmal meine geliebte Rennstrecke werden sollte. Das Esszimmer war ein Durchgangszimmer zu den hinteren Räumen, die alle an einem langen Flur lagen und ihre Fenster zu dem genannten Fußweg hin hatten. Neben dem Esszimmer lag das Kinderzimmer, das meine Schwester Gerda und ich bewohnten.

In diesem Kinderzimmer wurde natürlich auch gespielt und zwar nur da. »Anplünnern« war ein beliebtes Spiel, für das uns ein großer Karton mit Kostümen zur Verfügung stand, die meine Mutter und Onkel Fritz zu Karneval als Kinder getragen hatten, darunter ein Rokoko-Kostüm für ein Mädchen, das ich oft anziehen musste, da Gerda herausgewachsen war. Außerdem erinnere ich mich noch an ein Kostüm für ein Funkenmariechen und eines für eine Zigeunerin mit vielen klirrenden Ketten aus Blechmünzen. Ein anderes beliebtes Spiel war »Schlafwagenfahren«: Dazu wurden zwei Bretter unseres Spielzeugregals ausgeräumt, dort ausgestreckt versuchten wir zu schlafen, nicht ohne uns zu bemühen, das Regal in Schwingungen zu versetzen, um das Gerüttel des Zuges zu imitieren. Das Unangenehme an diesem Spiel war das Wiedereinräumen; wir spielten es daher meist samstags, da wir an diesem Tag sowieso zum Aufräumen verdonnert waren.

Zu den Kindheitserinnerungen gehören auch Weihnachten und Ostern. Am 24. Dezember war das Esszimmer den ganzen Tag verschlossen und wir Kinder mussten die Hintertreppe benutzen, wenn wir von draußen kamen und in unser Zimmer wollten. Der Weihnachtsbaum war stets ziemlich groß, betrug die Deckenhöhe in den damals gebauten Häusern doch fast vier Meter. Das Schmücken des Weihnachtsbaums war die Aufgabe meines Vaters; er tat dies mit pedantischer Sorgfalt. Der Brandgefahr wegen durfte über den Wachskerzen kein einziges Zweiglein sein, notfalls wurde mit der Schere der Luftraum frei geschnitten; jeder Lametta-Faden wurde einzeln aufgehängt. Nachmittags ging es in die Grunewaldkirche zum Gottesdienst, und bald nach der Rückkehr bimmelte es dann auch schon im Esszimmer: Der Weihnachtsmann war da gewesen – jetzt durften wir hereinkommen. Am geschmückten Weihnachtsbaum brannten die Wachslichter, und mein Vater wandte seinen besorgten Blick kaum von diesem weg. Zuerst mussten Gerda und ich ein Weihnachtsgedicht aufsagen, dann wurden Weihnachtslieder gesungen, die meine Mutter am Flügel begleitete. Die Weihnachtsgedichte hatte uns Hilde zuvor eingebläut, die ganz kurzen durften es nicht sein. Dann begann das große Schenken. Zuerst gaben wir den Eltern unsere Geschenke bescheidenster Art, dann durften wir den Gabentisch in Augenschein nehmen, wo wir meistens die Erfüllung unserer Wünsche fanden, die wir am Vorabend des Nikolaustages auf einen Zettel geschrieben und in die vor das Kinderzimmer gehängten Strümpfe gesteckt hatten. Mit großer Neugierde wurden die Pakete aus Köln und Görlitz ausgepackt, weil in diesen die Dinge waren, die nicht auf unseren Wunschzetteln gestanden hatten. In dem Paket der Großeltern war immer auch eine riesige Marzipantorte mit dem Relief des Kölner Doms; Tante Gretes Paket war – trotz ihrer bescheidenen finanziellen Verhältnisse – stets liebevoll mit kleinen Überraschungen gefüllt. Ein Abendessen gab es an diesem Tag nicht, das hätte neben den vielen selbst gebackenen Weihnachtskeksen auch nicht mehr in unsere Mägen gepasst. Das Festmahl gab es am ersten Feiertag, zu meinem Leidweisen sehr oft Karpfen, einem Berliner Brauch entsprechend.

Das Osterfest wurde bescheidener als Weihnachten begangen. Die gefärbten, hart gekochten Hühnereier und die Schokoladeneier waren von unseren Eltern am Vorabend im Esszimmer versteckt worden. Uns wurde natürlich gesagt, das sei der Osterhase gewesen, und ich glaubte lange daran, jedenfalls länger als an den Weihnachtsmann.

Sonntags hatte das Dienstmädchen Ausgang und so mussten wir Kinder den Abwasch machen, wobei die große Hilde die Hauptarbeit zu leisten hatte. Abgewaschen wurde in Sodawasser, denn so etwas wie »Spüli« gab es damals noch nicht. Die Messerklingen, die aus einfachem Stahl waren, mussten mit Scheuersand geputzt werden, sonst liefen sie fürchterlich an und stanken. Das Abtrocknen der Bestecke war meine Aufgabe, weil ich dabei nichts kaputt machen konnte.

Ich spielte viel allein, besonders gerne mit meiner Uhrwerks-Eisenbahn, den ersten Aufbausätzen der Märklin-Metallbaukästen und mit meinen Soldaten. Meine Streitmacht war sehr klein. Der harte Kern bestand aus elf Marinesoldaten und elf Indianern, die natürlich die Bösen waren. Außerdem gab es noch etwa 20 Kameraden aus Pappmaschee, wozu noch ein kleines Musikkorps kam, das, wenn Not am Mann war, auch in die Schlacht geschickt wurde. In Anbetracht der geringen Truppenstärke kann man diese Schlachten eigentlich nur als Scharmützel bezeichnen. Bei diesem Spiel kam ohne Zweifel der Einfluss der militärischen Vergangenheit meines Vaters zum Ausdruck.

Mit Begeisterung benutzte ich bei gutem Wetter den von Onkel Fritz übernommenen »Holländer«, den wir »Selbstfahrer« nannten. Es handelte sich um einen vierrädrigen Wagen, wie er noch Ende des vorigen Jahrhunderts in großer Ausführung in Holland gelegentlich auch von Erwachsenen zur Fortbewegung benutzt worden war. Der Selbstfahrer wurde durch Armkraft angetrieben; mit den Händen wurde eine Stange hin- und herbewegt, die durch ein Gelenk mit einer zweiten Stange, die unter dem Sitz verlief, verbunden war; diese Stange übertrug die Armkraft mittels Excenter auf die Hinterräder; gelenkt wurde durch Drehen der Vorderachse mit den Füßen. Meiner Erinnerung nach war mit diesem Wagen eine ziemlich große Geschwindigkeit zu erreichen, flog ich doch immer wieder mal aus der Kurve und holte mir blutige Hautabschürfungen. Die Räder des Wagens waren zwar schon Speichenräder, hatten aber Eisenfelgen, die auf dem Pflaster einen fürchterlichen Krach machten. Meine Rennbahn verlief rund um den Häuserblock, in dem unsere Wohnung lag; dieser war begrenzt durch die Egerstraße, den Hohenzollerndamm und jenen Seitengang mit dem Riffelpflaster. Man mag sich den Geräuschpegel vorstellen, der entstand, wenn ich mit dem Selbstfahrer auf dem Riffelpflaster entlangdonnerte. Ich wurde oft aus den Fenstern beschimpft – da war keine Rede mehr von dem niedlichen Brüderchen. Ein Glück für mich, dass keine Portierswohnung zum Gang hin lag, sodass ich keine Jagd von Portiersfrauen auf mich zu befürchten hatte.

Die Portiersfrauen, von denen es drei in unserem Häuserblock gab, waren nämlich mit dem Größerwerden der Kinder zu deren Erzfeinden geworden. Die aus der Egerstraße wohnten im Souterrain. Es gab damals noch keine Außenklingeln zu jeder einzelnen Wohnung, sondern nur eine Klingel zur Portiersloge. Von dort aus konnte mit einem Summer geöffnet werden, den hatte man damals schon. Wenn man bei uns dann in das Haus trat, steckte die Portiersfrau ihren Kopf durch ein kleines Fenster in Bodenhöhe und fragte nach dem Ziel und nach dem Begehren.

Lieferanten wurden unbarmherzig zum Hintereingang geschickt; Bettler, die es damals in großer Zahl gab, versuchten es vorn gar nicht erst. Und auch wir Kinder gingen gleich zur Hintertreppe, es sei denn, ein uns wohl gesonnener Mitbewohner des Hauses nahm uns mit rein. Wollten wir allein ins Haus, so wurden wir unweigerlich von der »Portier'schen« angeraunzt. Dabei war der Weg zur Hintertreppe für kleine Kinder etwas unheimlich, da er durch einen nie beleuchteten, fast dunklen Vorkeller führte.

Weil ich mit meinem Selbstfahrer meist allein auf der Straße war, hatten mir meine Eltern eingebläut, nicht mit Fremden mitzugehen. Besonders sollte ich mich vor Zigeunern hüten, die kleine blonde Jungen wie mich klauten, um sie zu verkaufen, und dabei erregten gerade diese Zigeuner meine Neugierde. In der Höhe unseres Wintergartens mündete die Plöner Straße in die Egerstraße, und in dieser Plöner Straße, etwa 250 m von unserem Haus entfernt, lagerten auf einem nicht gepflasterten Abschnitt, der auch für den Verkehr gesperrt war, häufig Zigeuner mit ihren hölzernen bunten Wohnwagen; die Zugpferde weideten in dem Unkraut, das sich dort kniehoch ausgebreitet hatte. Natürlich trieb es mich doch einmal dorthin. Und da, oh Schreck, winkte mir tatsächlich eine Zigeunerin zu und bedeutete mir, näher zu kommen. Ich bin um mein Leben gerannt und konnte zu Hause doch niemandem mein Erlebnis erzählen, ohne Gefahr zu laufen, auch noch bestraft zu werden.

Manchmal spielte ich aber auch mit meiner »Verlobten« Tuta Goldschmidt. Ein Shirley-Temple-Typ mit langen blonden lockigen Haaren. Die Goldschmidts wohnten in der Egerstraße unter uns. Sie waren Juden, die zum Protestantismus konvertiert waren. Wie ich von meinen Eltern wusste, fühlten sie sich ohne Einschränkung als Deutsche. Er war Rechtsanwalt, sie Lyzeumslehrerin für Deutsch und Religion! Tuta war die erste Liebe meines jungen Lebens. Wir hatten die ernsthafte Absicht, einmal zu heiraten.

Mitte der Zwanzigerjahre kehrte die Technik bei uns ein. Wir bekamen ein Telefon. Damals wurden die Gespräche noch handvermittelt; der gewünschte Teilnehmer musste dem Fräulein vom Amt mit Amtsbezeichnung und Nummer genannt werden. Ich habe heute noch unsere alte Nummer im Kopf: Pfalzburg 6007.

Eine andere, damals sehr aktuelle Errungenschaft, war unser erstes Radio: ein schreibmaschinengroßes Schaltpult mit vier aufgesteckten Radioröhren, die einzeln angeschaltet werden mussten. Daneben stand der Lautsprecher und unter dem Tisch musste ein großer, wieder aufladbarer Akku sowie eine große Anodenbatterie, deren Kapazitätsreserven auf dem Schaltpult angezeigt wurden, verstaut werden. Natürlich mussten auch die Senderwahl und die Lautstärke auf dem Schaltpult eingestellt werden. Die Antenne lief unter der Decke rund um das Esszimmer, wo der Tisch mit dem Radio seinen Ehrenplatz hatte. Die Anschaffung war 1926 erfolgt, drei Jahre nach Inbetriebnahme des ersten deutschen Rundfunksenders. Das neue Abenteuer für Gerda und mich war nun der sonntägliche Kinderfunk. Es war eine Märchenstunde, die um 14 Uhr gesendet wurde. Wir mussten mit Kopfhörer lauschen, um die Großen zu schonen, und so saßen wir dicht nebeneinander mit unserem einzigen Kopfhörer, die Hörmuscheln nach außen gedreht, jeweils an ein Ohr gedrückt.

Und dann kamen die Autos. Autos gab es zwar schon lange, aber dass Autos die Garagen unseres Hauses füllten, geschah erst allmählich. Die meisten waren große Limousinen, die von Chauffeuren gefahren wurden. Samstags wurden sie auf der Straße gewaschen und wenn diese Arbeit beendet war, durften manchmal, aber wirklich nur manchmal, Tuta, Tutas kleinerer Bruder Bubi und ich mit in die Garage hinunterfahren; das war ein Fest für uns! Bis zu diesem Zeitpunkt hatten wir Autos nur als Taxis gekannt, in denen wir Kinder stets auf den Notsitzen Platz zu nehmen hatten; das Beste an den Taxis dieser Zeit war, dass das ganze Verdeck über den Rücksitzen zurückgeschlagen werden konnte.

Die Festlichkeiten, die gelegentlich im Hause Martini stattfanden, gefielen mir nicht sonderlich. Es ging dann immer sehr vornehm zu. Bei großer Gästezahl wurde der Esstisch vollständig ausgezogen; 14 Personen konnten so bequem Platz an ihm finden. Es wurde das gute Geschirr und das echte Tafelsilber gedeckt. Bei voller Besetzung des Tischs wurde ein Lohndiener angeheuert; das war immer unser Geldbriefträger, der sich ein Zubrot verdiente. Die Gehälter bei der Reichspost können damals nicht üppig gewesen sein. Die Post wurde damals in Berlin dreimal täglich ausgetragen, morgens, mittags und abends, samstags morgens und mittags und sogar sonntags am Morgen. Ein Brief, der morgens in den Kasten geworfen wurde – sie wurden viermal gelehrt – war am Abend des selben Tages in Berlin zugestellt! Ein Brief kostete innerhalb Berlins sechs Pfennige, eine Karte fünf Pfennige.

Unser Geldbriefträger servierte im Frack mit weißen Handschuhen. Wenn ein besonders feierlicher Anlass war, wie zum Beispiel Hildes Konfirmation, wurde das Essen von einem Spitzenrestaurant ins Haus geliefert, wobei auch die Köche gestellt wurden, um die einzelnen Gerichte fertig zu machen und anzurichten. Unsere Küche hatte eine damals so genannte »Kochmaschine«; sie war gemauert mit drei Gasbrennstellen, einem Gasbackofen und drei mit Holz oder Kohle zu befeuernden Brennstellen; außerdem gab es einen großen Innenraum zum Wärmen des Geschirrs. Die fremden Köche sahen mit Verachtung auf die Gasbrennstellen, und nahmen die ursprünglichen Feuerstellen in Betrieb, zum großen Entsetzen meiner Mutter. Holz hatten sie dabei, und so wurde die schöne, gepflegte Küche zum Schlachtfeld.

Als Hilde 16 Jahre wurde, feierte sie mit mehreren Freundinnen ihren Geburtstag. Weil die Mädchen als erwachsen galten und es Sommer war, hatte mein Vater für sie eine Pfirsich-Bowle gemacht. Irgendwann gingen die Eltern zu Bett. Etwa um Mitternacht klingelte das Telefon, und irgendein Nachbar beschwerte sich, dass auf der Egerstraße so ein Lärm sei, und unsere Hilde sei offensichtlich dabei. Mein Vater zog sich schnellstens an und ging hinunter auf die Straße. Da saßen fünf junge Damen, völlig beschwipst im Rinnstein und gackerten herum. Das war meinem Vater als dem Spender der Bowle natürlich entsetzlich peinlich, da er Hildes Freundinnen nun in ihrem lädierten Zustand weit nach Mitternacht bei ihren Eltern abliefern musste. Die Freundschaft von vieren dieser Mädchen hielt ihr Leben lang. Das waren weit mehr als 60 Jahre.

An Ostern 1927 wurde ich eingeschult. Ich war noch keine sechs Jahre alt und einer der Jüngsten in der Klasse. Den damaligen Gepflogenheiten entsprechend waren wir eine reine Jungenschule, und das erklärt wohl auch, weshalb sich die Verbindung zu Tuta, meiner Verlobten, jetzt langsam auflöste. In der Klasse waren sicher zu einem Drittel Juden, was dem Wohnumfeld der Schule entsprach. Ich schloss mich einem dieser jüdischen Jungen an, ein ruhiges Kind wie ich. Der Kontakt zu ihm blieb über die Grundschulzeit hinaus bestehen. Kurz nach der Machtübernahme durch Hitler war er plötzlich verschwunden. Irgendwann erhielt ich eine Postkarte von ihm aus London – ohne Absender. Diese Familie war so weitsichtig gewesen, sich frühzeitig aus Deutschland abzusetzen.

Meine Schulzeit verlief von Anfang an nicht so glamourös, wie meine Eltern es sich bestimmt gewünscht hätten. Jetzt rächte sich nicht nur, dass ich ein Jahr zu früh eingeschult worden war, es rächte sich jetzt auch die Rachitis, die mich als Säugling erwischt hatte und die dazu führte, dass ich alle Kinderkrankheiten durchmachte und zwar besonders heftig. In manchen Semestern war ich an mehr Tagen zu Hause als in der Schule, und entsprechend waren auch meine schulischen Leistungen.

Am 25. Oktober 1929 leitet der erste große Börsenkrach in New York die Weltwirtschaftskrise ein. Es existiert ein Millionenheer von Arbeitslosen, weit überwiegend Männer, denn damals arbeiteten nur die wenigsten Frauen. Die Not der Arbeitslosen war groß und sichtbar: Menschenschlangen vor den Suppenküchen, ein Heer von Bettlern, im Winter drängten sie sich um eine Arbeit als Schneefeger, im Sommer hatten die Hofsänger ihre Saison – mehr oder weniger zur Ohrenweide der Hausbewohner. Die gewährte Unterstützung war minimal und konnte vorn und hinten nicht reichen. Es war die Zeit, in der die Nationalsozialisten ihren größten Zulauf hatten. Die politischen Auseinandersetzungen fanden nicht nur in heftigen Redeschlachten im Reichstag ihren Ausdruck, sondern fanden auch auf der Straße statt, wo sich vor allem die Nazis mit den Kommunisten schwere Schlachten lieferten. Schauplätze waren in erster Linie die Arbeiterviertel von Berlin. In Grunewald und Schmargendorf war im Allgemeinen davon nichts zu merken. Einmal aber beinahe doch!

Am frühen Abend eines Sommertags hatte mich mein Vater wieder einmal in die Gaststätte Brauns mitgenommen, wo ich stets einen kleinen Himbeersaft für einen Groschen bekam, während Vater sein Bier trank. Als wir laute Rufe auf der Berkaer Straße hörten, traten wir mit anderen Gästen vor die Tür. Da kam von links eine Kolonne uniformierter Kommunisten des »Rotfrontkämpferbundes« heranmarschiert und von rechts eine Abteilung der SA, der »Sturmabteilung« der Nazis. Vorneweg gingen jeweils zwei einsame Polizisten, mit Tschakos, deren Kinnriemen heruntergezogen waren. An diesem Tag blieb es jedoch bei gegenseitigen Beschimpfungen als die feindlichen Kolonnen aneinander vorbei zogen.

Das Damoklesschwert der Arbeitslosigkeit hing zu dieser Zeit auch über jenen, die noch Arbeit hatten. Den Unternehmen musste es in der Tat schlecht gehen, griffen sie doch zu rigorosen Maßnahmen, auch bei der Hermes-Kreditversicherung, bei der mein Vater beschäftigt war. Alle Mitarbeiter dieser Gesellschaft fanden eines Morgens in der Hauspost einen Brief, mit welchem ihnen gekündigt wurde. Im selben Umschlag fanden sie ein neues Anstellungsschreiben mit um 25 % gekürzten Bezügen; unterschrieben sie dieses, so konnten sie weiterarbeiten. Auch mein Vater biss natürlich in diesen sauren Apfel; dabei hatte er noch den Vorteil, als zusätzliches Einkommen über seine Offizierspension verfügen zu können. Trotzdem kehrte auch bei uns Schmalhans als Küchenmeister ein. Ein erstes sichtbares Zeichen war die Trennung von dem Dienstmädchen. Waren wir früher regelmäßig in den Harz oder in das Riesengebirge gefahren, so gab es jetzt nur noch Ausflüge in die nähere Umgebung, nach Potsdam zum Beispiel, wo wir uns die Füße in den Schlössern platttraten oder in das Zentrum von Berlin, wo kein Museum auf der Museumsinsel ausgelassen wurde. Oft ging es auch ins Strandbad Wannsee zum Baden oder auf die Dampfschiffe, die auf dem Wannsee und den angrenzenden Gewässern ihre Rundfahrten machten.

In dieser Zeit galt es auch als Selbstverständlichkeit, dass sich die Kameraden vom Kriegerverein gegenseitig unterstützten. So waren die Geschäfte festgelegt worden, in welchen wir einkauften. Im Kolonialwarengeschäft in der Franzensbader Straße, etwa 250 m entfernt von unserem Haus, bei Bergmann, wurden so gut wie alle Dinge des täglichen Bedarfs angeboten. Das Einzige, das es dort nicht gab, war Frischfleisch. Meine Mutter bestellte morgens telefonisch, vormittags wurde von einem jungen Mann per Fahrrad die Ware ausgeliefert. Die monatlichen Ausgaben bei Bergmann für die gesamte Familie betrugen 80 bis 120 Reichsmark.

Unser Friseur war Michelsen, auch aus der Franzensbader Straße. Ehe ich in die Schule kam, hatte ich eine Pagenfrisur, dann wurden die Haare ringsum gekürzt, und übrig blieb ein Pony. Eine Scheitelfrisur bekam ich erst mit zehn Jahren. Eine andere, für mich wesentliche Veränderung gab es mit Beginn der Schulzeit: Ich hatte meine Eltern davon überzeugen können, dass ein Junge meines Alters im Winter nicht mehr lange Strümpfe trug, die mit Strapsen an einem Leibchen, das unter der Kleidung getragen wurde, befestigt waren. Nackte Knie, wie sie später von uns Jungen im Jungvolk auch im Winter verlangt wurden, waren zu dieser Zeit noch nicht üblich. Also erhielt ich eine so genannte Trainingshose, eine Baumwollhose in Dunkelblau, die in der Taille und an den Knöcheln von einem Gummiband zusammengehalten wurde.

Der dritte Kamerad, der unterstützt werden musste, war Herr Hartmann, der ein kleines Papierwarengeschäft auf der anderen Seite des Hohenzollerndamms in der Marienbader Straße hatte; er führte auch ein begrenztes Sortiment an Spielwaren, das immerhin ausreichte, um eine gewisse Aufrüstung meiner kleinen Truppe unter Einsatz meines Taschengeldes zu ermöglichen. Hartmann war vor allem mein Lieferant für schwere Waffen. Ansonsten wurden dort sämtliche Schulhefte gekauft.

Auf der anderen Seite der Egerstraße grenzte ein unbebautes Gelände an, ich schätze seine Größe auf 150 x 150 m. Dieses wild bewachsene Grundstück war für uns Kinder tabu, aus zwei Gründen: Es war der Hundeauslauf der Gegend, und Hunde waren bissig, außerdem war es dementsprechend ein riesiges Hundeklosett. Als die Zeiten immer schwieriger wurden, parzellierte man das Gelände und funktionierte es in Schrebergärten um. Mein Vater pachtete das Eckgrundstück Egerstraße/Plöner Straße in Sicht- und Rufweite unserer Wohnung. Bald wurde unser zukünftiger Garten planmäßig erschlossen. Mein Vater heuerte einen Arbeitslosen an, natürlich einen Kriegervereinskameraden. Dieser musste die gesamte Fläche, immerhin 400 Quadrattmeter, roden und dann den märkischen Sand zwei Spaten tief mit Kuhmist veredeln, den man in den diversen Kuhställen Schmargendorfs leicht beschaffen konnte. Als der Garten bepflanzt wurde, fanden auch drei ausgewachsene Obstbäume Platz: Ein Pflaumenbaum, der bereits in dem ersten Jahr nach seiner Umpflanzung anderthalb Zentner wunderbare, madenfreie Zwetschgen trug, ferner ein Birnbaum, dessen Birnen schon vor der Ernte fast vollständig von den Wespen aufgefressen wurden und eine Aprikose, die mittelprächtig trug, deren Früchte aber sehr gut schmeckten. Diese drei Bäume stammten von einem Vereinskameraden, der seinen Schrebergarten räumen musste, weil auf dem Gelände ein jüdisches Altersheim gebaut werden sollte. Von ihm hörte ich das erste Mal in meinem Leben und, soweit ich mich erinnere, auch das einzige Mal, blanken Judenhass. Dieses Haus war nicht lange mit alten Juden belegt. Wenige Jahre nach der Machtübernahme durch die Nazis wurde es vom »Reichssicherheitshauptamt«, einer der Gestapo gleichen Organisation, requiriert.

In unserem Garten erhielten Gerda und ich ein Stückchen Land zur freien Verfügung; es wurden von uns fast ausschließlich Sämereien eingebracht: Radieschen, Mohrrüben und Blumen. Es gab auch noch ein großes Erdbeerbeet, eine Johannisbeer- und Stachelbeerhecke, Zierpflanzen – meist Rosen – und zwei Rasenflächen. Da es zu dieser Zeit wohl noch keine Handrasenmäher gab, oder diese für uns zu teuer waren, und mein Vater einen fürchterlichen Respekt vor Sensen hatte, stutzte er die Rasenflächen regelmäßig auf den Knien krauchend mit einer Handsichel – das Ergebnis war erstklassig. Ich habe diese Form der Rasenpflege erst Jahrzehnte später in Südafrika wieder gesehen.

Inzwischen schreiben wir das Jahr 1930. Die Grundschulzeit hatte ich mehr schlecht als recht hinter mich gebracht, ohne sitzen zu bleiben. Mag sein, dass meine häufigen Krankheiten mitleidsvolle Nachsicht ausgelöst hatten, die Stunde der Wahrheit schlug jedoch, als es im Winter an die Aufnahmeprüfung für das Gymnasium ging. Ich fiel durch! Meine Eltern beschlossen, dass ich mein kleines, angegriffenes Nervenkostüm in einem mehrwöchigen Aufenthalt bei den Großeltern in Köln regenerieren sollte. Meine Mutter, die mich begleitete, wollte mit mir den Lehrstoff büffeln, damit ich eine Nachprüfung im Frühjahr versuchen konnte. Es waren schöne Wochen, denn ich liebte die Großeltern und das Haus, in dem sie wohnten. Wir schliefen in einem großen Dachzimmer mit vorgebautem Erker, zu dem wir zwei Stufen hochsteigen mussten, mit Blick auf den Sachsenring – damals eine prächtige Allee mit vier Baumreihen. Der Nachteil des Zimmers war, dass es kein fließend Wasser gab. Und auf der Etage war auch keine sanitäre Einrichtung, sodass wir uns in einer Schüssel mit kaltem Wasser aus einer Kanne waschen mussten. Ob meine Mutter viel mit mir lernte, weiß ich nicht mehr. Jedenfalls »half« ich oft Großvater im »Comptoir«. Er hatte damals noch eine Handlung für chemische Produkte, die er zusammen mit einem uralten Prokuristen betrieb, der aber nur einmal in der Woche kam. Im Wesentlichen hat Großvater seine Produkte nur durchgehandelt, nicht gelagert. Jedenfalls mit einer Ausnahme, was immer das auch war: Ich sehe Großvater und den Prokuristen in der Waschküche vor mir, wo sie mit Schaufel und Harke irgendwelche pulvrigen Substanzen mischten und dann abfüllten.

Meine Hilfe im Comptoir bestand in der Addition irgendwelcher Zahlenkolonnen; ohne Rechenmaschine, die es hier nicht gab, und daher meist falsch. Außerdem fertigte ich mit Hilfe der Kopierpresse Kopien des ausgehenden Schriftwechsels, auch Preislisten an. Das Prinzip dabei entsprach dem vor noch nicht so langer Zeit üblichen Ormig-Verfahren. Für meine geleistete Arbeit erhielt ich am Ende der Ferien zwei Reichsmark.

Eine weitere Erinnerung habe ich noch an diese schönen Wochen: Es war die Zeit des Karnevals, und ich konnte den Rosenmontagszug sehen, wie er den Sachsenring entlangzog, auch damals schon ein stundenlanges Vergnügen. Es war schönes Wetter, und meine Mutter und ich saßen an dem Erkerfenster unseres Zimmers und sahen zu.

Ein anderes Ereignis, das mein Leben jahrzehntelang bestimmen und ihm seine glücklichste Zeit schenken sollte, fand im gleichen Jahr im weit entfernten Bremen statt. Am 24. Juni 1930 wird das Mädchen Karin Schulz geboren. Es sollten 25 Jahre vergehen, ehe wir uns begegneten.

Irgendwann war die große Pause vorbei. Es ging zurück nach Berlin, und ziemlich bald nach der Rückkehr in die Nachprüfung. Nach Beendigung dieser Prüfung wurde meiner Mutter gesagt, ich hätte zwar am besten unter allen Nachprüflingen abgeschnitten, aber es würde immer noch nicht reichen. Daraufhin wurde ich für drei Jahre auf die Privatschule Johanna Seefeld in Halensee geschickt.

Es war schon eine eigenartige Schule und eine eigenartige Frau Seefeld. Sie war klein, hatte dünnes weißes Haar, trug einen flachen Knoten und hatte stets rote Bäckchen. Sie war sehr energisch und brachte uns wirklich etwas bei. Die Schule hatte drei Klassen, welche in einem Zimmer der Erdgeschosswohnung untergebracht waren. Jede der drei Klassen saß an einem Tisch mit jeweils vier bis sechs Schülern. Täglich, natürlich auch samstags, waren vier Stunden Unterricht mit einer Pause um 10 Uhr. Darüber hinaus gab es auch noch Hausaufgaben. Der größte Tadel, den man schriftlich in seinem Heft erhalten konnte, war »HudO« (= Heft um die Ohren).

Der großen Grundschulklasse entflohen, fiel mir das Lernen jetzt leicht. Mittwochs war in der letzten Stunde immer gemeinsames Singen aller Klassen. Am Klavier saß eine Freundin von Frau Seefeld, und der Chor wurde durch das Dienstmädchen verstärkt. Wir sangen vornehmlich Loewe-Balladen. Ich war in meinem Element, kenne und liebe fast alle Balladen heute noch. Gerne hätte ich jetzt Klavierunterricht bekommen, wie ihn auch Hilde etliche Jahre zuvor – allerdings ohne Begeisterung – absolviert hatte, aber meine Eltern wollten mich wohl nicht überfordern, und so wurde mir dieser Wunsch verwehrt.

Der Lehrplan an der Seefeld'schen Schule war fast der gleiche wie im Gymnasium – mit Ausnahme dreier Fächer: Wir hatten keinen Sport, dafür schickten mich meine Eltern zeitweise auf eine Kindergymnastik-Schule, wo wir überwiegend mit Knie- und Handschützern versorgt auf dem Boden herumkrochen oder wie nasse Säcke an der Schwedischen Leiter hingen. Wir hatten auch kein Zeichnen, wohl aber hatten wir in der Quarta Französisch, mein einziges Unterrichtsjahr in dieser Sprache, von dem natürlich nichts hängengeblieben ist.

Alle drei Jahre wurde eine Theateraufführung organisiert, für jeden Klassenzyklus also einmal. Diese Aufführung fand auf einer richtigen Bühne in einem kleinen Theatersaal in Halensee statt. Es war nur eine Reihe von kleinen Darbietungen, und ich musste bei jeder mitwirken. Zwei dieser kurzen Stücke waren in Englisch bzw. Französisch zu sprechen. In der englischen

Szene stellte ich einen Bären dar und steckte in einem entsprechenden Kostüm, in dem ich entsetzlich schwitzte. Ich hatte die bedeutenden Worte zu sprechen: »I am the kind mister Beary, and this is my dog Plychett.« Es war für mich sehr aufregend! Nach der Veranstaltung wurde ich krank, und die Wiederholung der Aufführung am nächsten Tag musste von meiner zweiten Besetzung gespielt werden.

Die Schule in Halensee war etwa eine halbe Stunde zu Fuß von der Egerstraße entfernt; bei schlechtem Wetter durfte ich für einen Groschen mit dem Bus fahren. Nach der Schule machten wir den Rückweg meist zu dritt: ich, ein weiterer Junge und ein Mädchen. Ich erinnere mich nur noch an den Namen des Mädchens: Brigitte Pischel, mit blonden Haaren und Bubikopf; sie wohnte auch am Elsterplatz. Viele Jahre später habe ich sie in meinem Seniorenheim in Hamburg wieder getroffen. Heute sitzen wir beim Mittagessen zusammen an einem Tisch.

Im November 1931, dem ersten Jahr, in dem ich auf dieser Schule war, starb meine Großmutter in Köln. Es war für mich der erste Tod, den ich erlebte, und ich weiß noch, dass ich heulte wie ein Schlosshund und meinen Vater immer wieder fragte: »Werde ich Großmutter nie wieder sehen?« Ich hatte sie doch erst wenige Monate vorher noch erlebt! Meine Mutter war schon seit einigen Tagen in Köln und half Großvater bei den Beerdigungsvorbereitungen und anschließend auch bei der Auflösung des Haushalts, denn er sollte zu uns nach Berlin übersiedeln. Damals, als er unseren Salon bezog, war er etwa so alt, wie ich es heute bin und hatte so schlechte Augen, wie auch ich sie heute habe. Seine Möbel wurden auf einem Speicher gelagert, vorübergehend, denn es stand damals schon fest, dass wir im folgenden Jahr in den Hohenzollerndamm umziehen würden, in eine Wohnung des gleichen Blocks im ersten Stock.

Jugend am Hohenzollerndamm

Der Umzug aus der Egerstraße in den Hohenzollerndamm war, wie mittlerweile viele andere Dinge, eine Folge der Weltwirtschaftskrise. Die Erbengemeinschaft, welcher der Häuserblock gehörte, in dem wir wohnten, hatte erkannt, dass diese großen Wohnungen nicht mehr so leicht zu vermieten waren und beschloss, diese zu teilen. So sollten aus unserer Wohnung ebenso wie aus den anderen des Hauses Egerstraße Dreizimmerwohneinheiten entstehen. Der Verwalter hatte uns einen Tausch angeboten: Wir konnten die aus der Teilung einer Achtzimmerwohnung entstandene Fünfzimmerwohnung am Hohenzollerndamm bekommen.

Wir, die wir inzwischen mit Großvater zu einer sechsköpfigen Familie angewachsen waren, mussten also zusammenrücken. Das Hauptopfer war mein Vater, dessen Herrenzimmer daran glauben musste. Das Problem eines Einzelzimmers für das heranwachsende Brüderchen Kurt bestand zunächst trotzdem, konnte aber dadurch gelöst werden, dass man ein kleines Zimmer von der recht großen Diele abteilte. Dieses Zimmer war eigentlich nur ein Zimmerchen, ja, eigentlich nur eine Kammer. Es war etwa fünf Quadratmeter groß und sollte doch mein geliebtes Refugium werden. Die neue Wohnung hatte drei große Zimmer mit Blick auf den Hohenzollerndamm. Das erste Zimmer war für Großvater bestimmt, das zweite wurde der Salon, das dritte mit einem kleinen Wintergarten in einem Erker wurde das Esszimmer. Alle übrigen Räume lagen zu einem Innenhof hin, bisher hatten wir kein Fenster zum Hof gehabt. Natürlich ging mein Fenster auch zum Hof und hatte als ehemaliges Fenster der Diele hübsche bleiverglaste Scheiben, die wohl den ankommenden Gästen den hässlichen Ausblick verwehren sollten.

Ich erinnere mich noch, dass mein Vater monatelang wie ein orientalischer Teppichhändler mit dem Verwalter einen heißen Kampf um die Höhe der Miete führte. Es gelang ihm schließlich, diesen davon zu überzeugen, dass wir als Bewohner der ersten Etage keinen Fahrstuhl brauchten – auch der 78-jährige Großvater sollte die Treppen steigen. Mein Vater lehnte auch die separate Berechnung der Heizkosten ab und bestand auf einer Inklusiv-Festmiete. Dabei war später immer er es, der im Winter bei der Verwaltung eine zu kalte Wohnung reklamierte. Am Ende des Handels hatte er für die annähernd 180 Quadratmeter große Wohnung eine Warmmiete von 200 Reichsmark zu zahlen. Das waren ca. 20 % seines Einkommens, das sich mit dem Hermes-Gehalt und der Offizierspension auf ungefähr 1000 Reichsmark belief.

Der Umzug war wegen der Nähe der Wohnungen eine leichte Angelegenheit. Und trotzdem dachte meine Mutter mit Wehmut daran zurück, wie bequem seinerzeit die Umzüge von Köln nach Potsdam und von Potsdam nach Berlin gewesen waren. Man machte eine Skizze der neuen Wohnung, in der die Stellplätze der Möbel angegeben war, gab diese nebst Wohnungsschlüsseln dem Spediteur, zog in ein Hotel und fand ein paar Tage später eine fertig eingerichtete Wohnung vor, mit angebrachten Gardinen und eingeräumten Schränken. Bei dem jetzigen Umzug wurden die kleinen Gegenstände von uns selbst über die gemeinsame Hintertreppe der Wohnungen getragen; mit den großen Sachen fuhr ein Lastwagen die 200 m von der Egerstraße zum Hohenzollerndamm. Mein Zimmer wurde mit einer Liege ausgestattet, daneben ein Lampentisch, am Fußende der Liege stand ein Sekretär aus Köln, den Großvater mitgebracht hatte. Als ich ihn bekam war er schon über 90 Jahre alt. Er steht auch heute noch in meinem Wohnzimmer in Hamburg, eingerahmt von den Menzel'schen Familienbildern aus der gleichen Zeit.

Großvater hatte seine neue Bleibe in dem ersten Vorderzimmer an der Diele gefunden. Sein trotz Familienanschluss einsames Leben währte nur noch sieben Jahre. Sein Zimmer stank immer nach Rauch, da er von morgens bis abends eine Zigarre im Mund oder zwischen den Fingern hatte, und nur selten war sie kalt. Er zahlte für Kost und Logis 100 Reichsmark; dafür hatte er beim täglichen Mittagessen Anspruch auf eine Fleischbeilage, die oft auch nur aus zwei Scheiben gekochtem Schinken bestand. Zwischen meinem Vater und ihm bestand ein angespanntes Verhältnis, das sich aber mehr in gegenseitigem Anschweigen als in Disputen ausdrückte. Am besten war Großvaters Kontakt zu Hilde, aber sie verließ bald nach seinem Einzug die elterliche Wohnung. Ich selbst konnte mit ihm nicht richtig warm werden und war ihm gegenüber stets gehemmt.

In dieser Zeit gingen Gerda und ich oft in die Drei-Uhr-Kindervorstellungen der beiden Lichtspielhäuser »Rivoli« und »Rote Mühle« in Halensee. Dort sahen wir Filme mit Dick und Doof, Pat und Patachon, Charly Chaplin und dem Westernhelden Tom Mix – alle zunächst als Stummfilme! Ganze 30 Pfennige kostete das Vergnügen. Später, Anfang der Dreißigerjahre, entstand ganz in unserer Nähe, in der Ruhlaer Straße, die gegenüber unserem Haus in den Hohenzollerndamm mündete, ein neues Lichtspieltheater, die »Germania-Lichtspiele«. Der kurze Weg hatte natürlich zur Folge, dass wir jetzt öfter ins Kino gingen und auch »normale« altersgerechte Spielfilme ansehen durften. Ab und zu war einer der mitspielenden Darsteller anwesend und empfing am Ende des Filmes persönlich den Beifall des Publikums. Grunewald war voll von solchen Größen. Einmal erlebte ich, wie der Sänger Joseph Schmidt, ein körperlich kleiner Tenor, aber mit einer gewaltigen Stimme, dort auftrat und das für ihn geschriebene Schlagerlied »Ein Lied geht um die Welt« sang. Dieser großartige Sänger flüchtete einige Jahre später vor den Nazis – er war Jude und starb noch während des Krieges in einem Schweizer Flüchtlingslager. Er hatte nicht mehr genug Geld gehabt, um in der Schweiz als willkommener »freier« Flüchtling aufgenommen zu werden. Diese Präsentation der Schauspieler hörte nach den ersten Jahren bald auf, was vor allem daran lag, dass viele Schauspieler Juden waren.

Großvater hatte kein festes Einkommen; er war das, was man früher einen »Rentier« genannt hat, das heißt er lebte von den Erträgen seiner Wertpapiere. Die bewahrte er nun nicht im Wertpapierdepot einer Bank, sondern zu Hause in einer speziellen Tasche zusammen mit den Dividendenbögen auf. Wenn eine Dividende fällig wurde, schnitt er mit einer besonderen Schere, der Coupon-Schere, die betreffenden Coupons vom Dividendenbogen ab, ging damit zu einer Bank und löste die Coupons gegen Bargeld ein. Ich glaube, er hat in Berlin nie einen Pfennig Steuern gezahlt.

Im Gegensatz zu uns, hatte Großvater immer noch so etwas wie ein Radio, und damit war er uns weit voraus, denn unsere Anlage hatte den Umzug zum Hohenzollerndamm nicht mehr mitgemacht. Wenn wir auch morgens und abends eine Zeitung, den »Lokalanzeiger« aus dem Scherl-Verlag, ins

Haus gebracht bekamen, war Großvater besser auf dem Laufenden als wir, denn er hörte immer die neuesten Nachrichten – und das sollte schon bald von Bedeutung sein.

Mit Großvaters Umzugsgut aus Köln war auch ein riesengroßer Karton mitgekommen, der nun auf dem Dachboden in der Hohenzollernstrasse stand. Es handelte sich um ein Erbstück von Onkel Fritz: eine große Eisenbahnanlage Marke Märklin; Baujahr schätzungsweise 1890, eine Nummer größer als die Spur HO. Ich durfte nie mit ihr spielen! Meine Mutter begründete ihr Verbot damit, dass die Anlage zu dreckig sei! Als ob man dagegen nichts hätte tun können. Das Argument des Platzmangels in der Wohnung hätte mir dabei auch als Kind noch einleuchten können, aber so? Hin und wieder ging ich mit Frau Quinque auf den Boden, wenn sie Wäsche aufzuhängen hatte, und kramte dann mit sehnsüchtigen Fingern in dem Karton. Schließlich ließ sich meine Mutter erweichen und erlaubte mir zwei Teile auszusuchen, die ich mit in die Wohnung nehmen durfte. Ich entschied mich für eine Dampflokomotive, eine echte, die unter ihrem Kessel einen Spiritusbrenner mit zwei Flammen hatte, die das Wasser im Kessel zum Kochen brachten, sodass sich Dampf entwickelte, der über Pleuelstangen wie bei einer richtigen Dampflokomotive die Räder antrieb. Diese Lokomotive war etwa 30 cm lang. Ich habe sie nie ausprobieren dürfen, denn brennender Spiritus in der Wohnung war meines Vaters Meinung nach viel zu gefährlich. Das zweite Stück war ein Postwagen. Wenn man das Dach abnahm, konnte man die nachgebaute Einrichtung eines echten Eisenbahn-Postwagens mit Sortiertischen und Regalen sehen. Das Abheben des Daches und das Betrachten der Einrichtung des Postwagens blieb das einzige Vergnügen, das mir mit dem Erbstück von Onkel Fritz vergönnt war. Als noch vor Kriegsbeginn die Dachböden wegen Brandgefahr geleert werden mussten, schenkte meine Mutter die gesamte Anlage, natürlich ohne mich zu fragen, einem Kindergarten in der Berkaer Straße, und die Lokomotive und der Postwagen gingen gleich mit. Der Kindergarten, der in einer Holzbaracke untergebracht war, fiel einem der ersten Luftangriffe zum Opfer und brannte vollständig aus.

1932 war insgesamt ein Jahr mit großen Veränderungen. Nach dem Umzug in den Hohenzollerdamm wurde der Schrebergarten aufgegeben. Das hatte nicht direkt etwas mit dem Umzug zu tun, sondern war die Folge eines Unfalls meines Vaters, der auf dem Bahnsteig der U-Bahnstation Fehrbelliner Platz auf einer Bananenschale ausrutschte. Seine Kniescheibe platzte und wurde im Krankenhaus mit Silberdraht zusammengenäht, was er danach jedem, der das wissen wollte oder auch nicht, mit großem Stolz erzählte. Die Arbeit im Garten, die ausschließlich von meinem Vater erbracht wurde, da meine Mutter nie viel Interesse daran gezeigt hatte, konnte von ihm nun

nicht mehr wahrgenommen werden. Vor Abgabe des Gartens hatte die Familie Martini aber noch den Triumph, beim Umzug anlässlich des Erntedankfestes den größten preisgekrönten Kürbis auf einem geborgten Leiterwagen mitführen zu dürfen. Dieser Kürbis quoll uns, süßsauer angemacht, in den nächsten Wochen aus sämtlichen Ohren.
Dann zog meine Schwester Hilde aus. Sie hatte an der Berliner Universität begonnen, Chemie zu studieren und wollte jetzt die weiteren Semester in Kiel absolvieren. Ihr Motiv war die Liebe; sie folgte einem ein Jahr älteren Medizinstudenten namens Hans-Eberhard Schürmann, Sohn eines märkischen Pfarrers. Nach Beendigung des Studiums tauchte sie wieder bei uns auf: Hans-Eberhard hatte eine Stelle an einem Krankenhaus im Raum Berlin gefunden.

An Gerda habe ich aus dieser Zeit nur wenige Erinnerungen. Sie besuchte das Bismarck-Lyzeum in Grunewald, um die heute so genannte mittlere Reife zu erlangen. Sie hatte sich entschieden Kindergärtnerin und Hortnerin zu werden.

Am Abend des 30. Januar 1933 kam Großvater aufgeregt ins Esszimmer und teilte uns mit, dass Hitler an die Macht gekommen sei. Ich ging inzwischen im zweiten Jahr in die Privatschule Seefeld und wusste kaum etwas über den Nationalsozialismus. Politik war in meiner Familie kein großes Thema. Meine Mutter schien keine Meinung zu den Dingen zu haben, zumindest äußerte sie keine. Mein Vater war konservativ eingestellt und wählte die Deutschnationale Volkspartei, die man heute wahrscheinlich rechts von der CSU einordnen würde. Sicher war sie ein Sammelbecken für ehemalige Offiziere und kaiserliche Beamte. Er hatte die Nazis nie geliebt, er teilte aber ihre Ablehnung der Alleinschuld Deutschlands am Ersten Weltkrieg und des Versailler Friedensdiktats. Und auch ich tue dies heute noch. Die politische Entwicklung in Europa in der Zeit vor dem Ersten Weltkrieg mit der Aufrüstung aller Großmächte, dem Rachegeschrei der Franzosen wegen des verlorenen Krieges 1870/71 und dem daraus folgenden Verlust Elsass-Lothringens, die Eifersucht der Engländer, als das Deutsche Reich koloniale Ambitionen entwickelte, der Argwohn gegen den Aufbau einer starken deutschen Flotte, all das war auf einen großen Krieg zugetrieben. Die Ermordung des österreichischen Thronfolgers im Sommer 1914 war dann der Funke, der das Pulverfass zur Explosion brachte: Österreich erklärte Serbien den Krieg, Russland, der Bundesgenosse Serbiens, erklärte seinerseits Österreich den Krieg, das Deutsche Reich war Verbündeter Österreichs, fühlte sich zu Nibelungen-Treue verpflichtet und erklärte Russland den Krieg, und England und Frankreich waren über die Gelegenheit glücklich, unter dem Vorwand des Bündnisses mit Russland ihrerseits dem verhassten Deutschen Reich den Krieg erklären zu können. Meiner Meinung nach ein Dominoeffekt, an dem es viele Mitwirkende gab.

Ohne überzeugter Nationalsozialist zu sein, entwickelte mein Vater einen Schutzinstinkt für seine Familie, heulte nach außen mit den Wölfen, während er für seine Person Distanz wahrte – ein schwieriger Drahtseilakt. Ich kann mich nicht erinnern, dass er jemals »Heil Hitler« gegrüßt hätte. Im März 1933 wurde die »Nationalsozialistische Deutsche Arbeiterpartei« für neue Mitglieder geöffnet, viele strömten in die Parteigeschäftsstellen, um die Mitgliedschaft zu erwerben, und Hilde und ihr Freund Hans-Eberhard strömten mit. Hans-Eberhard machte es gründlich und wurde gleich auch Mitglied der SA, mein Vater dagegen wurde als ehemaliger höherer Offizier von den Nazis direkt umworben, man trug ihm die Parteimitgliedschaft an und gleichzeitig auch die in der SA im Range eines Obersturmbannführers. Infolge des Massenansturms neuer Mitglieder, die vom Volksmund spöttisch »Märzveilchen« genannt wurden, fehlte es den Parteiorganisationen an qualifizierten Führern. Mein Vater wurde noch mehrmals gedrängt, das »großzügige« Angebot anzunehmen, lehnte aber immer wieder ab, ich glaube, seine geplatzte Kniescheibe diente ihm zur Begründung.

Schon zu Kaisers Zeiten und in der Weimarer Republik wurden die Fenster der Wohnhäuser bei vielen Gelegenheiten mit den Fahnen der jeweiligen Sympathieträger geschmückt. Beim Kaiser war es Schwarzweißrot, in der Weimarer Republik flaggten wir auch noch Schwarzweißrot, die Farben der Deutschnationalen; Schwarzrotgold waren die Farben der Liberalen, auch die Mehrzahl der Juden zeigte diese Fahne; natürlich gab es auch schon Hakenkreuzfahnen und – in unserer Gegend ganz vereinzelt – auch die roten Fahnen mit Hammer und Sichel, hin und wieder sah man die Reichskriegsflagge. Jetzt im »Tausendjährigen Reich« wurde quasi eine Dauerbeflaggung daraus. Die vielen Anlässe kann ich nicht mehr aufzählen, Tatsache ist aber, dass von einem auf den anderen Tag die Hakenkreuzfahnen weitaus überwogen, Schwarzrotgold, Hammer und Sichel waren aufeinmal verschwunden, Schwarzweißrot durfte noch eine Weile bleiben. Die Martinis machten von dieser kurzzeitigen Toleranz Gebrauch. Einige Monate nach der Machtübernahme war es meine Schwester Hilde, die forderte, dass man als »guter Deutscher« auch ein Hakenkreuz an seiner Fahne zeigen müsse, und sie bastelte einen Hakenkreuzwimpel, der an der Spitze der Fahnenstange über der schwarzweißroten Fahne angebracht wurde. Dieser Kompromiss war aber nur vorübergehend, denn es dauerte nicht lange, dass die schwarzweißrote Fahne in toto durch eine Hakenkreuzfahne ersetzt werden musste, die allerdings beträchtlich kleiner war als die vorhergehende: auch eine Form der Demonstration! Allerdings duldete unser Vater später auch, dass Hilde in der Diele über dem Telefon ein Gipsrelief des »Führers« aufhängte. Dieses Gipsbild hat den Krieg trotz der beträchtlichen Zerstörungen in der Wohnung und der Plünderungen heil überstanden.

In dieser Zeit, es war ungefähr der Jahreswechsel 1933/34, kam eines Sonntagmorgens der Bote unseres Lebensmittelhändlers Bergmann, ein junger Mann, und wollte meinen Vater sprechen. Er war Mitglied der Jugendorganisation der Deutschnationalen Volkspartei und sollte mit seiner ganzen Truppe geschlossen in die SA übernommen werden. Er hatte Zweifel, wie er sich verhalten solle, und bat um meines Vaters Rat. Dieser riet ihm, im Interesse seiner Zukunft mitzumachen und die Fronten zu wechseln.

Am 27. Februar 1933 wurde das Reichstagsgebäude in Berlin das Opfer eines Brandanschlags. Infolge dieses Ereignisses wurden zahlreiche Kommunisten verhaftet, und wesentliche in der Weimarer Verfassung garantierte Bürgerrechte eingeschränkt oder aufgehoben. Die erste öffentliche Kampagne gegen die Juden begann und damit auch mein erstes und eindrucksvollstes Erlebnis dieser Art. Am Roseneck bezogen SA-Leute vor den Ladengeschäften jüdischer Inhaber Posten. Sie hatten Tafeln umgehängt, auf denen stand: »Der Deutsche kauft nicht bei Juden!«

Die meisten Leute versuchten es nach diesem Boykott-Aufruf gar nicht erst, in diese Läden zu gehen, wenn doch, so wurden sie von den postierten SA-Leuten mit energischen Worten davon abgehalten. Auch Frau Goldschmidt, die unter uns in der Egerstraße gewohnt hatte, die Mutter der Braut meiner Kindheit, Tuta, die Frau, die zum Protestantismus konvertiert war und nur eine gute Deutsche sein wollte, wurde am Betreten eines jüdischen Ladens gehindert. Da stellte sie sich kerzengerade vor die SA-Leute und sagte: »Ich bin Jüdin, ich will hier einkaufen!« Die Posten ließen sie daraufhin konsterniert und wortlos vorbei.

Ich, ein zwölfjähriger Junge, war Zeuge dieser Szene und bewunderte insgeheim den Mut dieser Frau, hatte aber auch Angst um sie. Die Goldschmidts waren unter den Ersten aus unserer Gegend, die Deutschland verließen.

Für mich ging das Leben halbwegs normal weiter, zumindest erst einmal. Es war nun mein drittes Jahr auf der Seefeld'schen Schule und ich musste mich auf das Gymnasium vorbereiten. Außerdem lernte ich Schwimmen und zwar im Wellenbad des Lunaparks. Nach dem Schwimmunterricht konnte ich mit der gleichen Eintrittskarte wie für das Wellenbad auch den Lunapark besuchen. Da war zwar am Nachmittag noch nichts los, es war aber trotzdem schön, dort zu bummeln. Leider wurde das Wellenbad ganz plötzlich geschlossen, ebenso wie der Lunapark. Gerüchtweise hieß es, weil beides jüdischer Besitz sei, aber der wahre Grund war, dass die Halenseestraße, die Süd-Nord-Verbindung zwischen dem Kurfürstendamm und dem Messegelände am Funkturm gebaut werden sollte, denn die Bauarbeiten für die Olympischen Spiele 1936 in Berlin begannen jetzt, und dafür musste Platz geschaffen werden.

Irgendwann meinte mein Vater, ich müsse auch etwas für meine Zukunft tun und forderte mich auf, dem Deutschen Jungvolk, der Jüngsten-Organisation der Nazis für Jugendliche ab 10 Jahren, beizutreten. Mir gefiel der Gedanke nicht, keineswegs etwa aus politischen Gründen, dazu hatte ich noch keine Meinung, sondern weil ich ein ausgesprochener Einzelgänger war und mich in einer größeren Gruppe von Kindern unwohl fühlte. So habe ich auch nicht ein einziges Mal an einem Geburtstag ein Kinderfest gefeiert und wurde daher zu anderen Kindern auch nicht eingeladen, was ich ohne Bedauern in Kauf nahm. Diese selbst gewählte Isolation gab ich erst auf, als ich auf das Gymnasium kam. Das Einzige, was mich jetzt, da ich zum Jungvolk musste, tröstete, war ein Fahrrad, das ich Weihnachten 1933 bekam, um beweglicher zu sein. Es war ein wunderschönes Rad der Marke Opel. Fahrradfahren konnte ich schon; ich hatte es auf Hildes Rad gelernt, auf dem ich anfangs wegen des zu hoch gestellten Sattels nur im Stehen fahren konnte.

Mit langen Zähnen fuhr ich also auf dem neuen Rad nach Halensee, wo ich mich bei irgendeinem mir genannten Pimpfenführer, wie die Jüngsten der Nazis genannt wurden, melden musste: »Kurt Martini bittet um die Aufnahme in das Deutsche Jungvolk.« Diesen Satz hatte mein Vater mir eingetrichtert. Der Pimpfenführer blickte mich wohlgefällig an – ich war groß, blond und blauäugig. Der Junge, wenig älter als ich, ernannte mich auf der Stelle zum Kassenwart, dessen Aufgabe es war, die Mitgliedsbeiträge der zahlungsunwilligen Kameraden in den Wohnungen der Eltern einzutreiben und die Gelder, keine Riesenbeträge, zu verwalten. Ich hatte es auch nur mit einer Gruppe von 15 Jungen zu tun, einer »Jungenschaft«. Nun musste ich in die gehörige Uniform eingekleidet werden: braunes Hemd mit schwarzem Halstuch, das von einem ledernen Knoten zusammengehalten wurde, schwarze, möglichst kurze Hosen, Soll-Länge maximal zwei Handbreit im Schritt, braune Kniestrümpfe und im Winter eine so genannte Kletterweste. Die Zeit der wärmenden Trainingshosen war vorbei.

Einmal in der Woche hatten wir Heimabend. Wir saßen dann in einem mit Naziemblemen geschmückten Kellerraum, sangen Lieder, die man damals eben in diesen Kreisen sang, an mehr kann ich mich nicht mehr erinnern. Dass zu unserer Erbauung aus Hitlers »Mein Kampf« vorgelesen sein sollte, ist meinem Gedächtnis entschwunden. Am Samstag gingen wir in den Grunewald, lernten im Gleichschritt zu marschieren und uns links und rechts rum gleichzeitig zu wenden. Abschließend machten wir Geländespiele wie zum Beispiel eine Schnitzeljagd, dann war der Nachmittag zu Ende und wir fuhren auf unseren Rädern nach Hause. In den großen Ferien 1934 musste ich an einem Zeltlager am Müritzsee teilnehmen. Ich war das erste Mal im Leben alleine von zu Hause fort und ziemlich unglücklich. Ich erinnere mich noch, wie ich beim morgendlichen Frühsport mit einem Knie in einem Ameisenhaufen lag und unerträgliche Schmerzen verspürte. Nach ein paar Tagen bekamen die meisten von uns Angina, ich auch, und das Lager wurde vorzeitig abgebrochen. Gott sei dank!

Mein Vater hingegen kümmerte sich neuerdings mit großem Eifer um die Ahnenforschung, und ich glaube, dass er damals nicht der Einzige war. Viele begannen nun nach ihrer »arischen Großmutter« zu suchen: Ahnenforschung wurde groß geschrieben. Er fühlte sich verpflichtet, auf dieser Hochzeit mit zu tanzen, da man in dem neuen Reich nur dann etwas werden konnte, wenn man eine arische Abstammung nachwies – und mein Vater dachte an seine Kinder. Also korrespondierte er mit vielen Standes- und Kirchenämtern, um die notwendigen Unterlagen für den »Ahnenpass« zu ergattern; ich glaube, diese Arbeit machte ihm sogar Spaß. Der Ahnenpass wurde an Hand der gesammelten Dokumente von den Standesämtern beglaubigt. Je weiter man in die Vergangenheit vorstieß, desto besser war es, und desto stolzer war der fündig Gewordene. Bei den Forschungsarbeiten konnte es vorkommen, dass man mit Namensvettern in Verbindung trat, auf die man gestoßen war, und umgekehrt wurde man auch von wildfremden Personen angeschrieben. So auch mein Vater, bei dem sich ein Martini aus Polen meldete, der meinte, seine Linie bis nach Schlesien verfolgen zu können; die Sucht, nach Ahnen zu forschen, hatte sich anscheinend auch auf das deutschsprachige Ausland ausgedehnt. Irgendwann tauchte dieser Deutschpole in Berlin auf und bat meinen Vater um ein Treffen. Prompt erhielt er eine Einladung zum Abendessen. Als er dann bei uns eintraf, wurde über alles Mögliche gesprochen, nur nicht über die Ahnen. Beim Abschied bat der Gast meinen Vater um 100 Reichsmark, weil ihm auf der Reise hierher sein Portemonnaie gestohlen worden sein sollte. Bitten dieser Art nahmen die Ohren meines Vaters erst gar nicht wahr, er war sowieso schon misstrauisch geworden. Er gab ihm lediglich das notwenige Geld für die Straßenbahn bis zum Hotel, und der vermeintliche Anverwandte verabschiedete sich mit langem Gesicht. Später haben wir gehört, dass mit dieser Masche verschiedene Schwindler durch die Lande zogen und ihre neuen Vettern um ihr Geld zu erleichtern suchten.

Der nationalsozialistische Eifer wurde immer präsenter. Natürlich sollte auch etwas für die Armen getan werden und so wurde die NS-Volkswohlfahrt (NSV) ins Leben gerufen. Sie organisierte eine Vielzahl von Maßnahmen, insbesondere Sammlungen aller Art. Ständig gab es Straßensammlungen für irgendwelche guten Zwecke, bei denen die Heerscharen der Helfer, darunter auch das Jungvolk und folglich auch ich, mit Sammelbüchsen durch die Straßen zogen, um den Passanten wenigstens eine der oft ganz hübsch gestalteten Anstecknadeln für 20 Pfennig anzudrehen. Diese waren der Beweis dafür, dass man gespendet hatte und wurden von den Kunden bei jeder neuen Belästigung vorgezeigt. Ich selbst habe diese Anstecknadeln gesammelt und es auf annähernd 100 Stück gebracht.

Eine andere Geldquelle zapfte die NSV mit der Einführung des »Eintopfsonntags« an, der einmal im Monat stattfand. Alle Volksgenossen sollten aus Solidarität mit den Armen an diesem Tag einen Eintopf essen und das gesparte Geld der NSV spenden. So erschien an diesem Sonntagvormittag an jeder Wohnungstür ein Kassierer und forderte das Opfergeld ein; bei uns waren dies in der Regel drei Mark. Ich denke, dass viele Leute geopfert haben, ohne auf ihren Sonntagsbraten zu verzichten. Nicht so die Martinis. Meine Mutter schien ganz froh darüber zu sein, dass es sonntags auch einmal einfacher in der Küche zuging. Allerdings wurde auch bei uns zumindest nicht auf den sonntäglichen Nachtisch verzichtet; meine Mutter fürchtete wohl vor allem meinen und Vaters Protest. Heute glaube ich, dass die ganze Sammlerei nicht den Armen zu Gute kam, sondern die Kassen der Partei füllen sollte.

An Ostern 1934 wechselte ich von der Seefeld-Schule auf das Gymnasium. Ich musste natürlich wieder eine Aufnahmeprüfung machen, aber diesmal war ich topfit, wohltrainiert von Frau Seefeld, und bestand sie mit Glanz und Gloria. Das Grunewald-Gymnasium galt als eines der besten humanistischen Gymnasien in Berlin, und damit auch als eines der schwersten. Der humanistische Zweig hatte Latein und Griechisch auf dem Lehrplan, daneben wurden in einem neusprachlichen Zweig Englisch und Französisch gelehrt. Übrigens hatten auch wir Humanisten als neue Fremdsprache Englisch zu lernen – das war mein Zweig und Englisch war mein Schicksal. Wahrscheinlich wollte mein Vater aus mir der Familientradition folgend einen Juristen machen, und dafür war seinerzeit der fünfjährige Lateinunterricht Voraussetzung. Das Grunewald-Gymnasium war im Grunde eine reine Jungenschule, es gab aber Ausnahmen: Wenn ein Mädchen Griechisch lernen wollte, musste sie auf ein Jungengymnasium, denn an den Lyzeen wurde kein Griechisch gelehrt. Als ich in diese Schule kam, war dort ein größeres Mädchen, Unterprima etwa, die immer mit einem schweren Motorrad vorgefahren kam, die einzige Person mit einem solchen Vehikel; sicher wurde sie darum von ihren Mitschülern heiß beneidet und umschwärmt.

Der humanistische Zweig war wesentlich schwächer besucht als der neusprachliche. Wir waren in der Untertertia nur 20 Schüler, und ich war der Zweitjüngste von ihnen. In der Abiturklasse waren wir noch 17 Schüler, und nur sieben von ihnen überlebten den Krieg. Das Grunewald-Gymnasium war insgesamt keine große Schule. Als ich drei Jahre zuvor vergeblich versucht hatte, die Aufnahmeprüfung zu bestehen, waren dort 500 Schüler; jetzt, Ostern 1934, waren es nur noch 350! Viele der gut situierten Juden, die in diesem Viertel wohnten, hatten Deutschland bereits verlassen.

Die Lehrer an unserer Schule waren größtenteils recht gut zu leiden; es waren keine Schinder darunter, wie es sie damals noch gab. Selbst der Direktor, ein »Alter Kämpfer« der Partei mit goldenem Parteiabzeichen, verlor nur hin und wieder die Nerven, was uns Schüler dazu veranlasste, ihn von Waldvogel, wie sein Nachname war, in »Schreivogel« umzubenennen. Kurze Zeit nach meinem Eintritt in diese Schule begann die Sitte der Fahnenappelle am Montagmorgen. Dazu mussten alle Klassen bei Wind und Wetter auf der Straße antreten. Der Gesanglehrer in SA-Uniform gab die Kommandos. Dann wurden unsere beiden Nationalhymnen gesungen: die erste Strophe des Deutschlandliedes und das Horst-Wessel-Lied. Die ganze Zeit über mussten wir den rechten Arm zum deutschen Gruß erhoben halten. Schon nach wenigen Minuten wurde dieser lahm, und die in den hinteren Reihen nutzten die Schultern der Vordermänner als Stütze. Die in der ersten Reihe waren schlechter dran, und es blieb ihnen nur übrig, ihren rechten Arm mit dem linken zu stützen. Ehe es diese Fahnenappelle gab, war am Montagmorgen eine kleine religiöse Morgenandacht in der Aula abgehalten worden, die für uns auf Bänken sitzend natürlich viel gemütlicher gewesen war.

Nachdem der Kniescheibenbruch meines Vaters verheilt war, begann die Zeit des Rehabilitationstrainings in Form von immer länger werdenden Spaziergängen am Sonntagvormittag, und ich musste ihn begleiten. Das tat ich natürlich nicht so schrecklich gern. Die kürzeren Spaziergänge führten uns an das Ufer des Grunewaldsees, die längeren, die etwa zwei Stunden dauerten, um den See herum oder sogar bis zur Krummen Lanke. Auf einem dieser Spaziergänge kamen wir am Forsthaus Paulsborn in der Nähe des Jagdschlosses Grunewald vorbei. Dort stand eine riesige Kastanie. Man sammelt Kastanien ja in jedem Lebensalter, so auch wir. Uns genügten aber nicht die, die auf der Erde lagen, und so warf mein Vater seinen Stock in die Krone, um einige Kastanien herunterzuholen. Dies gelang auch, aber der Stock blieb oben: Er hatte sich in einem starken Ast verfangen und machte nicht den Eindruck, als ob er da freiwillig je wieder herunterkommen wollte. Er tat dies trotz des hypnotischem Blicks meines Vaters nicht und hing auch 12 Jahre später noch dort, als ich mit Helga Schlaeger, meiner damaligen Freundin, dort spazieren ging. Mein Vater musste nun ohne Stock, auf mich gestützt, heimwärts humpeln.

Es war zur Gewohnheit geworden, dass ich meinen Vater am Schluss dieser Exkursionen bei der Weinstube Habel am Roseneck absetzte, wo er seinen sonntäglichen Stammtisch abhielt, zusammen mit ehemaligen Offizieren, die nach dem Ersten Weltkrieg in angesehene Stellungen in der Wirtschaft gelangt waren. Wir trennten uns etwa um 11.30, und um 13.30 musste ich wieder zum Roseneck wandern, um ihn von seiner Runde zu lösen und zum Mittagessen nach Hause zu holen. Es war nun nicht etwa so, dass ihm das peinlich gewesen wäre. Im Gegenteil, er genoss es stolz, wenn sein damals 13-jähriger Sohn um den Tisch herum marschierte und bei jedem der alten Herren seinen Diener machte. Wie gern ich das tat, kann man sich vorstellen. Meist merkte man meinem Vater seinen Weingenuss an, und zu Hause gab es mit meiner Mutter dann Streit. Nicht immer, aber für mein empfindliches Gemüt doch all zu oft.

Worum der Streit ging, weiß ich nicht mehr. Ärgerte er sich, wenn das Essen noch nicht fertig war, war ihm Großvater gerade über den Weg gelaufen, ärgerte meine Mutter sich darüber, dass er angetrunken war? Jedenfalls gab ein Wort das andere und am Mittagstisch wurde nur notgedrungen wegen Großvaters Anwesenheit ein Waffenstillstand eingehalten. Nach Tisch ging es weiter, meine Mutter heulte und mein Vater war beleidigt. Bei diesen Streitigkeiten nahm Gerda immer die Partei unseres Vaters ein und tröstete ihn. Ich hielt mehr zu unserer Mutter, da ich ihre Tränen nicht ertragen konnte.

Wie aber erging es mir in der Schule? Der Unterricht von Frau Seefeld war so gut gewesen, dass ich davon fast zwei Jahre zehrte, ohne mich sonderlich anstrengen zu müssen. Latein war das neue Fach, und es fiel mir anfangs recht leicht. Wie schön für meine gefühlvolle Seele, dass das erste Wort, das wir lernten »amare« (= lieben) war und sich leicht deklinieren ließ. Auch als wir uns als erste Lektüre Caesars »Bellum Gallicum« vornahmen, hatte ich noch keine Schwierigkeiten; doch dann wurde ich zu sicher und begann zu schlampen. Über die Folgen werde ich später berichten. Der Lateinlehrer war ein freundlicher Gemütsmensch, der einen Herzfehler hatte, das sagte er zumindest. Er hatte früher Hilde Religionsunterricht auf dem Lyzeum gegeben, und diesen gab er jetzt auch uns, stets in einer letzten Stunde. Er war, besonders an heißen Sommertagen, oft so müde, dass er uns sagte: »Beschäftigt euch irgendwie!«, und dann nickte er ein. Wir waren mucksmäuschenstill, um ihn nur ja nicht zu wecken.

Der Mathematiklehrer wurde von uns »Pipin der Kleine« genannt. Er hatte einen kleinen Buckel, und grausam, wie Kinder nun mal sind, hatte er es am schwersten, die Klasse ruhig zu halten. Wenn er sich beim Erklären einer Aufgabe an der Tafel verhedderte, rief er unsern besten Mathematikschüler nach vorn und der musste weitermachen. Ausgerechnet zwischen diesem Jungen und ihm gab es in der Obertertia eine aufregende Begebenheit: Der Junge war irgendwie pampig und bekam von Pipin dem Kleinen eine heruntergehauen, was zu dieser Zeit schon verboten war. Der mathematische Wunderschüler gab Pipin eine deftige Backpfeife zurück. Der Unterricht wurde abgebrochen und der Lehrer war am nächsten Tag von der Schule verschwunden. Wir haben ihn nie wieder gesehen. Dem Schüler passierte nichts! Wir aber bekamen einen neuen Mathematiklehrer, Herrn Meier, einen Ex-Fliegeroffizier. Er war sehr schneidig, und, man mag es glauben oder nicht, der beliebteste Lehrer an der Schule und der beste, den ich je hatte. Er konnte so gut erklären, dass das Leistungsniveau der ganzen Klasse ruckartig nach oben schnellte. Als ich einmal zwei Wochen krank gewesen war, sollte am ersten Tag meiner Rückkehr eine Klassenarbeit in

Mathematik geschrieben werden. Herr Meier hielt es für ungerecht, mich so unvorbereitet in diese Arbeit zu schicken, die ich nur verhauen konnte. Also lieh er sich eine zweite Stunde bei dem Kollegen, der nach ihm bei uns mit Unterricht dran gewesen wäre, wiederholte in der ersten Stunde den Stoff, den ich versäumt hatte und ließ in der zweiten Stunde die Arbeit schreiben. Ergebnis für mich: Eins minus, aber ähnlich gut schnitt die ganze Klasse ab. Leider verließ er uns schon mit Ende des Schuljahres, um wieder zu den Fahnen zu eilen. Hitler war dabei, seine Luftwaffe aufzubauen.

Von den anderen Fächern ist in dieser Phase nicht viel zu berichten. Da wird es erst in der Untersekunda wieder interessant. In der Zwischenzeit war ich nun für das Jungvolk zu alt geworden. Ich war 14 Jahre und musste zur Hitler-Jugend wechseln. Man hatte mir zwar angeboten, Pimpfenführer zu werden, aber dazu hatte ich keine Lust. Ich liebäugelte schon mit einer Elite-Organisation der Hitler-Jugend, nämlich mit den in blauen Matrosen-Uniformen steckenden Marine-Hitler-Jugend. Wie ich darauf kam, weiß ich nicht mehr. Wahrscheinlich hat mich meine Liebe zum Bötchenfahren dahin getrieben und die Aussicht, eine erste seefahrerische Ausbildung zu erhalten.

Nicht alle meiner Mitschüler waren in der Hitler-Jugend; drei oder vier absolvierten die Schule, ohne je Nachteile aus dieser Tatsache gehabt zu haben, jedenfalls habe ich nichts davon gemerkt.

Wasser sah ich allerdings zunächst noch nicht. Ich musste marschieren und singen. Ich erinnere mich an einen 1. Mai, jawohl, ausgerechnet mein Geburtstag, an dem die »Gefolgschaft«, in der ich war, es waren etwa 150 Jungen, morgens bei Schneetreiben singend durch Wilmersdorf marschierten und im Chor brüllte: »Ein Volk, ein Führer, ein Ja!« Wir standen kurz vor einer der häufigen Volksabstimmungen, deren Zustimmungsquoten dann stets über 99 % lagen.

An ein Lied, das wir bei dieser Gelegenheit sangen, habe ich noch böse Erinnerungen. Als ich es sang, hatte ich noch zu wenig Verstand, um es in seiner ganzen furchtbaren Aussage zu begreifen. Von Aufrüstung war noch nichts zu spüren, der Krieg lag noch in weiter Ferne. Mehr als vier Jahre sollten bis zu seinem Beginn noch vergehen. Der Inhalt dieses Liedes wurde mir erst als Soldat in Russland klar, als ich die Schrecknisse des Krieges kennen lernte. Die erste Strophe des Liedes lautete:

Es zittern die morschen Knochen
der Welt vor dem großen Krieg.
Wir haben die Ketten zerbrochen,
für uns war's ein großer Sieg.
Wir werden weiter marschieren
bis alles in Scherben fällt.
Denn heute gehört uns Deutschland
und morgen die ganze Welt!

Dieses »Wahlkampflied« hat damals dem Wahlerfolg nicht geschadet, man wird über seinen Text nicht nachgedacht haben. Als Soldat der Wehrmacht habe ich dieses Lied übrigens nie singen müssen.

Während ich in Berlin für Volk, Führer und Vaterland singend durch die Straßen zog, spazierte im 300 km entfernten Bremen eine Mutter mit ihren beiden Kindern durch die Innenstadt. Es war Frau Eta Schulz mit ihrer knapp fünfjährigen Tochter Karin und deren anderthalb Jahre jüngeren Bruder Uwe. Die Kinder hatten einen solchen Ausflug in die große Stadt schon öfter mit ihrer Oma gemacht, und dann wurde regelmäßig eine Konditorei aufgesucht und »geschlickert«. So nicht mit der sparsamer veranlagten Eta Schulz, die an den Schlickerfallen mit der Bemerkung vorbeiging, dass man Kuchen billiger zu Hause essen könne. Klein-Karin war da jedoch ganz anderer Meinung und hob ein großes Gebrüll an, woraufhin die entsetzte Mutter mit dem laut protestierenden Kind in einer Seitengasse verschwand, ihr mütterliches Züchtigungsrecht ausübte und mit einem verkrampft lächelnden Mädchen wieder hervorkam.

Eta war das jüngste von acht Kindern des Julius Heimbeck, Braumeister bei der Hemelinger Actienbrauerei in der Nähe von Bremen. Sie war ein später Nachkömmling, und da ihre Eltern früh verstarben, wurde sie von ihren damals schon erwachsenen Schwestern erzogen. Sie war etwa 23 Jahre alt, als sie der manchmal sicher etwas erdrückenden Fürsorge ihrer Schwestern entfloh und den Schiffsingenieur Harald Schulz heiratete, einen gut aussehenden jungen Mann von 27 Jahren. Sein Vater Wilhelm entstammte einer Bauersfamilie aus der Uckermark, nordöstlich von Berlin. Wie es in jener Zeit des ausgehenden 19. Jahrhunderts verbreitet war, mussten die jüngeren Brüder des Hoferben das Vaterhaus verlassen und sich woanders ihr Glück suchen. Haralds Vater fand als Tiefbauingenieur seine berufliche Existenz, arbeitete sich bis zum Bauleiter empor, baute wassertechnische Anlagen in Thüringen, wo er seine Frau Lina kennen lernte. Später führte ihn sein Weg nach Bremen. Wilhelm und Lina hatten nur diesen einen Sohn. Als er mit Eta seine eigene Familie gegründet hatte, fanden die Enkelkinder Karin und Uwe bei den Großeltern in Bremen immer gerne Aufnahme und ließen sich besonders von der Großmutter verwöhnen. Das großelterliche Haus in der Gartenstraße in Bremen-Hemelingen wurde zur zweiten Heimat von Karin und ihrem Bruder Uwe, und das galt auch noch, als der Großvater 1939 starb und Oma Lina allein dort wohnen blieb. Sie war eine couragierte Frau, was sie später bei einem Luftangriff, der Bremen schwer zusetzte, unter Beweis stellen sollte: Während des Alarms, in einem Hochbunker sitzend, stand sie plötzlich auf und sagte, sie hätte ein komisches Gefühl und müsse mal zu Hause nachsehen. Sie marschierte, während die Flugzeuge über sie hinwegbrummten, zu ihrem Haus und musste dort erleben, dass im Schlafzimmer gerade eine Stab-Brandbombe auf das Bett gefallen war. Sie ergriff Bettzeug samt Bombe und warf es zum Fenster hinaus, löschte, was bereits Feuer gefangen hatte, und kehrte in den Bunker zurück.

Als Schiffsingenieur war Karins Vater Harald viel unterwegs. Von 1922 bis 1937 fuhr er für den Norddeutschen Lloyd, wurde jedoch irgendwann von seiner Reederei nach Berlin abkommandiert, wo er bei dem Lieferanten des Schiffsantriebs für das neue Passagierschiff »Scharnhorst« bei der AEG-Turbinenfabrik in Moabit die kundenseitige Bau-Aufsicht hatte. Anfang 1937 sollte die »Scharnhorst« in Dienst gestellt werden und zu diesem Ereignis hatte sich Adolf Hitler angemeldet. Die Mannschaft sollte bei dessen Visite einen guten Eindruck machen, und so hatte der oberste Parteibonze an Bord – wer auch immer das war – beschlossen, dass jeder der Schiffsoffiziere Mitglied der NSDAP werden solle, damit er beim Empfang des »Gröfaz« (= Größter Führer aller Zeiten) ein Offizierkorps vorstellen konnte, bei dem jeder einen Bonbon (= Parteiabzeichen) auf der Brust trug. So war Harald Schulz, ohne gefragt worden zu sein, auf einmal Mitglied der Partei. Einmal sollte ihm dies helfen, ein anderes Mal sehr schaden.

Mit dieser Tätigkeit bei der AEG in Berlin aber war vom Schicksal zum ersten Mal eine Weiche gestellt worden, die Karins und meine Lebensbahnen einander näherten.

Mein Dienst in der Marine-Hitler-Jugend (MHJ) plätscherte noch einige Zeit so dahin. Ich lernte Seemannsknoten, das Flaggenalphabet, Morsen, Seefahrtsregeln usw., was man eben so für den A-Schein braucht, den ich aber nie ablegte, und natürlich Kutter-Pullen, was mir anfangs Blasen an den Händen verschaffte. Hier hatten wir auch eine Form von Sexualkundeunterricht, da auf den Heimabenden stets eine Viertelstunde für das Erzählen obszöner Witze reserviert war – ich muss gestehen, dass ich hier erst so richtig aufgeklärt wurde.

Der Kutter, auf dem wir getrimmt wurden, lag neben dem Klubhaus des Ruderklubs am Wannsee (RaW), zu dem ich bald überlaufen sollte. Vorher hatte ich aber noch das Erlebnis eines Händedrucks von Joseph Goebbels, dem berüchtigten Propagandaminister des »Tausendjährigen Reiches«. Er bewohnte mit seiner großen Familie eine Prachtvilla auf Schwanenwerder, einer Insel im Großen Wannsee; die Insel war durch eine Straßenbrücke mit dem Ufer verbunden. Die Villa selbst dürfte aus jüdischem Besitz gestammt haben. Wir hatten einmal eine Einladung dorthin erhalten, wir, das war eine Kutterbesatzung. Wir pullten eines Nachmittags, 14 Mann stark, nach Schwanenwerder, und fanden im Garten des Grundstücks eine Kaffeetafel – richtiger müsste es wohl heißen: Kakaotafel – vor. Als wir uns gerade über den Kuchen hergemacht hatten, kreuzte Goebbels kurz auf, um uns zu begrüßen. Er ging um die Tafel herum und gab jedem die Hand, dabei brauchten wir nicht einmal aufzustehen. Dann verschwand er wieder, und das war's.

Beim Ruderklub am Wannsee wurde der so genannte Deutschlandachter für die Olympiade 1936 in Berlin trainiert. Dieser Achter bestand nur aus den Riesen der Leibstandarte »Adolf Hitler«, die für dieses Training von ihrem normalen Dienst freigestellt waren. Nach damaligen Kriterien hätte man sie als Profis bezeichnen und disqualifizieren müssen; man ließ aber keine Diskussion darüber zu. Der Trainer meinte, dass der RaW dringend eine Jugendriege brauche, und so wurden wir gefragt, wer Lust dazu hätte; die Betreffenden würden vom MHJ-Dienst freigestellt werden. Das war ein Signal an mich! Mit mir meldeten sich aus der Gefolgschaft noch neun andere.

Mich jedenfalls hat die Hitler-Jugend nie wieder gesehen. Ich genoss die neue, scheinbare Freiheit, denn das Rudertraining war doch eine echte Schinderei: von März bis Oktober auf dem Wasser, von November bis Februar beim Kastenrudern. Wir waren auf zwei Vierer verteilt worden, die schwereren Jungen auf den einen, die Leichtgewichte, darunter auch ich, auf den anderen. Trainiert wurde zwei- bis dreimal in der Woche, oft auch Samstag und Sonntag. Dann blieben wir über Nacht im Klubhaus, in dem Schlafräume existierten. Wir wurden abends und morgens bestens verpflegt, so bekamen wir zum Abendessen immer ein großes Wiener Schnitzel mit Bratkartoffeln und morgens zwei Spiegeleier; wir sollten ja Muskeln ansetzen und verbrauchten viel Kalorien. Ich weiß noch, wie mir manchmal nach dem Training die Lunge zum Hals heraushing. Wenn wir am Sonntagmorgen hinausruderten, dann war es unsere erste Aufgabe, die Liebespaare von der kleinen Insel Kälberwerder, die unserem Klub gehörte, zu vertreiben. Da kamen wir uns immer wie Sheriffs vor. An einem Sonntag im Vorfrühling, es war ein stürmischer Morgen, die letzten Eisschollen trieben noch auf dem See, kenterte mein Boot in Ufernähe. Wir konnten die zwanzig Meter bis zum Ufer schwimmend erreichen; das Boot wurde kieloben von unserem zweiten Boot abgeschleppt. Wir aber rannten mit unseren nassen Sachen die etwa 1000 m bis zu unserem Klubhaus, bekamen dort eine heiße Zitrone, und keiner von uns, nicht einmal ich, hatte sich trotz der Wassertemperatur von wenig über null Grad erkältet. An einer Regatta nahm ich nur zweimal teil. Zu einem Sieg über die von uns geforderten 1000 m hat es nie gereicht, einmal wurden wir jedoch immerhin in Grünau Zweite.

Das alljährliche festliche Ereignis im Leben eines Ruderers war das »Anrudern«. Es fand an einem Sonntag im Frühling statt und sollte den Beginn der Rudersaison markieren. Tatsächlich waren die echten Ruderer um diese Zeit schon ein paar Mal auf dem Wasser gewesen. 1936, im Jahr der Olympiade, fand die offizielle Feier des Anruderns auf dem Gelände des Ruderklubs am Wannsee statt, der einer der größten deutschen Rudervereine war. Der

Akt wurde feierlich von Reichsportführer von Tschammer und Osten vorgenommen. Die Wochenschau war auch dabei. Als es so weit war, musste jede Mannschaft ihr Boot aus der Bootshalle tragen und am Steg in das Wasser setzen. Meine drei Mitruderer und ich nebst Steuermann mussten uns mit unserem schweren Gig-Vierer abplagen und ich lief entsprechend meinem Sitz im Boot ganz vorn. Ich war voll mit der erdrückenden Last des Bootes beschäftigt und hatte dabei nicht mitbekommen, dass ich genau auf den Kameramann der Wochenschau zulief. Als dessen Werk einige Tage später in den Kinos lief, rief der Besitzer der Germania-Lichtspiele meinen Vater an, um ihm zu sagen, dass ich in der laufenden Wochenschau in dem Bericht über das Anrudern ganz groß herausgekommen sei. Ich könne mir die Szene angucken, so oft ich wolle. In der halben Woche, die eine Wochenschau in der Regel lief, tat ich das dann auch zweimal und war sehr beeindruckt und stolz, mich vor aller Welt eine Last schleppen zu sehen, die Leinwand mehr und mehr füllend, bis schließlich nur noch mein Gesicht zu sehen war.

Im Sommer 1936 machten meine Eltern eine Reise nach Meran in Südtirol. Es waren nur noch wenigen Wochen bis zum Beginn der Olympischen Spiele in Berlin. Die Ferien an meiner Schule waren um zwei Wochen verlängert worden, für die Dauer der Spiele, da die Schulräume als Unterkünfte für Besucher mit schmalen Geldbeuteln vorgesehen waren.

Der Sommer schien schön zu werden. Gerda war seit einiger Zeit auf dem Pestalozzi-Fröbel-Haus, um sich zur Kindergärtnerin und Hortnerin ausbilden zu lassen. Sie war oft wochenlang abwesend, wenn sie in irgendeinem Kinderheim ein Praktikum absolvierte, so auch jetzt. Hilde war nach Beendigung ihres Studiums zunächst einmal arbeitslos und wieder bei uns eingezogen. Sie hatte also Zeit. Großvater sollte während der Abwesenheit der Eltern in ein Altersheim mit Hotelcharakter, und da beschlossen Hilde und ich, eine Reise ins Riesengebirge zu unternehmen. Hilde wollte zwei Wochen fort, ich hatte nur eine Woche Zeit, da ich mit meinen Mitschülern und vielen Klassen anderer Schulen zur Ausgestaltung der Eröffnungsfeier im Olympiastadion eingeteilt war. Wir waren Fahnenschwinger, sicher mehr als tausend, die das Rund der Aschenbahn füllen sollten, und die nun erst einmal proben mussten. Übrigens bekamen wir für diesen Dienst Freikarten für die dürftigsten Veranstaltungen der Olympiade, die geboten wurden; sie waren praktisch unverkäuflich. Ich sah mir später nur einmal einen Boxkampf im Fliegengewicht in der Vorausscheidung an, völlig uninteressant für mich, hatte ich mit dem Boxen doch eh nichts am Hut.

Für die Reise ins Riesengebirge verfügte ich über 16 Reichsmark, Großvater schoß weitere 20 Reichsmark dazu. Mit 36 Reichsmark also fuhr ich mit Hilde, die etwas besser betucht war, in den Urlaub, wobei schon alleine meine Fahrkarte 15 Reichsmark kostete. Im höchstgelegenen Ort des Riesengebirges, und dort wiederum im höchstgelegenen Haus, mieteten wir zwei Zimmerchen, eigentlich nur Kammern. Das Haus gehörte dem Briefträger, der täglich die umliegenden Haushalte und auch diejenigen, die auf der Schneekoppe (1604 m hoch) lagen, mit Post versorgte. Das machte er sommers wie winters und war acht Stunden unterwegs. Für beide Kammern in diesem Haus zahlten wir inklusive Frühstück 4 Reichsmark; 2,50 Reichsmark für die größere, die mir für die eine Woche großzügig von Hilde abgetreten wurde, obwohl sie deren Preis übernahm. Wir wanderten viel, natürlich auch auf die Schneekoppe. An einem Vormittag sammelten wir zwei Eimer Blaubeeren, die wir dann unserer Wirtin schenkten. An einem anderen Tag lud mich Hilde zu einer Fahrt über die tschechische Grenze ein. Wir nahmen ein Taxi, das fünf Mark kostete, und gaben jenseits der Grenze nichts aus. Wegen der Devisen-Bewirtschaftung hatte jeder von uns sowieso nur die erlaubten fünf Reichsmark dabei. Die ganze Zeit über hatten wir herrliches Sommerwetter.

Auf meiner Rückfahrt, die ich ja allein unternahm, machte ich Station in Görlitz, um Tante Grete zu besuchen. Damals wurde mir erst richtig klar, wie armselig sie lebte. Sie hatte mit ihrer Freundin, Frau Zeidler, die eine Herrnhuterin (evangelische Glaubensgemeinde) war, eine Zweizimmerwohnung, die 60 Mark kostete. Ihre Rente betrug 120 Reichsmark. Unter dem Neiße-Viadukt hatten die beiden einen Schrebergarten, der sie ganz wesentlich ernährte. Damals zeigte sie mir voll Stolz das elektrische Licht, das kurz zuvor ihre Gasbeleuchtung abgelöst hatte. Ihre Wohnung lag in dem heute polnischen Teil von Görlitz, ganz dicht bei den damals neu gebauten Kasernen, in welchen ich später einmal Dienst tun sollte.

Mit der Schule ging es bei mir nicht mehr ganz so fröhlich weiter. Seit Ostern 1936 hatten wir Griechisch und das fiel mir recht schwer, wie jetzt ebenso auch Latein und Englisch. Kurz gesagt: mit allen Fremdsprachen hatte ich meine Probleme. Als Ostern 1937 mit der Schulreform ein mathematisch-naturwissenschaftlicher Zweig eingerichtet wurde, wechselte ich mit fliegenden Fahnen zu ihm über.

Die Schulreform brachte noch weitere Veränderungen, die teilweise bis heute Gültigkeit haben. Es gab statt bisher fünf jetzt sechs Noten; die Oberstufe wurde von den neun Jahren Sexta bis Oberprima auf acht Jahre reduziert; dabei büßten die Jahrgangsklassen ihre klangvollen Namen ein, die rückwärts zählten; Sexta, Quinta, Quarta, Unter- und Obertertia, Unter- und Obersekunda, Unterprima und schließlich die jetzt gestrichene Oberprima. An deren Stelle traten die aufwärts zählenden Ziffern.

Wir waren in unserem Leistungskurs nur sieben Schüler, und in diesem kleinen Kreis schloss ich jetzt doch zwei Freundschaften. Der eine Freund war Joachim Strübing, mit dem ich mich auch nach dem Krieg sehr häufig getroffen habe. Wir heirateten etwa zur gleichen Zeit und sind später auch mit unseren Familien oft zusammengekommen. Joachim starb schon mit 60 Jahren. Auf dem Weg zu seinem Büro – er war Chefredakteur einer Fachzeitschrift für Holzverarbeitung – stieg er in den Fahrstuhl und kam oben nach einem Herzinfarkt tot an. Mein anderer Freund, Peter Rahts, erlitt ein noch traurigeres Schicksal. Als Offizier wurde er ab 1940 im Norden Norwegens an der russischen Grenze eingesetzt. Er hat dort wohl keinen Schuss abgegeben, auch keinen gehört, denn in diesem Gebiet ließen sich beide Seiten in Frieden. Er konnte sich dick und rund futtern, kam bei bester Gesundheit 1945 in englische Gefangenschaft, wurde aus dieser aber ziemlich schnell entlassen und starb 1947 im hungernden Berlin an Tuberkulose.

Im Leistungskurs Mathematik hatten wir in der Woche neben den vier Normalstunden noch drei weitere. Auch die Normalstunden hatten wir nicht mit der übrigen Klasse zusammen, sondern aufgrund der unterschiedlichen Lehrinhalte nur in unserer kleinen Gruppe. Dieser Unterricht machte mir viel Spaß, auch wenn unser Lehrer, Herr Hamann, ein kleiner, zackiger SA-Führer war, der Wert auf stramme Haltung legte. Wir hatten oft Unterricht im Freien, da wir auch Landvermessung lernten und mit Messlatten, Theodoliten und Bandmaß durch die Grunewalder Straßen marschierten. Dort vermaßen wir, wie viel Festmeter Holz ein bestimmtes, vermessenes Areal hatte.

Unser Deutschlehrer namens Kühn II war ein trockener, humorloser Mann, der strenge Noten gab. Beim Abfragen begann er entweder beim Anfang des Alphabets oder am Ende; Buchstabe »M«, der ja für mich galt, kam also relativ selten dran, da die Zeit der Unterrichtsstunde nicht bis zu diesem Buchstaben ausreichte. Trotz seiner strengen Art gelang es ihm, bei uns allen eine Liebe zur Literatur zu wecken. Drei von unserer Gruppe wurden später Schriftsteller.

Erinnernswert ist für mich auch der Biologie- und Chemielehrer. Er war ein alter gemütlicher Mann mit dickem Bauch und hatte bei uns den Spitznamen »Potz«, weil er gerne und oft »Potztausend« sagte. Er machte in Chemie viele Versuche, bei denen es knallte und stank, und fragte nie etwas ab, sondern machte seine Noten nur davon abhängig, ob unsere Hausaufgabenhefte mit vielen und möglichst bunten Bildern versehen waren, wie die Darstellungen von Versuchen mit einem Bunsenbrenner. Es war nicht schwer, bei ihm eine gute Note zu erhalten.

Unser Zeichenlehrer Graf war ein Freund der damals inzwischen schon verpönten so genannten Modernen Malerei und führte dementsprechend oft einen Drahtseilakt auf. Er zeigte uns Dias mit Bildern verbotener Künstler und kommentierte sie nur mit gebremster Begeisterung. Mittwochnachmittags bot er einen Leistungskurs in Zeichnen an, der jedem, der daran teilnahm, eine »Eins« im Zeugnis garantierte. Ich meinte, die würde sich unter meinen sonst nicht so prächtigen Noten gut machen und meldete mich an. Meine einzige Aufgabe war es, Leinwandbilder von alter Ölfarbe zu befreien – eine Drecksarbeit, mit der ich, wie ich fand, die sehr gute Note doch noch redlich verdient hatte.

An meiner musischen Entwicklung hatte sicher Herr Protz, unser Musiklehrer, einen großen Anteil. Er quälte uns nie mit Notenlesen; vielleicht setzte er die Beherrschung dieser hehren Kunst bei uns voraus. Er wollte dies wohl, um sich selbst eine Enttäuschung zu ersparen, nicht testen. Auch mussten wir nur selten singen. Er sang uns stattdessen mit wahrer Inbrunst alle möglichen Opern vor, wobei er sich selbst auf dem Flügel begleitete, während wir auf unseren Stühlen um ihn herumgeschart saßen und zuhörten. Im Laufe der Jahre ging er mit uns drei- oder viermal in die Oper, um das durchgenommene Werk in seiner gesamten Bandbreite auf uns wirken zu lassen. Dank seiner Parteibeziehungen hatte er keine Schwierigkeiten, verbilligte Karten auf den besten Plätzen in ausreichender Zahl zu bekommen. Einmal haben wir im Deutschen Opernhaus in der Bismarckstraße Wagners »Meistersinger« gehört und saßen dabei in der »Führerloge« im ersten Rang, Mitte.

Zweimal während meiner Zeit auf dem Gymnasium machten wir eine Klassenfahrt. Wir waren 14 Tage in dem Schullandheim unserer Schule in Werder bei Potsdam. Das Heim, nicht sehr komfortabel, mit großen Mehrbetträumen und mäßig gutem Essen, lag direkt an der Havel. Leider liebte unser Klassenlehrer, Herr Focke, ausgiebige Fahrradtouren. Er selbst hatte ein ganz altes Rad mit hochgestelltem Sattel und Lenker und großer Übersetzung. Kerzengerade wie ein Stock saß er auf dem Sattel und trat mit kräftigen Beinen in die Pedale, während wir mit hängender Zunge hinter ihm herhetzten. Eine andere Klassenfahrt ging nach Kopenhagen. Es waren nur zwei Nächte, die wir uns dort aufhielten, und ich habe keine besonders positiven Erinnerungen an diese Reise. Es war inzwischen schon so weit, dass man die Deutschen im Ausland nicht besonders mochte, und so erhielten wir Verhaltensregeln mit auf den Weg: Wir sollten uns nur in kleinen Gruppen bewegen und keinesfalls aus Versehen mit »Heil Hitler!« grüßen.

Bei der Familie Schulz hatte sich während dessen Entscheidendes getan. Das Schicksal war mir wieder wohl gesonnen gewesen, denn 1937 siedelte die Familie nach Berlin über, da Karins Vater nicht mehr zur See fahren wollte. Er verfügte noch über Verbindungen zur AEG-Turbinenfabrik, wo er den Technischen Direktor im Rahmen seiner Bauaufsicht für die »Scharnhorst« kennen gelernt hatte. Durch diesen Kontakt hatte er eine Stelle als Montage-Ingenieur bei der Turbinenfabrik bekommen.

Das Jahr 1938 hielt eine Reihe von einschneidende Ereignissen bereit. Für mich kam nun der Zeitpunkt der Musterung. 1935 war die allgemeine

Wehrpflicht eingeführt worden, die zwei Jahre später von 12 auf 24 Monate verlängert wurde. Ich hatte beschlossen, mich freiwillig zu melden, zum einen, weil ich dann den Wehrdienst vor der Studienzeit ableisten und mir so auch den Truppenteil aussuchen konnte. Gerne wäre ich zur Marine gegangen. Bei meiner Vorliebe für das große Wasser und den bescheidenen Vorkenntnissen von der Seefahrt dank der Marine-Hitler-Jugend schien ich dafür prädestiniert, aber schon damals zeichnete sich ab, dass meine Augen für die Marine nicht gut genug waren. Zwar trug ich noch keine Brille, aber der Zeitpunkt ihrer Notwendigkeit war abzusehen. Ich wählte dann die motorisierte Artillerie an einem Standort in der Nähe von Berlin, denn ich wollte nicht marschieren und auch nichts mit Pferden zu tun haben; damals war nur ein kleiner Teil des deutschen Heeres motorisiert. Bei der Musterung in Eberswalde stellte der untersuchende Stabsarzt fest, dass ich eine Farbschwäche hatte, die sich vor allem bei blassen Farben bemerkbar machte. Er fragte mich, warum ich zur Artillerie wolle, und ich antwortete ihm, dass ich in der Schule Landvermessung und Ballistik gelernt hatte, woraufhin ich für den Artillerie-Vermessungstrupp vorgemerkt wurde, bei dem ich aber letztendlich nie war.

In Deutschland war es in den letzten Jahren scheinbar bergauf gegangen. Es gab so gut wie keine Arbeitslosen mehr. Zweieinhalb Jahrgänge junger Männer wurden durch den Arbeitsdienst und die Wehrpflicht aufgesogen, viele fanden eine Beschäftigung in der aufblühenden Rüstungsindustrie.

Im März 1938 wurde Österreich von Deutschland besetzt. Wenn der Ausdruck »besetzt« in diesem Zusammenhang heute gang und gäbe ist, so trifft er meiner Meinung nach den historischen Kern dieses Ereignisses nicht richtig. Die große Mehrheit des österreichischen Volkes wollte den Anschluss an das Deutsche Reich, und das nicht erst, seitdem dort die Nazis an der Macht waren. Wie bereits erwähnt, hatten 1921 in Salzburg 99 % der Bevölkerung für den Anschluss an Deutschland gestimmt. In Wien dachte man sicher anders darüber. Dort existierte eine andere Mentalität, man hatte noch das »Wir sind wer«-Gefühl der Einwohner einer ehemaligen Weltmetropole, der Hauptstadt der Donaumonarchie. Diese Haltung hatte nur zu einem geringen Teil damit zu tun, dass in Wien viele Juden lebten, gerade auch solche Juden, die der Nazis wegen aus Deutschland dorthin emigriert waren und nun wieder anfingen, ihre Koffer zu packen. Soweit alteingesessene Juden vorhergesehen hatten, was kommen würde und sie die notwendigen Mittel hatten, waren sie schon gegangen, ehe die Deutschen kamen. Auch von den Gebliebenen gelang etlichen noch in den kommenden Monaten die Flucht. Für die anderen begann jedoch das schreckliche Ende. Was wirklich geschah, davon hatten die meisten Deutschen – und auch ich – keine Ahnung; und die, die etwas wussten, sprachen nicht darüber. Allerdings wurde uns in der

»Reichskristallnacht« am 10. November 1938 der Hass der Nazis auf die Juden drastisch vor Augen geführt. Die Synagogen brannten und die jüdischen Geschäfte, soweit es diese noch gab, wurden geplündert und gebrandschatzt. Die Feuerwehr stand dabei und achtete nur darauf, dass das Feuer nicht auf arische Häuser übergriff. Bei uns am Roseneck gab es keine jüdischen Geschäfte mehr, deshalb blieb dort auch alles ruhig. Als ich am Morgen des 10. November mit dem Rad zur Schule fuhr, kam ich an den rauchenden Überresten der Synagoge in der Franzensbader Straße vorbei. Ich hielt das noch für einen Einzelfall, bis ich in der Schule erfuhr, dass dies nur ein kleiner Teil eines Progroms gewesen war.

Mit Österreich waren die Bemühungen der Nazis, die Geschichte in ihrem Sinn zu ändern, noch nicht beendet. Anfang Oktober 1938, also etwa vier Wochen vor der »Reichskristallnacht«, wurde der deutschsprachige Teil der Tschechoslowakei von deutschen Truppen besetzt. Ein halbes Jahr später, nachdem die Slowakei unter deutscher Einflussnahme ihre Unabhängigkeit erklärt hatte, wurde die restliche Tschechoslowakei zum deutschen Protektorat Böhmen und Mähren erklärt.

Was dachte ein 17-jähriger Junge bei diesen Annektionen? Ich fand sie in Ordnung, stellten sie doch nach meiner Auffassung eine berechtigte Korrektur des Versailler Diktats dar, ebenso wie vorher die Wiedereinführung der allgemeinen Wehrpflicht und die Wiederaufrüstung. Und ich denke, so wie ich empfanden das viele Deutsche und auch mein Vater, obwohl er die Nazis trotzdem nicht mochte. Ich bin aber auch überzeugt davon, dass sehr viele Menschen bei dem Ganzen ein komisches Gefühl im Magen hatten und dachten: »Na, wenn das mal gut geht?!«

Kurz, nachdem ich von dem dritten Ereignis, der Besetzung des Protektorats Böhmen und Mähren erfahren hatte, stand ich an der Bushaltestelle am Elsterplatz und dachte: »Verdammt, jetzt ist schon alles gelaufen, und ich gehe einer stinklangweiligen Wehrdienstzeit entgegen!« Ich habe Zeit und Ort dieses Gedankens noch ganz genau in Erinnerung. Nur kurze Zeit später sollte sich herausstellen, dass ich mich gründlich geirrt hatte.

Dies alles geschah, während ich mich auf das Abitur vorbereitete. Anfang 1939 fanden die schriftlichen Prüfungen statt, die ich mit mittelmäßigem Erfolg bestand. In den mündlichen Prüfungen konnte ich mich auch nicht mehr verbessern, zahlte allerdings trotzdem einen hohen Preis. Um in Physik von einer »Drei« auf eine »Zwei« zu kommen, hatte ich unseren Physiklehrer, Herrn Rinck, gebeten, mich auf eine Gesamtnote »Zwei« zu prüfen. Er war ein netter, liebenswürdiger Mann und kam meiner Bitte nach. Nach stundenlangem Warten wurde ich am Prüfungstag gegen 19 Uhr aufgerufen: »M a r t i n i !« Physik! Geistig völlig weggetreten und mit weichen Knien betrat ich das Prüfungszimmer, wo ich von Herrn Rinck mit einem Lächeln begrüßt wurde, das zu versprechen schien: Ich tue dir nicht weh. Er wollte auch jetzt ein freundlicher Mann sein und nahm den letzten Stoff dran, den wir im regulären Unterricht gehabt hatten, sicher in der Annahme, dass ich davon etwas behalten hätte: die Röntgenröhre. Ich hatte aber schon im Unterricht nichts verstanden und gehofft, dass dieses Thema in der Prüfung nicht drankommen würde und so auch keine Mühe mehr darauf verschwendet. Als mein Gestammel abgebrochen wurde – das ganze Prüfungskollegium mit Direktor und vier Lehrern blickte konsterniert – schüttelte mein Freund Rinck nur den Kopf und murmelte: »Martini, Martini«. Es blieb bei einer »Drei« und noch Jahre später hatte ich Albträume, in welchen ich Herrn Rinck den Kopf schütteln sah und ihn »Martini, Martini« sagen hörte.

Vier Tage nach den Prüfungen war es so weit: Der Arbeitsdienst wartete. Vergebens hatten wir gehofft, wir würden erst nach dem Anfang April liegenden Osterfest einberufen, aber so war es nicht gekommen. Am 1. April 1939 um 7 Uhr mussten wir uns vor dem Sonderzug am Bahnhof Witzleben einfinden, der uns nach Osten bringen sollte.

Muss i denn, muss i denn zum Städtele hinaus

Ein jeder muss zum Arbeitsdienst …

Ich verließ Berlin für sechs Jahre, bis Kriegsende, aber das ahnte ich damals noch nicht. Bei der Abreise auf dem Bahnhof Witzleben waren alle Versammelten noch frohen Mutes. Wir wurden einer nach dem anderen aufgerufen und mussten vor den Abteilen des Zuges Aufstellung nehmen. Unser späterer Truppführer war überall zugleich und scheuchte uns an die richtige Stelle. Schließlich stiegen wir in den Zug und los ging es in ein neues Leben.

Unsere Arbeitsdienstabteilung, eine Einheit mit etwa 180 jungen Männern, lag in der Nähe des kleinen Städtchens Deutschkrone in Hinterpommern, nicht weit von der polnischen Grenze entfernt, also östlich der Oder. Vom Bahnhof Deutschkrone marschierten wir, unser Köfferchen in der Hand – nur wenige trugen den berüchtigten Persilkarton – die etwa drei bis vier Kilometer zu unserem Lager. Es war das typische Arbeitsdienstlager der damaligen Zeit: Am Rand eines Kiefernwaldes gelegen, eine Anzahl von Holzbaracken waren in einem Halbkreis um einen Exerzierplatz angeordnet. Wir mussten auf diesem Exerzierplatz, immer noch mit unserem Köfferchen, der Größe nach antreten, bis 15 abzählen, und das ergab dann einen Arbeitsdiensttrupp. In unserem Trupp waren alle Abiturienten, bis auf einen Müllergesellen, der uns noch häufig helfen sollte. Nachdem diese Einteilung erfolgt war, wurde gefragt, wer einen Führerschein besäße, und da witterten manche Morgenluft in der Hoffnung auf einen ruhigen Job. Der Größte von allen im ersten Trupp hatte sich auch gemeldet; es war unser Vorzeige-Adliger: Rüdiger Graf von der Goltz. Er wurde gefragt, ob er mit einem Zwölfzylinder umgehen könnte, und er bejahte auch dieses. »Prima«, sagte man und teilte ihn für den nächsten Tag zum Latrinenreinigen ein, zusammen mit anderen Führerscheininhabern. Wir besaßen im Lager nicht etwa wassergespülte Toiletten, sondern nur eine ganz ordinäre Latrinenbaracke, wohl mit dem Komfort von Einzelzellen, aber in der Grube darunter fiel alles auf einen einzigen großen – Verzeihung – Scheißhaufen, der von dem Reinigungspersonal mit Chlor abgedeckt werden musste – das war die ganze Hygiene! Wenn der Wind aus der falschen Richtung wehte, stand das gesamte Lager unter der aromatischen Duftwolke eines Gemisches aus Fäkalien und Chlor. Die Grube wurde nur alle halbe Jahre geleert.

Nach unserer Übernahme durch unseren Truppführer wurden wir zu unserer Baracke geführt, die aus drei Räumen von je etwa 30 Quadratmetern bestand. Der mittlere Raum war nun die neue Heimat für uns Männer vom zweiten Trupp. Er hatte zwei kleine Fenster und einen kleinen Windfang zur Außentür. Links und rechts standen an den Wänden je vier Doppelstockbetten mit Strohsäcken als Matratzen. Dazwischen bafanden sich die 50 cm breiten Spinde mit unseren Waschschüsseln obendrauf. Am Fußende jedes Stockwerkbettes standen zwei hölzerne Hocker, in der Mitte des Raumes war ein großer Tisch, zwischen den Fenstern stand noch ein kleinerer. Das war's. Kurze Zeit später empfingen wir unsere Arbeitsdienstklamotten: Knobelbecher (weite Schaftstiefel), Fußlappen statt Strümpfen, die Unaussprechlichen (langärmelige und langbeinige Unterwäsche), einen mehr oder weniger weißen Drillichanzug (Arbeitsanzug), erdbraune Ausgehuniform mit braunem Hemd und schwarzem Binder, Schiffchen (Käppi), Schirmmütze und Koppel (breiter Ledergürtel). Wir mussten das Drillichzeug anziehen und bekamen gezeigt, wie man die scheußlichen Fußlappen um die Füße schlang. Danach verschwand unser Köfferchen mit den Zivilsachen irgendwohin. Dann gab es in der Baracke, die als Speisesaal diente, Abendbrot. Wir saßen je Trupp an einem Tisch, unser Truppführer an der Tete.

Es musste im großdeutschen Reich ein Mangel an Unterführern für den Arbeitsdienst geherrscht haben, so war man wohl in den Wäldern des Sudetenlandes, das kurz zuvor ins Reich heimgekommen war, auf die Suche gegangen und war fündig geworden. Zwei ehemalige Waldarbeiter waren im Schnellkurs zu Unterführern ausgebildet und als Truppführer auf uns losgelassen worden. Der dritte Sudetendeutsche, der in unserer Abteilung war, kam aus der tschechischen Armee, wo er wohl Unteroffizier gewesen war; er war direkt zum Obertruppführer ernannt worden. Alle drei wurden auf uns »Intelligenzler« vom ersten Zug angesetzt, der somit fest in sudetendeutscher Hand war. Der erste Trupp erhielt den ehemaligen Unteroffizier zum Vorgesetzten; er war der schärfste Schleifer mit dem grellsten Organ in der ganzen Einheit. Ihm sollte ich Jahre später wieder begegnen. Mein Truppführer war also ein »Holzhackerbua«, und im Grunde war das unser Problem. Ohne Zweifel litt er als Vorgesetzter einer Horde von Berliner Abiturienten an einem Minderwertigkeitsgefühl und ließ das durch Brüllen und Schikanieren an uns aus. Ich glaube aber, dass er im Grunde seines Herzens ein netter Kerl war. Natürlich hatten wir auch einen Zugführer, einen Feldmeister. Er war Anwärter auf die höhere Laufbahn beim Arbeitsdienst und hatte durch seinen Vater, der dort ein hohes Tier war, beste Beziehungen nach oben und wurde deshalb vom Chef der Abteilung, einem Oberstfeldmeister, mit Glacéhandschuhen angefasst. Diese Beziehung war für uns alle von Vorteil, denn das eine oder andere Übel konnte auf dieser Schiene beseitigt werden.

Unser Lohn betrug 25 Pfennige täglich. Davon konnte man Zigaretten oder Limonade kaufen. Da ich Nichtraucher war und die Limonade nicht mochte, sparte ich das meiste davon.

Die offizielle Bezeichnung für mich und alle, die den Arbeitsdienst ableisten mussten, war nun »Arbeitsmann«. Ich war noch keine 18 Jahre alt, kam aus einem wohl behüteten Hause und schätzte die gute Küche meiner Mutter. Das war einmal. Von nun an herrschte ein straffer Drill und beim Essen Mittelmäßigkeit bis Unzumutbarkeit.

4 Uhr 45: Gellender Pfiff aus der Trillerpfeife des Truppführers vom Dienst, ein Gebrüll: »Aufstehen, in fünf Minuten raustreten zum Frühsport!«

4 Uhr 50: Beginn des Frühsports mit einem kleinen Dauerlauf zum nahe gelegenen Wald. »Halt! Wegtreten zur Pinkelpause!« Jedermann suchte sich seinen Baum und ließ das nächtens aufgestaute Wasser ab. Der Frühsport wurde immer im Verband des Zuges ausgeübt; 45 Bäume erhielten also Morgen für Morgen ihre Harnsäureration. In anderen Ecken des Waldes taten die anderen Züge ein Gleiches: Der Wald wurde also so gut gedüngt wie eine Promenade, auf der allmorgendlich die Hunde spazieren geführt werden. Anschließend wurde ein wenig mit den Armen und Beinen gewedelt und es ging wieder im Laufschritt zurück ins Lager.

5 Uhr 15: »Raustreten zum Waschen!« Das geschah an der Pumpe, wo lange Bänke standen, auf die wir unsere mit dem kalten Pumpenwasser gefüllten Aluminium-Waschschüsseln stellten. Es dürfte klar sein, dass die Wäsche unter diesen Umständen auch nur eine Katzenwäsche war. Ich kann mich nicht erinnern, mich abends gewaschen zu haben, vielleicht die Füße. Ich denke, dass wir schon ziemliche Schweine waren. Immerhin hatte ich doch einmal ein so starkes Reinigungsbedürfnis, dass ich mich bei einem heftigen Gewitterregen unter die abflusslose Traufe der Regenrinne unserer Baracke stellte und mit viel Seife eine gründliche Ganzkörperwäsche vornahm. Das machten mir dann einige Kameraden nach. Nach dem Waschen, das in dieser Form bei jedem Wetter stattfand, zogen wir unseren Drillich an, machten nach einem festgelegten Ritual unsere Betten – das Kopfkissen musste von der zusammengefalteten Oberbettdecke wie in einem rechtwinkeligen Kasten liegend umhüllt sein – und räumten die Stube auf.

6 Uhr: Es ging zwanglos, das heißt ohne Gebrüll, zur Essbaracke. Das Frühstück bestand aus Muckefuck (Kornkaffee), Kommissbrot, Margarine und Vierfruchtmarmelade. Danach ging es zu unserer Baracke zurück. Koppel umschnallen, Käppi aufsetzen und auf den um 6 Uhr 30 erschallenden Ruf: »Raustreten zum Arbeitseinsatz!« warten.

Wir traten an und marschierten den kurzen Weg zur Fahrradbaracke, wo jeder ein Fahrrad erhielt, jedes Mal ein anderes. Es waren uralte Räder, aber in einem überraschend guten Zustand. Dann fuhren wir zu unserem Einsatzort. Unser Arbeitsgerät waren Spitzhacke und Schaufel. Was für eine nützliche Arbeit sollten wir aber verrichten? Wir befanden uns mitten im so genannten Ostwall, von dessen Existenz bisher keiner von uns etwas gewusst hatte. Es waren auch nur Erdbunker dort, richtiger gesagt: Lehmbunker. Unsere Aufgabe war es, diesen Bunkern ein Schussfeld zu verschaffen, indem wir vorgelagerte Hügel abtrugen. Zum Transport des ausgehobenen Guts hatten wir Kipploren, die jeweils 1/2 bis 3/4 Kubikmeter fassten und auf Feldbahngleisen von uns bis zur Kippstelle, einer Mulde, geschoben werden mussten. Der Weg dahin war am Ende etwas abschüssig und da konnte es vorkommen, dass so eine Lore ins unkontrollierte Rollen kam und in die Mulde stürzte. Das Wiederaufrichten der Lore und ihr Zurücksetzen auf die Gleise war eine angenehme Abwechslung in unserem beschwerlichen Einerlei. Möglicherweise war das der Grund, dass doch recht viele Loren außer Kontrolle gerieten. Die Hügel, mit denen wir uns abrackerten, waren aus schwerem Lehm; jeder Schaufelhaufen musste vorher mit der Spitzhacke gelockert werden. Die Folge davon waren Blasen an den Händen, unter denen ich allerdings weniger zu leiden hatte, was wohl auf die Abhärtung durch das Rudern zurückzuführen war. Die Loren standen an der Aushubstelle hintereinander, jede wurde von drei Mann bedient, und es war nun so, dass die letzten Loren warten mussten, bis die Davorstehenden gefüllt waren, ehe auch sie weggeschoben werden konnten. Der Truppführer trieb uns mächtig an. Nun sei dem wackeren Müllergesellen unseres Trupps ein Loblied gesungen, welcher der kräftigste von uns allen war. Wir achteten darauf, dass er stets zur letzten Lore kam, die bei seiner Tüchtigkeit natürlich ziemlich schnell gefüllt war, damit er bei den anderen Loren helfen konnte, was er in seiner kameradschaftlichen Art bereitwillig tat. Das Ganze scheint mir aus heutiger Sicht eine ziemlich idiotische Übung gewesen zu sein, aber Schaufelbagger, die unser Monatsprogramm in drei Stunden abgetragen hätten, gab es damals wohl noch nicht. Wir arbeiteten mit freiem Oberkörper, und so kamen zu den Blasen an Händen und Füßen, wo die Fußlappen Falten gezogen hatten, noch die Schmerzen eines Sonnenbrandes auf dem Rücken, die uns besonders nachts im Bett quälten.

12 Uhr: Zurück ins Lager, wo nach notdürftiger Reinigung der Hände, der Drillichanzüge und der Stiefel um 12 Uhr 30 das Signal zum Mittagessen gegeben wurde. Nach meiner Erinnerung war das, was uns geboten wurde, immer ziemlich scheußlich. Das Schlimmste aber gab es immer freitags, nämlich einen Salzhering mit Pellkartoffeln, der so hart war, dass man ihn als Schlagwaffe hätte benutzen können. Wir ließen ihn alle liegen, außer unserem Müllergesellen, der sich wacker durch den Fisch quälte, weil er auch den größten Hunger hatte. Unserem Zugführer, der das Gleiche essen musste, gelang es dank seiner väterlichen Verbindung, dass dieser Fraß nach einigen

Wochen aus dem Speiseplan gestrichen wurde. Nach dem Mittagessen hatten wir bis 14 Uhr eine Auszeit. Dann wurden wir zum Exerzieren heraus gepfiffen. Zunächst wurden uns die einfachen Begriffe der soldatischen Körperhaltung und -bewegung beigebracht – man kannte das ja schon von der Hitler-Jugend. Dann begannen die Exerzierübungen mit dem Spaten, für dessen helles Schaftholz und silbern glänzenden Spatenteil wir mittels Scheuersand in den abendlichen Putz- und Flickstunden zu sorgen hatten. Beim Spaten-Exerzieren wurde dieser wie ein Gewehr gehandhabt. Am Anfang war größte Aufmerksamkeit erforderlich, damit man sich bei dem Kommando »Den Spaten über« nicht das linke Ohr abschlug. Anlässlich dieses Exerzierens wurden wir auch kräftig geschliffen, das heißt, dass wir unter den Kommandos »Hinlegen« und »Sprung auf marsch, marsch« durch das Gelände jagen und robben mussten. Wenn etwas nicht klappte, wurden wir vom Truppführer um die Baracke gescheucht, bis uns die Zunge aus dem Hals hing. Doch hier fanden wir in kameradschaftlicher Einigkeit eine Lösung, indem wir vereinbarten, auf der Rückseite der Baracke, also außerhalb des Blickfelds unseres Truppführers, der wie angewurzelt vor der Baracke stehen zu bleiben pflegte, langsam dahinzuschlendern, bis wir wieder nach vorn kamen und unter furchtbarem Gekeuche einen völlig erschöpften Eindruck machten. Wir trieben es aber noch toller, wenn wir nach dem Kommando »Hinlegen« plötzlich alle an einer erkältungsbedingten Schwerhörigkeit litten und das Kommando »Sprung auf marsch, marsch« partout nicht verstehen konnten und so den Truppführer zwangen, sich von seinem scheinbar eingefrorenen Posten in unsere Mitte zu bewegen. Wir 14 Abiturienten hatten eine gewisse Mühe, unseren Müllergesellen, der immer sehr eifrig war, dazu zu bewegen, bei diesem Spiel mitzumachen. Wenn wir es allerdings zu toll trieben, rief der Truppführer den Obertruppführer, und dann war Schluss mit Lustig.

Nachmittags hatten wir Schießen und marschierten dann mit den langen Karabinern 98 aus dem Ersten Weltkrieg zum nahe gelegenen Schießplatz. Der Nachmittagsdienst endete um 17 Uhr, dann war Putz- und Flickstunde, und wir mussten die vom Dienst des Tages verdreckte Uniform, insbesondere unsere Stiefel, reinigen. Diese mussten glänzen, was durch Polieren mit dem Boden einer Glasflasche erreicht werden sollte. Wenn wir auf dem Schießplatz gewesen waren, mussten wir außerdem noch das Gewehr reinigen. Die Stunde bis zu dem auf 18 Uhr angesetzten Abendbrot reichte dafür oft nicht aus, und dann musste hinterher weitergeputzt werden. Auch das Abendessen war natürlich spartanisch: irgendein Früchtetee, Kommissbrot, Margarine und eine zähe, undefinierbare Wurst, von uns Gummiwurst genannt; ab und zu gab es Blutwurst, vielleicht auch mal ein Paar Wiener Würstchen. Diejenigen, die aus den umliegenden Dörfern kamen, blickten stets voller Verachtung auf uns Städter, die das aßen; sie lebten aus den Fresspaketen, die sie von ihren elterlichen Bauernhöfen erhielten.

Nach dem Abendessen hatten wir Freizeit, die wir mit Lesen, Klönen, Kartenspiel oder auch nur mit Dösen verbrachten. Natürlich wurden aber jetzt auch Briefe nach Hause geschrieben, voll von Klagen und Wünschen, und auch ich jammerte in meinem ersten Brief an meine Eltern über die Blasen an meinen Füßen und bat um Kniestrümpfe, um die scheußlichen Fußlappen los zu werden, und um Unterwäsche, die bequemer war als die Unaussprechlichen, die man uns verpasst hatte, und natürlich auch um etwas Leckeres für den Magen. Daraus entwickelte sich ein lebhaftes Hin und Her von Päckchen mit schmutziger und gewaschener Wäsche, mit kaputten und gestopften Strümpfen; oft lohnte sich das Flicken der Strümpfe aber nicht mehr, denn in den Stiefeln konnten die Löcher gewaltig groß werden. Auch als wir für fähig gehalten wurden, uns in der Öffentlichkeit allein zu bewegen und den deutschen Gruß durch Erheben des rechten Arms stramm zu erweisen, scheute jedermann den Fußmarsch in das Städtchen, in dem man den Ausgang hätte verbringen können. Man war einfach zu erschöpft. Ins Bett durften wir aber trotz unserer müden Knochen nicht vor 21 Uhr 30.

22 Uhr: Zapfenstreich. Ich denke nicht, dass irgendjemand von uns Schwierigkeiten mit dem Einschlafen hatte. Wir mussten uns beeilen und schneller schlafen, denn uns blieben nicht einmal sieben Stunden bis zum Wecken.

So verliefen die Tage von Montag bis Freitag. Der Vormittag des Samstags diente dem Großreinemachen der Unterkünfte und Gemeinschaftsräume, auch der Latrine. Speziell die Unterkünfte wurden hinterher kontrolliert, meist von dem scharfen Obertruppführer. Er suchte dann nach Staubresten in den hintersten und höchsten Ecken, achtete auf vorschriftsmäßigen Bettenbau, wollte die Waschschüsseln blitzblank gescheuert sehen, ebenso die Tische und Hocker, speziell deren Beine, die leicht durch die Knobelbecher schwarze Schuhcremeflecken davon trugen, und natürlich richtete er sein besonderes Augenmerk auf das einwandfreie Aussehen der Exerzierspaten. War etwas zu beanstanden, so wurden der oder die Betreffenden mit allen Schikanen um die Baracke gescheucht. Der Samstagnachmittag diente dann der Erholung.

Am Vormittag des Sonntags gab es meist ein leichtes Exerzieren in unseren Ausgehuniformen; es wurde, um den Feiertag zu betonen, dabei nicht gescheucht. Anschließend folgte meist ein Appell der ganzen Abteilung, bei dem der Oberstfeldmeister ein paar erbauliche Worte sprach.

Einige Wochen nach unserem Dienstantritt wurde solch ein Appell besonders feierlich gestaltet: Der Oberstfeldmeister verlas eine Liste mit den Namen der Arbeitsmänner, die aus der Hitler-Jugend in die Partei, die NSDAP, übernommen worden waren. Ich war nicht darunter, hätte auch nicht damit rechnen können, galt meine Mitgliedschaft in der Marine-Hitler-Jugend seit meiner Ruderei doch sicher als erloschen. Ich muss gestehen, dass meine Gefühle damals gespalten waren. Einerseits war ich froh, wieder einer organisierten

Mitgliedschaft entgangen zu sein, andererseits fühlte ich mich irgendwie zurückgesetzt. Die neuen Parteimitglieder, die ich fragte, hatten niemals einen Aufnahmeantrag gestellt. Nach dem Krieg werden sie, so sie denn noch lebten, bei der Entnazifizierung einige Schwierigkeiten gehabt haben, das zu beweisen.

Glücklicherweise änderte sich nach etwa sechs Wochen der Arbeitseinsatz für den ersten Zug. Wir wurden zur Försterei des an das Lager grenzenden Forstes abgestellt. Möglicherweise, weil zwei unserer Truppführer einmal Waldarbeiter gewesen waren und man bei ihnen Fachkenntnisse erwarten durfte. In den ersten Wochen war es unsere Aufgabe, mit einem weißen Zeichen versehene Bäum zu fällen, zu entasten und ihre Rinde zu schälen, eine Arbeit, die ich ausgesprochen gern tat. Ausgerüstet waren wir mit Schrotsäge, Axt und Geräten zum Schälen der Rinde. Bei der Arbeit mussten wir aufpassen, dass wir beim Fallen eines Baumes nicht vom hochwippenden Stammende getroffen wurden; insofern war diese Arbeit nicht ganz ungefährlich. Unseren Waldschraten – der Obertruppführer war nie mit im Wald – arbeiteten wir natürlich viel zu langsam, was uns auf die Idee brachte, den beiden eine Wette anzubieten. Sie sollten innerhalb von zwei Stunden eine bestimmte Anzahl von Bäumen fällen, entasten und entrinden. Schafften sie das, so erhielten die beiden von uns einen Kasten Bier. Die »Holzhackerbuam« willigten ein, machten ihre muskulösen Oberkörper frei und legten los. Wir aber lümmelten uns auf den Waldboden, dösten und blinzelten ab und zu auf die schwitzenden Gestalten. Eine Ruhepause war uns da in den Schoß gefallen, die, wenn wir die Wette verlören, jeden von uns nur ein paar Pfennige kosten würde. Zum Schluss zahlten wir auch, die beiden Gewinner brachen erschöpft zusammen, und wir blieben weiter untätig.

Was taten wir noch für die Försterei? In einer Baumschule rammten wir Stützpfähle für die jungen Bäume in die Erde, wobei wir auf Leitern stehend Vorschlaghämmer schwangen, was uns nicht ganz leicht fiel. In der Tischlerei nagelten wir Schießschartenblenden und Türen für die Lehmbunker des »Ostwalls« zusammen. Alle diese Tätigkeiten, die uns etwa zwei Monate beschäftigten, führten dazu, dass ich mich zum Holzfachmann erklärte, als ich ein knappes Jahr später bei der Landhilfe eingesetzt wurde.

An einem Samstag wurde ich in der Mittagspause überraschend zum Oberstfeldmeister befohlen, ich hatte keine Ahnung, was der Grund sein konnte. Als ich ihm gegenüberstand fragte er mich, welchen Dienstgrad mein Vater bei der Reichswehr gehabt habe. Danach las er mir ein Telegramm meines Vaters vor: »Die Schwester Gerda meines Sohnes Kurt Martini plötzlich gestorben; bitte, geben Sie ihm Urlaub. Walter Martini, Oberstleutnant a. D.« Der Oberstfeldmeister, offensichtlich misstrauisch solchen ungewohnten

Bitten gegenüber, sagte, dass er sich über meinen Vater in Berlin erkundigt hätte; ich könne sofort für drei Tage in Sonderurlaub fahren. Er fragte auch noch, ob ich wüsste, was meiner Schwester gefehlt habe; ich konnte nur den Kopf schütteln, zum Sprechen war ich nicht in der Lage. Als ich mich in der Ausgehuniform beim Zugführer abmeldete, musterte mich dieser und sagte, dass ich so nicht gehen könne. Ich hatte bei der Einkleidung eine völlig verschossene und abgewetzte Uniformjacke erhalten und diese bisher nur zum Exerzieren benutzt; es hatte damals keine andere mir passende Jacke in der Kleiderkammer gegeben. Nun wurde entschieden, dass ich eine funkelnagelneue Jacke erhalten sollte, die den neuesten, noch gar nicht gültigen Kleidervorschriften des Reichsarbeitsdienstes entsprach. In dieser Uniformjacke würden wir in Kürze in Polen einmarschieren. Es war eine bis oben geschlossene Jacke, bei der sich Braunhemd und Krawatte erübrigten.

Nach dieser Verzögerung marschierte ich zum Bahnhof Deutschkrone und fuhr nach Schneidemühl, wo ich in den nach Berlin fahrenden D-Zug umsteigen musste. Auf der Fahrt waren meine Gedanken nur bei Gerda. Ich dachte, ihr Tod sei Folge eines Unfalls gewesen. Wir waren nie besonders herzlich verbundene Geschwister gewesen, aber ihr Tod, mit dem ich so unvermittelt konfrontiert worden war, hatte mich sehr aufgewühlt. Abends traf ich am Hohenzollerndamm ein und fand meine Eltern völlig aufgelöst vor. Ich bin noch heute erschüttert, wenn ich mir ins Gedächtnis rufe, wie sehr mein Vater litt. Er hatte mit Gerda ein besonders inniges Verhältnis gehabt. Auf Hilde war Vater stolz, auf mich wäre er gern stolz gewesen, ich gab ihm aber dazu keine Gelegenheit, Gerda aber war die Sonne seines Herzens. Ich erfuhr nun auch, woran sie gestorben war: Hirnhautentzündung. Ihr Todestag war der 22. Juni.

Gerda hatte erst wenige Monate zuvor eine Anstellung an einem Kinderheim in Sankt Peter-Ording an der Nordsee erhalten. Sie war so glücklich gerade über diese Stelle gewesen. Irgendwann im Juni hatte sie heftige Nackenschmerzen bekommen, zunächst als reine Muskelverspannung, dann als Rheuma diagnostiziert. Schließlich kam sie ins Krankenhaus, wo man die Hirnhautentzündung feststellte. Ein Mittel dagegen gab es damals noch nicht. Sie war keine 21 Jahre alt geworden.

Nach Beendigung meines Sonderurlaubes musste ich wieder nach Deutschkrone abreisen, der Dienst im Forst ging weiter wie bisher. Ab Anfang August machten wir aber keinen Dienst mehr außerhalb des Lagers: Die kommenden Ereignisse warfen ihre Schatten voraus. Im Lager ging das Gerücht herum, dass wir bald in Polen einmarschieren würden. »Wir«, das hieß natürlich die deutschen Truppen. Unsere Karabiner 98 wurden gegen die Karabiner 98k mit dem kürzeren Lauf eingetauscht.

Mitte August wurde ein allgemeiner Wochenendurlaub gegeben. Ich meldete mich freiwillig zur »Stallwache«, das heißt dem Personal, das zur Mindestversorgung des Lagers zurückbleiben musste, war ich doch erst einige Wochen zuvor zu Hause gewesen. Am Samstagvormittag bekam ich den Befehl, mit unserem Eselskarren – wir hatten in der Einheit nämlich einen mehr oder weniger störrischen Esel – nach Deutschkrone zu fahren und dort die Postsäcke abzuholen. Mit diesem Esel hatte ich bisher noch nichts zu tun gehabt, außer, dass ich ihn einmal mit einer Mohrrübe gefüttert hatte. Es war nun nicht so, dass ich auf dem Karren hätte aufsitzen können – weit gefehlt: keinen Schritt wäre das Vieh dann gelaufen. Nein, der Esel wollte geführt werden, damit er das Herrchen immer sehen konnte. Ich machte mich also an einem irrsinnig heißen Sommertag auf den Weg, den der Esel im Schlaf kennen musste, machte er ihn doch täglich. Auf dem Rückweg geschah es, dass wir von einer Panzerkolonne überholt wurden, die gen Osten an die polnische Grenze fuhr. Die Deutschen marschierten also 14 Tage vor Kriegsbeginn schon einmal auf. Es war aber noch nicht so weit – abends ging es wieder zurück. So eine Panzerkolonne macht einen gewaltigen Lärm, und der verschreckte den Esel, der umgehend durchgehen wollte. Ich stellte mich vor ihm auf und versuchte, ihm die Ohren mit den Händen und die Augen mit den Ellenbogen zuzuhalten. Es muss ein sehr komischer Anblick gewesen sein, denn die aus ihren Luken lugenden Panzerbesatzungen johlten mir laut zu. Als wieder Ruhe eingekehrt war, zogen wir weiter.

In einem der von mir geholten Postsäcke lag auch ein Brief an mich. In diesem teilte mein Vater mir mit, dass Großvater gestorben war. Auch dieser Tod kam für mich völlig unerwartet. Er war 85 Jahre alt geworden. Nach der seelischen Erschütterung durch Gerdas Tod ging mir sein Ableben nicht sehr unter die Haut. Er wurde in Köln auf dem Melaten-Friedhof neben seiner Frau beigesetzt. Es war nicht die Rede davon gewesen, dass ich an der Trauerfeier teilnehmen sollte, ich hätte jetzt wohl auch keinen Urlaub mehr bekommen. Das Grab meiner Großeltern habe ich nie gesehen, es wurde im Krieg bei einem Luftangriff zerstört, und meiner Mutter und mir fehlten nach dem Krieg die Mittel, es wieder herrichten zu lassen.

Eine Woche vor Kriegsbeginn wurden wir zu Soldaten erklärt. Wir erhielten Soldbücher, die uns den ganzen Krieg über begleiteten, und eine »Gehaltserhöhung« von den bisherigen 25 Pfennigen auf 1 Reichsmark. Die neue Uniform, von der ich bereits die Jacke im Juni erhalten hatte, wurde jetzt allgemein ausgegeben; mit Krawatte in den Krieg zu ziehen, wäre ja wohl auch etwas komisch gewesen. Außerdem bekam jeder von uns eine gelbe Armbinde, am linken Oberarm zu tragen, auf der »Deutsche Wehrmacht« stand. Das alles geschah am 24. August 1939, dem Tag, an dem nun offiziell meine Wehrdienstzeit begann. Diese Metamorphose vom Arbeitsdienst in die Wehrmacht war sicher von langer Hand vorbereitet worden. Da das neue Kind auch einen Namen haben musste, wurden wir nun zum »Armee Nachschubbataillon 1000«. Jawohl: tausend!

Am Freitag, den 1. September 1939, begann der Krieg mit Polen und damit der Zweite Weltkrieg.

Wir wurden bei völliger Dunkelheit geweckt, mussten nach kurzer Zeit zum Appell antreten und bekamen die Neuigkeit vom Oberstfeldmeister verlesen. Ich weiß nicht mehr, was ich damals fühlte. Vom Beginn eines Weltkrieges ahnten wir noch nichts! Wir hielten den Krieg mit Polen für eine ähnliche Aktion wie die Besetzung der Tschechoslowakei. Wir dachten, Polen würde genau so schnell kapitulieren. Es kam anders: Zwei Tage später erklärten England und Frankreich Deutschland den Krieg, und damit nahm das Ganze völlig andere Dimensionen an. Nach dem Appell wurde hastig gefrühstückt, wir mussten nun unser Drillichzeug anziehen und dann bestiegen wir die vor dem Lager bereitgestellten vier mattgraulackierten Autobusse, mit denen wir hinfort Polen erobern sollten. So weit war es aber an diesem Tag noch nicht.

Wir fuhren nur nach Stettin, wo wir eine im Hafengebiet gelegene Raffinerie ansteuerten. Hier begann bald die körperlich schwerste Arbeit, die ich je in meinem Leben leisten sollte. Wir mussten eine schier nicht endende Kolonne von Wehrmachtslastwagen mit 20-Liter-Kanistern, die in einer riesigen Halle gelagert waren, beladen. Da mehrere Lastwagen gleichzeitig beladen wurden, bildeten wir eine entsprechende Zahl von Ketten, in denen die Kanister von Hand zu Hand gereicht wurden. Die schwerste Arbeit hatten dabei diejenigen zu leisten, welche die Kanister auf die Ladeflächen der Lastwagen stemmen, und diejenigen, die sie dort stapeln mussten. Diese drei oder vier Mann wurden nach kurzer Zeit abgelöst und hatten dann am Anfang ihrer Ketten weiterzumachen. Wir arbeiteten, bis die Halle leer war, und das war etwa nach 10 Stunden der Fall, eine kurze Mittagspause eingerechnet. Dann ging es in unseren Autobussen zurück nach Deutschkrone ins Lager, wo wir nach kurzem Abendessen halbtot in unsere Betten fielen.

Zuhause hatte Hilde mittlerweile Hans-Eberhard geheiratet. Eine Kriegstrauung, wie sie in dieser Zeit unter vereinfachten Bedingungen möglich war. Sie konnte von einem Tag auf den anderen geschehen, ein Aufgebot war nicht nötig. Hans-Eberhard war schon zu einer Sanitätseinheit als Feldwebel eingezogen; er sollte bald Unterarzt werden. Da er keinen Ausgang mehr bekam, musste die ganze Zeremonie auf dem Kasernengelände des Truppenübungsplatzes Döberitz westlich von Berlin stattfinden, wo Hans-Eberhard stationiert war. Als Gäste waren nur die beiden Elternpaare und einige Kameraden von ihm dabei. Der Altar bestand aus einer Reihe von Gartentischen, die im Freien zusammengestellt worden waren.

Zwei oder drei Tage nach unserem Besuch in Stettin zogen wir die neuen Uniformen an und bestiegen wieder unsere Busse. Diesmal hatten wir unser kärgliches Gepäck dabei und unseren Karabiner 98k nebst 30 Schuss Munition in Patronentaschen am Koppel. Diesmal fuhren wir über die Grenze nach Polen hinein, in ein Gebiet, das als Westpreußen bis 1918 zum Deutschen Reich gehört hatte. Wir glaubten damals noch an eine Berechtigung des Kriegs, holten wir uns doch nur das zurück, was man uns mit dem ungerechten Versailler Vertrag genommen hatte. Wir wurden zu den verschiedensten Kommandos aufgeteilt, und ich und sieben andere Leute – oder soll ich jetzt richtiger immer »Soldaten« sagen? – wurden in einer einsamen Landschaft neben einem Bahngleis ausgesetzt, auf dem vier Kesselwagen mit Benzin standen. Man erklärte uns kurz unsere Aufgabe, die darin bestand, die kämpfende Truppe mit Benzin zu versorgen. Dazu hatten wir leere Benzinkanister, die von den Lkws der Truppe angeliefert wurden, aus den Kesselwagen zu befüllen und wieder auf die Lkws zu laden. Unser Geschäft ging – für uns überraschenderweise – nur schleppend; wir konnten nicht wissen, dass die deutschen Truppen so schnell vorgedrungen waren, dass sich unsere Benzinstation inzwischen schon weit im Hinterland befand. Wir mussten hier zum Glück nur zwei Tage und zwei Nächte ausharren. Immer zwei Mann schoben im zweistündigen Wechsel Wache. Nachts schliefen die Übrigen in ihre Decken und Zeltplane gehüllt am Bahndamm. Wir hatten damals keine Angst vor Partisanen, die es auch nicht gab. Unser Gebiet war ja von »Volksdeutschen« besiedelt, von denen naturgemäß keine Gefahr drohte. Hätten sich aber Partisanen an uns herangemacht, so hätten sie ein leichtes Spiel gehabt, und dann würde ich dies alles nicht mehr erzählen können. Am dritten Tag – wir hatten vielleicht anderthalb Kesselwagen geleert – wurden die vier Wagons von einer Lokomotive abgeholt und wenig später wurden auch wir von einem Lastwagen abtransportiert. Wir trafen unsere Einheit vorläufig nicht wieder, nur einzelne Trupps davon.

Schließlich landeten wir in Schwetz, einer mittelgroßen Stadt in Westpreußen, in der meiner Erinnerung nach auf einem Hügel eine große psychiatrische Anstalt lag – damals sagte man unverblümt »Irrenanstalt«. In dieser Anstalt hatte man ein Gebäude für polnische verwundete Soldaten geräumt; diese hatten wir zu bewachen. Wir gingen also mit unseren Karabinern auf dem Gelände der Irrenanstalt Streife, Tag und Nacht, immer zwei Stunden Wache, vier Stunden frei. Unheimlich waren die Nächte, wenn die Stille durch das Schreien und Geheule der schweren Fälle unterbrochen wurde; dann lief einem wirklich eine Gänsehaut den Rücken runter. Es war beruhigend, dass wir stets zu zweit Streife liefen. Am Tage gingen die leichten Fälle der Schwachsinnigen ihren gewohnten Aufgaben nach. So harkten viele das nach dem heißen Sommer schon reichlich gefallene Laub zusammen. Manche harkten auf einer Stelle stehen bleibend Mulden in den ungepflasterten

Boden; ob aus innerem Protest oder weil sie wirklich nicht anders konnten, weiß ich nicht. Andere kamen auf uns Streifengänger zu und sagten, dass wir sie hier rausholen sollten; sie seien nicht verrückt – man hätte sie hier nur eingesperrt, weil sie Deutsche wären. Wir trösteten sie mit der Aussicht, dass das alles in Kürze geregelt würde. Was sollten wir sonst auch sagen?

Ein anderes Mal schoben wir Wache bei einem so genannten Beutesammellager; hierbei handelte es sich wohl um Lagerhäuser von Spediteuren, in denen Waren aller Art deponiert waren. Unsere Aufgabe war es, das Lager vor Plünderungen zu schützen. Auch hier galt der Rhythmus: zwei Stunden Wache, vier Stunden frei; wir gingen immer paarweise. Bei dieser Wache lernte ich erst richtig Skatspielen. Unsere längste Partie dauerte 48 Stunden, ohne Schlaf, nur unterbrochen von den Wachgängen. Unsere Wachstube war das Büro der Spedition, und hier fand das große Spiel statt. Ich hatte meinen Platz auf einem Sofa an einer Wand. Irgendwann fing ich an, mich darüber zu wundern, dass ich meine Soli fast immer verlor, auch wenn ich gute Karten hatte. Als ich dann einmal von der Wache in die Stube zurückkehrte, sah ich den Grund für mein Desaster: Über meinem Sofa hing vornüber geneigt ein großer Spiegel, der meinen Mitspielern einen prächtigen Blick in mein Blatt ermöglicht hatte. Nach meiner Entdeckung gab es großes Gewieher bei meinen Kumpels, aber der Spiegel wurde nun mit einer Decke verhängt, und ich hatte beim Spiel wieder bessere Chancen.

Unsere Einheit sahen wir erst Ende des Monats September wieder, als Polen kapituliert hatte. Vorausgegangen war der Einmarsch russischer Truppen in Ostpolen. Die Sowjets wollten sich im Vertrauen auf den erst kurz vor Kriegsbeginn abgeschlossenen Nichtangriffspakt mit dem Deutschen Reich noch ein großes Stück von dem polnischen Kuchen abschneiden und ein Gebiet zurückholen, das zur Zarenzeit noch unter russischer Herrschaft gewesen war. Klar, dass sie dieses Gebiet am Ende des Zweiten Weltkrieges nicht wieder herausgeben wollten, was der wesentliche Grund dafür war, dass Polen mit den Deutschen Ostgebieten bis Oder und Neiße entschädigt wurde.

Wir fuhren jetzt, da dieser Feldzug zu Ende war, mit unseren Bussen nach Arys, einem Truppenübungsplatz im südlichen Ostpreußen, wo wir einige Wochen stationiert blieben. Es war das einzige Mal in meinem Leben, dass ich in Ostpreußen war. Wir hatten Oktober und es war der erste Schnee gefallen – und das nicht zu knapp. Man glaubte uns irgendwie beschäftigen zu müssen und ließ uns die Fußwege und Fahrstraßen des Kasernengeländes von Schnee freiräumen. Als dieses Werk getan war, kam irgendein Hochrangiger auf die glorreiche Idee, die Granattrichter des Artillerie-Übungsplatzes von uns einebnen zu lassen – bei dem gefrorenen Boden eine viehische Aufgabe mit der Spitzhacke. Immerhin hätten wir uns dabei warm arbeiten können, taten wir unseren Dienst doch ohne Winterkleidung. Wir hatten jedoch die glorreiche Idee, die Granattrichter einfach nur durch das Einschaufeln von Schnee zu planieren, was unsere Unterführer mit Stillschweigen billigten. Die erstaunten Augen des Wehrmacht-Standortkommandanten hätte ich im Frühjahr gerne gesehen.

Eigentlich hätten wir schon seit dem 1. Oktober aus dem Arbeitsdienst entlassen sein müssen, aber der erlösende Befehl dazu blieb aus. Stattdessen ging es zurück nach Deutschkrone, jedoch mit einer Unterbrechung in Schneidemühl, wo wir an einer »Siegesparade« – im Stechschritt – vor der jubelnden Bevölkerung teilnehmen mussten. Inzwischen war es November geworden und wir gammelten weiter ohne rechten Dienst herum. Doch dann war es so weit, Mitte November kam der Befehl: Alle, die sich freiwillig zu einem Wehrmachtstruppenteil gemeldet hatten, sollten schnellstens in Marsch gesetzt werden. Schnellstens, das hieß für mich ohne Umweg über den Hohenzollerndamm. Die Marschbefehle lagen schon vor, auch meiner nach Eberswalde. Empfang der Zivilkleidung – oh Wunder, sie war noch auffindbar, Abgabe der Arbeitsdienst-Klamotten, und ab ging es zum Bahnhof Deutschkrone. Große Abschiedsszenen fanden nicht statt; ich hatte in der Arbeitsdienstzeit keine engeren Freundschaften geschlossen, eine Ausnahme bildete vielleicht ein Berliner, mit dem mich einige Jahre eine lockere Brieffreundschaft verband. Von ihm erfuhr ich dann auch, dass der Rest der Arbeitsmänner bald nach uns in die Freiheit entlassen wurde. Viele der Abiturienten begannen zu studieren, die ganz schlauen Medizin, wodurch sie jahrelang vom Wehrdienst verschont waren, später auch nur zu den Sanitätseinheiten und nicht zur kämpfenden Truppe eingezogen wurden.

Mich aber führte es ohne Umwege und Verzögerungen zum Artillerie-Ersatz-Regiment 75 (mot) in Eberswalde.

... und dann zum Militär

Da war ich nun! Ich durchschritt das Kasernentor und meldete mich bei der Wache. Hier war es nun nicht so, wie es beim Antritt meiner Arbeitsdienstzeit gewesen war, nämlich, dass es von ankommenden Rekruten gewimmelt hätte. Nein, es tröpfelte nach und nach immer mal wieder einer ein, und ich konnte bald feststellen, dass es um die Kampfkraft des deutschen Heeres auch nicht schlechter gestellt gewesen wäre, wenn ich meinen Dienst erst 14 Tage später, nach einem kleinen Urlaub im Hohenzollerndamm, angetreten hätte. Der wachhabende Unteroffizier schickte mich zur Schreibstube einer Ersatzbatterie, wo erst einmal mit einem kleinen Papierkrieg begonnen wurde. Dann Zuweisung meiner Unterkunft, in der zu diesem Zeitpunkt nur etwa ein halbes Dutzend Rekruten versammelt waren; Gang in die Kleiderkammer, um die einschlägigen Klamotten zu empfangen; weiter zur

Waffenkammer und Entgegennahme eines Karabiners 98k samt Seitengewehr (früher Bajonett genannt und zur Aufspießung des Gegners bestimmt, zu meiner Zeit vorwiegend zum Öffnen von Konservendosen verwendet). Wieder in der Stube suchte ich mir einen Spind und ein oberes Bett. Die Stube war für acht Leute vorgesehen, es war dort fast gemütlich. Für die Etage gab es einen großen Waschraum mit Duschen. Die Kaserne war erst in den letzten Jahren gebaut worden und entsprach dem damals üblichen »Komfort« solch einer Anlage. Wir hatten einen Gefreiten, das war der Stubenälteste, also derjenige, der dem hereinkommenden Dienstgrad Meldung machen musste und den ersten Anschiss empfing. Bald war unsere Stube komplett und wir wurden zu kleinen Einheiten zusammengestellt, um die sich jeweils ein Unteroffizier zwecks Grundausbildung zu kümmern hatte. Ich habe keinerlei Erinnerung mehr an meinen Unteroffizier, ebenso wenig an den Zugführer und den Batteriechef. Wohl aber an den Spieß, denn dieser war eine Ehrfurcht gebietende Persönlichkeit. Er war bei der Artillerie in der Regel im Range eines Stabswachtmeisters, das hieß, er war der Oberste der Unterführer und als solcher die rechte Hand des Batteriechefs. Außerdem unterstand ihm die ganze Verwaltung der Batterie. Unseren Spieß muss man sich als Doublette des Komikers Dick vom Pärchen Dick und Doof vorstellen. Er mag etwas größer gewesen sein, aber das runde Gesicht und die dicke Figur waren ganz wie bei dem Komiker. Wenn die Batterie angetreten war, hatte er dem Batteriechef Meldung zu machen. Sein Stimmorgan, gestützt auf einen gewaltigen Brustkasten, war so mächtig, dass es Risse an den Mauern der Gebäude hätte hervorrufen können. Der Spieß war die »Mutter der Batterie« und er fühlte sich auch als solche, wenn auch als eine sehr strenge.

Das Essen war mit Abstand besser als beim Arbeitsdienst, ich habe es sogar oft genossen. Die Belegschaft unserer Stube harmonierte gut und die Unterführer waren keine Schinder. Wenige Wochen nach meinen Dienstantritt widerfuhr mir die scheinbare Wohltat einer Beförderung. Laut höchstem Befehl wurden alle Teilnehmer am Polenkrieg, die jetzt erst bei der Wehrmacht Rekruten geworden waren, zu – im Falle der Artillerie – Oberkanonieren ernannt. Eine Beförderung, die sehr gemischte Gefühle in mir weckte, war der Oberkanonier doch der Dienstgrad, den diejenigen erhielten, die zur ersten Beförderung anstanden, aber zu doof waren, um gleich zu Gefreiten befördert zu werden. Dass zu meiner Überraschung nur sehr wenige zu Oberkanonieren ernannt wurden, machte die Sache nicht besser. Im Gegenteil! Immerhin hatte diese Beförderung auch einige kleine Vorteile, da wir nicht so scharf beim Exerzieren heran genommen wurden und auch von Sonderdiensten meist verschont blieben.

Das Exerzieren fand jetzt natürlich mit dem Karabiner statt, wurde aber nicht allzu ernsthaft betrieben, schließlich war man bei der Artillerie und nicht bei der Infanterie. Was meine Person anbelangt, so wurde von einer Ausbildung für den Artillerie-Vermessungstrupp, zu dem ich mich bei der Musterung doch gemeldet hatte, nicht gesprochen. Wahrscheinlich existierten hier beim Ersatzregiment auch gar nicht die erforderlichen Geräte und Ausbilder. Stattdessen musste ich zunächst an das Geschütz, die leichte Feldhaubitze 10,5. Dabei lernten wir ein weiteres Manko eines Ersatztruppenteils kennen, denn es gab für das Übungsgeschütz keine reguläre Zugmaschine. Über größere Strecken wurde sie von einem landwirtschaftlichen Traktor befördert, auf kürzeren mussten wir Rekruten sie selbst bewegen. Vier Mann schulterten die Lafette und vier Mann gingen in die Speichen der Räder. Es war eine sklavische Schinderei. Besonders schlimm war es, wenn wir auf dem kleinen Übungsplatz, etwa 200 m vor dem Kasernentor, oberhalb von Eberswalde mit Geschoss- und Kartuschattrappen gedrillt worden waren, Ziele in der Stadt anzuvisieren und zu vernichten. Danach mussten wir nämlich das Geschütz die ansteigende Straße zur Kaserne hinaufwuchten.

Zum Glück wurden wir jedoch bald für den Nachrichtendienst ausgebildet. Bei der medizinischen Prüfung meiner Eignung zum Funker fiel ich durch. Nun muss man wissen, dass damals ein Funker das Morsen beherrschen musste. Ein Sprechfunk war mit den kleineren Geräten, die der Truppe, mit Ausnahme der höheren Stäbe, zur Verfügung standen, noch nicht möglich. Für mich war beim Morsen nun nicht das Senden der Lang-kurz-Zeichen das Schwierige, sondern ihr Empfang; ich konnte diese Zeichen, wenn sie schnell eingegeben worden waren, nicht zu Buchstaben analysieren. So wurde ich für die sprechende Sparte des Nachrichtenwesens ausgebildet und lief somit fortan unter der Bezeichnung »Strippenzieher«. Wir hatten mit Kabeltrommeln – jeweils für einen Kilometer und 35 Pfund schwer – Feldtelefonen und Vermittlungsstationen sowie mit allem möglichen Gerät zum Verlegen der Kabel im Gelände die Sprechverbindungen zwischen den einzelnen Befehlsebenen herzustellen. Es war eine Tätigkeit, die keine großen geistigen Fähigkeiten erforderte. Das auch für mich interessante Neue war, dass eine der beiden Verbindungen, die zur Schließung des Stromkreises erforderlich waren, durch die Erdfeuchte gegeben war, wodurch jeweils nur eine Kabelstrecke und zwei Erdstecker für die Verbindung zweier Feldtelefone erforderlich waren. Ich wusste aber damals noch nichts von dem Nachteil dieser Technik, die es nämlich ermöglichte, die durch die Erde laufenden Stromfrequenzen abzuhören.

Diese Ausbildung zog sich etwa bis zum Frühjahr 1940 hin. Bis dahin hatte ich ein paar Mal Urlaub. Das erste Mal Weihnachten 1939. Als ich nach Hause kam, hatten meine Eltern für mich eine große Überraschung parat: Sie hatten Großvaters Zimmer für mich eingerichtet, einige Möbel gekauft wie zwei Sessel und einen runden niedrigen Tisch. Die Zeiten meines kleinen Zimmerchens waren also vorbei. Aber ansonsten war es ein trauriges Weihnachtsfest, ohne Gerda und Großvater, und auch Hilde war nicht da, wollte sie doch das erste Weihnachtsfest als Frau Schürmann allein mit ihrem Mann verleben. Damals erst wurde mir so richtig bewusst, was für einschneidende Veränderungen das zu Ende gehende Jahr für meine Eltern gebracht hatte. Ich war auf Jahre fort bei Arbeitsdienst und Militär und meine Eltern waren vermutlich in ständiger Sorge um mich gewesen; Hilde war verheiratet und hatte eine eigene Wohnung; Gerda und Großvater waren gestorben. Die große sechsköpfige Familie war auf einmal auf ein altes Ehepaar reduziert worden.

Als ich von einem anderen Urlaub zurück kam, widerfuhr mir ein tragikomisches Rekrutenerlebnis: Auf den Kasernenfluren waren vor den Stuben Karabinerständer angebracht, und der Karabiner eines jeden Soldaten hatte dort seinen festen Platz. Nun kam es dann und wann vor, dass der Waffenunteroffizier die Gewehre auf tadellose Pflege hin untersuchte. Das war diesmal in meiner Abwesenheit passiert, und als ich am Sonntagabend vom Urlaub zurückkam, sagte mir ein Zimmergenosse, dass mein Karabiner unangenehm aufgefallen sei, und ich auf der am schwarzen Brett ausgehängten Liste mit den Namen derjenigen stünde, die wegen ihrer Sünde am Montagnachmittag zum Strafexerzieren antreten müssten, und zwar in feldmarschmäßiger Ausrüstung mit Stahlhelm, Karabiner und Tornister mit 25 kg Gewicht in Form von Sandsäcken, diese seien in der Waffenkammer zu empfangen. Als ich mich am schwarzen Brett selbst von meiner »Verurteilung« überzeugen wollte, war der Aushang bereits abgenommen. Ich musste also glauben, was man mir gesagt hatte. Um mir nicht noch größeres Ungemach einzufangen, trat ich am nächsten Tag wie befohlen zum Strafexerzieren an. Der Spieß gab der Aktion durch seine Anwesenheit noch eine besondere Bedeutung; er verlas die Namen der etwa 12 Delinquenten – ich war nicht darunter. Entsprechend meldete ich mich. Der Spieß guckte mich mit seinen Kulleraugen nur groß an und sagte mit seiner Stentorstimme: »Na, dann bleib mal ruhig da, du wirst schon irgendwas ausgefressen haben.« Und ich blieb. Aber der Unteroffizier, der diese Strafaktion leitete, ignorierte mich vollständig, und so blieb ich, den Tornister auf dem Rücken, den Kopf auf dem Boden auf dem Bauch liegen, während die anderen gescheucht wurden. Eine wahrhaft salomonische Lösung.

Im Frühling meinte unsere Truppenführung, dass wir in unserer Ausbildung wohl jetzt genug gelernt hätten, um im Verband der deutschen Truppen die Welt zu erobern. Wir hatten keinerlei infantristische Ausbildung gehabt; niemand hatte uns gezeigt, wie man sich im Gelände unter Feindeinsicht bewegt – für uns arme Strippenzieher konnte das schon einmal von Bedeutung sein. Bei einem Appell wurden wir gefragt, wer sich zu einem landwirtschaftlichen Einsatz melden wolle, was ich tat, um dem Kaserneneinerlei zu entgehen. Mit mir brachen ungefähr 20 Mann nach Oderberg auf, einer Kleinstadt an der Oder. Dort traten wir auf einem Platz an und die Bauern standen herum und musterten uns wie auf einem Sklavenmarkt. Zuerst wurde nach Leuten mit speziellen Kenntnissen gefragt. Gleich die erste Frage galt einem Tischler oder Zimmermann. Niemand meldete sich; dann wurde ergänzend gefragt, wer schon einmal mit Holz gearbeitet hätte, und mein Arm flog in die Höhe. Damit hatte ich gegenüber dem, was den anderen an Arbeit bevorstand, das große Los gezogen. Sie mussten um fünf Uhr aufstehen und die Ställe säubern, ich konnte bei dem Stellmacher, zu dem ich gekommen war, bis 6 Uhr 30 schlafen. Einquartiert war ich im leeren Kinderzimmer, schlief in einem Bett, das nur 1,60 m lang war (mein Militärmaß war 1,82 m). Der Stellmacher hatte ein Einsehen, montierte das Fußteil ab und stellte irgendwas unter das Bettgestell. Damit war die Matratze zwar immer noch zu kurz, aber ich konnte wenigstens meine Füße heraushängen lassen. Das Essen, das ich mit der Familie einnahm, war nach den ausgetauschten Erfahrungen wesentlich besser als das, was die anderen bei ihren Bauern vorgesetzt bekamen. Mit meiner Arbeit musste ich um sieben Uhr beginnen und ich wurde gleich nach kurzer Anleitung selbstständig eingesetzt. Ich hatte hölzerne Fußabtreter in großer Stückzahl zu fertigen, die für Barackenlager bestimmt waren. Ob ich damit unwissend auch an Einrichtungen gearbeitet habe, die für KZ-Lager bestimmt waren? Möglich wäre es.

Einmal in der Oderberger Zeit hatten wir Urlaub, und da fuhren mehrere von uns Landhelfern nach Berlin, bis Oranienburg per Anhalter, denn die Urlauber sollten die Fernzüge nicht belasten. Zurück nahm ich ein Fahrrad und strampelte von Oranienburg bis Oderberg.

Bald danach, der Feldzug im Westen hatte mit dem Einmarsch deutscher Truppen am 10. Mai in die Niederlande, Belgien und Luxemburg begonnen, wurden wir nach Eberswalde zurückgerufen. Wohin nun mit meinen Fahrrad? Ich verkaufte es in der vagen Vorahnung, dass ich es doch nicht mehr brauchen würde, für 30 Mark an meinen Meister, der noch 20 Reichsmark für meine Verdienste um seinen Betrieb drauflegte. Er war ein Knicker, denn die meisten Bauern hatten ihren Helfern mehr gegeben. Wieder in Eberswalde wurde ich nun gottlob Gefreiter. Ich war jetzt ein halbes Jahr bei der Truppe und die Versetzung an die Westfront stand an, wo die 3. Panzerdivision, zu der das Artillerie-Regiment 75 gehörte, eingesetzt war. Und, oh Glück, ich sollte zum Artillerie-Vermessungstrupp kommen. Die Zuweisung zu diesem Kommando ist mir noch heute ein Rätsel, hatte ich beim Ersatztruppenteil doch keinerlei entsprechende Ausbildung erfahren. Man schien jedoch meine bei der Musterung angegebenen schulischen Kenntnisse für ausreichend zu halten, an der Front von Nutzen zu sein.

Es kam aber ganz anders. Bei der militärärztlichen Untersuchung, die meiner Versetzung vorausging, war endlich eine Kurzsichtigkeit amtlich festgestellt und mir eine Brille verordnet worden. Ohne Brille kein Abmarsch. Und da der Eberswalder Optiker nicht rechtzeitig fertig wurde, blieb ich zurück. Ein Optiker hatte Weichensteller für die Bahn meines Schicksals gespielt, die Fahrt durch mein Leben wäre sonst völlig anders verlaufen.

Wenig später musste ich nach Thüringen fahren, wo, oh Schreck, eine bespannte Division für den Einsatz in Frankreich zusammengestellt wurde. Meine Hoffnung auf einen motorisierten Truppenteil musste ich wohl für immer begraben. Ich war todunglücklich, zumal ich in der ersten Zeit mit den Gäulen überhaupt nicht zurechtkam. Ich war als Nachrichtenmann für die Regimentsstabsbatterie eingeteilt worden. Da wir neu aufgestellt wurden, waren wir mit den Pferden versorgt worden, die man gerade zur Verfügung hatte, und das waren polnische Beutepferde, die von ihren Vorbesitzern wohl gegen uns aufgehetzt worden waren. Kam man von vorn auf sie zu, so schnappten sie nach einem; kam man von hinten, schlugen sie aus; näherte man sich ihnen von der Seite, wichen sie aus. Meine erste Aufgabe bei der Ausbildung mit Pferden war es, solch einen Gaul zu putzen; natürlich kam ich nicht zurecht, aber der Stallmeister, der es mir vormachen wollte, kam auch nicht zu einem besseren Ergebnis. Man sah sich aber höheren Orts die Tragödie nicht lange an, und die Truppe wurde mit friedlicheren deutschen Pferden versorgt. Die polnischen wanderten wohl in die Kochtöpfe.

Dann wurden wir Abiturienten des Regiments zu »O.A.i.A.« ernannt. Das soll heißen »Offiziersanwärter in Aussicht«, und das bedeutete zunächst einmal gar nichts – kein sichtbares Zeichen an der Uniform oder Ähnliches. In unserer Stabsbatterie waren wir sechs oder acht Mann, denen diese Ehre zuteil wurde. Wir wurden von einem besonders fein geschniegelten Leutnant betreut, der uns irgendwelchen Unterricht gab und zusammen mit uns im Offizierskasino, der guten Stube des Bauernhauses, in dem der Regimentsstab untergebracht war, aß. Er meinte wohl, dass uns erst einmal ordentliche Tischsitten beigebracht werden müssten. So kontrollierte er auch vor dem Essen die Sauberkeit unserer Hände und bescheinigte mir den ungepflegten Zustand meiner Fingernägel.

Zu unserem Status gehörte es auch, dass wir reiten können mussten. Also bekamen wir jeder ein Pferd zugeteilt. Ich hatte das Glück, einen Apfelschimmel-Wallach zu erhalten, der ein ganz sanfter Gaul war. Zwischen uns entstand Liebe auf den ersten Blick. Nach einigen Tagen wieherte er mir entgegen, wenn ich frühmorgens um sechs Uhr in den Stall kam, um ihn zu versorgen, das heißt ihn zu tränken, ihm Hafer und Häcksel in seinen Trog zu schütten, seinen Platz auszumisten und mit frischem Stroh auszulegen. Wenn ich ihn aus dem Stall führen musste, brauchte ich ihn nicht an das Halfter zu nehmen, er lief wie ein Hündchen neben mir her und hielt auch an, wenn ich stehen blieb. Es war ein Pferd, das mir gefiel. Den Reitunterricht machte ich aber mit ihm nur wenige Male; dem unterrichtenden Stallmeister war er zu ruhig, und ich musste auf sein Pferd steigen, welches das größte der Einheit war, sodass ich ihm nur auf Zehenspitzen über die Kruppe sehen konnte. Es war eigensinniger, als mir lieb war. Der Reitunterricht fand in den ersten Stunden ohne Sattel statt; wir mussten auch auf dem Pferd knien, während es im Schritt ging, und auch sonst allerlei Turnübungen machen. Später einmal, wir ritten im Sattel im Kreis, gab der Stallmeister meinem Pferd, das heißt seinem Pferd, die Peitsche, weil es mir nicht gelungen war, die verlangte Gangart einzulegen. Das war aber gegen die Ehre des Kurfürsten, so hieß das Pferd, und es ging mit mir im wilden Galopp durch, in Richtung des heimatlichen Stalls. Unterwegs jagte er auf einen Baum zu, dessen Äste ziemlich weit herabhingen, und ich sah mich schon wie weiland den biblischen Absalom mit meinen Haaren, die ich damals noch in Hülle und Fülle hatte, am Baum hängen. Kurzentschlossen zog ich die Füße aus den Steigbügeln und warf mich ab. Meine Ankunft auf der Erde war nicht allzu schmerzhaft, und ich konnte leicht humpelnd dem Kurfürsten zum Stall folgen. Inzwischen war auch der Reitunterricht zu Ende gegangen, und die anderen Schüler kamen mit dem Stallmeister angeritten, letzterer auf meinem Buntspecht, der mich ganz mitleidsvoll ansah; man feixte ausgiebig, und der Stallmeister sagte irgendetwas von Trottelei.

Wenn wir ins Gelände ausritten, saß ich natürlich auf meinem Buntspecht, der leider die Macke hatte, sich vor Wasser zu fürchten. Wenn er eine Pfütze sah, machte er einen großen Bogen darum. Einmal aber konnte er dies nicht, weil der Weg, den eine Pfütze querte, links und rechts so dicht bewachsen war, dass es kein Drumherum gab. Er blieb einfach stehen, und ich musste absitzen, die Zügel in die Hand nehmen und durch das Wasser waten. Dann ersuchte ich Buntspecht unter gutem Zureden und Ziehen an den Zügeln, mir zu folgen. Schließlich tat er das auch mit einem großen Satz und angstverdrehten Augen und landete mit seinem rechten Vorderhuf auf der großen Zehe meines rechten Fußes. Oh Schmerz! Dieser Zeh, dem nichts Ernsthaftes passierte, blieb jedoch lädiert, so lange ich den dazugehörigen Fuß mein Eigen nannte. Denn nach wenigen Tagen fiel der Nagel ab und für eine vollständige Regeneration blieb ihm nicht genügend Zeit.

Es dauerte nicht lange, da hielt man unsere Reitkünste für ausreichend. Nun erhielten wir auch Reithosen und Reitstiefel, wenn auch keine Sporen. Wir kamen uns in den mit Leder am Po und zwischen den Beinen besetzten Breeches sehr schick vor und trugen sie wie auch die Reitstiefel später noch, als wir schon lange nichts mehr mit Pferden zu tun hatten. Ich wurde als Fahrer im Sattel, das heißt als Reiter des ersten Pferdepaares bei einem sechsspännigen zweirädrigen Pritschenwagen, auf dem noch der »Fahrer vom Bock« saß, nebst zweirädrigem Anhänger für Nachrichtengerät, eingeteilt. Ich musste also jetzt für zwei Pferde sorgen und erhielt neben Buntspecht noch die braune Stute Susanne, mit der aber kein Staat zu machen war. Sie war ganz mager und wirkte so klapprig, dass man hätte meinen können, sie bräche jeden Augenblick zusammen. Sie war jedoch kräftig und zog oft so stark, dass ich sie immer wieder zurücknehmen musste.

Dank der Kapitulation des französischen Marschalls Pétain ging der Frankreichfeldzug schon nach etwa sechs Wochen zu Ende; man brauchte uns in Frankreich nicht mehr und verlegte uns Anfang Juli nach Franken, Nordbayern. Diesen Ortswechsel nahmen wir durch einen fünftägigen Landmarsch vor; in dieser Zeit mussten wir etwa 200 km pro Tag marschieren. Wir bildeten eine endlose Kolonne bespannter Militärfahrzeuge.

In Pegnitz, das wir auf unserem Weg passierten, war eine Siegesparade fällig. Wir wurden von der Bevölkerung und von den Parteigrößen, welche die Parade abnahmen, gefeiert wie die Helden, und hatten Frankreich doch nicht einmal von Ferne gesehen.

Wir zogen weiter nach Süden und meine Einheit wurde im Raum Burgkunstadt einquartiert. Ich kam mit anderen zu einer Bauernfamilie, deren große Liebe dem Blaubeerkuchen galt. Die Blaubeeren waren gerade reif und die Bäuerin verarbeitete sie zu einem leckeren Blechkuchen, einem nach dem anderen. Auf dem Kamin in der guten Stube lag das Blech mit dem Kuchen, darauf lag ein großes Messer, daneben ein Stapel Teller und ein Marmeladenglas mit Zucker; dann lag da noch ein Haufen Gabeln. Jeder, der wollte, konnte sich ein beliebig großes Stück Kuchen abschneiden, und wenn das Blech alle war, hatte die Bäuerin schon ein neues parat. Ich war bekannt dafür, dass ich ständig mit verfärbten Zähnen herumlief und fiel bei meinem schnieken O.A.i.A.-Leutnant unangenehm auf.

Die oberste Heeresführung hatte inzwischen beschlossen, den größten Teil unserer Truppe in eine im Entstehen begriffene neue Panzerdivision zu überführen. Davon waren zunächst einmal alle die betroffen, die bei einem motorisierten Ersatztruppenteil ausgebildet worden waren, also auch ich. Endlich war es so weit – ich war die vermaledeiten Pferde los.

Auf irgendeine Weise kamen wir wieder nach Thüringen, jetzt zum Truppenübungsplatz Ohrdruf, wo die 11. Panzerdivision zusammengestellt wurde. Damals hatten alle Panzerdivisionen ihre eigenen Symbole. Das Symbol dieser Einheit war ein Gespenst, weshalb wir hinfort die »Gespensterdivision« genannt wurden. Ich kam wieder als Strippenzieher zur Regimentsstabsbatterie der Artillerie. Meine Beine wurden auch weiterhin durch die lederbesetzten Reithosen und die Reitstiefel verschönt; erst Monate später musste ich in die hässlichen Knobelbecher nebst Einsteckhosen umsteigen.

In dieser Zeit lernte ich Adolf Mohr kennen, der mein bester Freund werden sollte. In meiner Jugend war es üblich, sich mit dem Nachnamen anzureden, also »Du, Martini ...«. Das galt für die Grundschule, das Gymnasium, die Hitler-Jugend, den Arbeitsdienst und das Militär. Nur unter besten Freunden wurde der Vorname benutzt. Ich spreche in Zukunft also von »Adolf«. Er war zwei Jahre älter als ich, stammte aus Klein-Machnow bei Berlin und war bereits verlobt. Von Beruf war er Prüfungsassistent bei der Raiffeisen-Genossenschaft, und er war Parteimitglied, trotzdem war er kein Militarist. Seine Mutter lebte nicht mehr, er hatte keine Geschwister. Adolf war etwas kleiner als ich, hatte dunkle Haare und trug eine Brille. Wieso wir uns anfreundeten, weiß ich nicht mehr, es kam einfach so. Was ihn auszeichnete und was ich an ihm bewunderte, war sein persönlicher Mut im täglichen Leben.

Wir bemühten uns, wann immer es ging, zusammen sein zu können, und das wurde auch meistens respektiert. Wenn sich einer von uns für einen Einsatz freiwillig meldete, dann meldete sich auch der andere. Mit einer Unterbrechung von drei Wochen waren wir bis zu meiner Verwundung Ende Februar 1943 immer zusammen. Bei Adolf lernte ich das Schachspiel, er hatte sein kleines Reiseschachspiel stets dabei. Geschlagen habe ich ihn nie.

Die Fahrzeuge, mit denen wir ausgerüstet wurden, waren meist funkelnagelneue Wehrmachtskübelwagen und Spezialwagen, aber auch einige requirierte Privatautos. Adolf und ich saßen mit zwei anderen Soldaten auf einem Kfz 23, einem Spezialwagen zur Leitungsverlegung im Gelände, mit dem wir auch wacker übten. Neben dem Fahrer saß noch der Unteroffizier als Truppführer. Woher bekam man auf die Schnelle eine ausreichende Anzahl von Kraftfahrern für den riesigen Fuhrpark einer motorisierten Division? Einige hatten die entsprechende Ausbildung in ihrer vorangegangenen regulären Dienstzeit erhalten, so auch die Fahrer der Kettenfahrzeuge, welche die Geschütze zogen und auch des Feuerleitpanzers, den unsere Stabsbatterie hatte. Darüber hinaus wurde aber einfach gefragt, wer einen Zivilführerschein habe – damals war er bei jungen Leuten noch die Ausnahme –, und diese Kameraden wurden ohne Hemmungen hinter das Steuer gesetzt. Unser Kfz 23 hatte einen 8-Zylinder-Motor, Vierradantrieb und Vierradlenkung. Seine beiden Ersatzräder waren drehbar in der Mitte der Seitenwände angebracht, und zwar so, dass sie etwa 20-30 cm unter das Chassis ragten und damit ein Aufsetzen des Wagens auf schwerem Gelände verhinderten; ich fand diese primitive Lösung genial. Im Gelände nahm er jede mögliche Steigung und blieb auch nicht im Schlamm stecken. Jetzt erst genoss ich die Befreiung von den Pferden richtig.

In dieser Zeit ging unter uns das Gerücht um, die Division solle in Afrika eingesetzt werden. Untermauert wurde dies durch eine militärärztliche Untersuchung auf Tropentauglichkeit. Es hieß, dass mindestens 80 % der Truppe diesem Anspruch genügen müssten, wenn es nach Afrika gehen sollte. Diese Quote wurde nicht erreicht. Aber was macht ein schneidiger General, der seinen Ruhm im Wüstensand sucht? Er lässt die ganze Untersuchung wiederholen, und siehe da: Jetzt waren 90 % tauglich! Wir kamen aber trotzdem nicht nach Afrika. Im November wurde die Division nach Niederschlesien verlegt. Diese Verlegung fand in Nachtmärschen statt, wobei die ganze Division mit einer Marschgeschwindigkeit von 40 km/h dahinkroch. Beleuchtung war so gut wie keine erlaubt, die Nachtmarscheinrichtungen spendeten nur kümmerliches Licht. Es konnte nicht ausbleiben, dass es zu Auffahrunfällen kam. Verlor ein Fahrer den Sichtkontakt zum Vordermann, dann gab er Gas, und schon konnte der Unfall passieren. Hinterher wurde es als Erfolg gewertet, dass dieser Marsch unsere Division nur vier Tote gekostet hatte.

Am Ziel angekommen wurde unser Regiment in Freiburg, einer Kleinstadt im Waldenburger Bergland, einer lieblichen Landschaft, und den umliegenden Dörfern einquartiert. Der Regimentstab und die Stabsbatterie lagen in der Stadt selbst. Adolf und ich bezogen Quartier bei einem ältlichen Schwesternpaar, das uns mit geradezu überschwänglicher Herzlichkeit aufnahm und uns im Rahmen der gegebenen Möglichkeiten mit Leckereien verwöhnte. Sie schickten uns noch lange Zeit später, als wir schon in Russland standen, Feldpostpäckchen mit Kuchen.

Adolf wollte seine freie Zeit nutzen und möglichst etwas Geld verdienen. Durch seinen Beruf war er ja in kaufmännischer Buchführung und Bilanzierung perfekt. Er suchte sich in Freiburg einen Steuerberater, der wegen des Jahreswechsels mit Abschlüssen seiner Mandanten arbeitsmäßig gut eingedeckt war. Er diente sich ihm mit Erfolg an, und ich wurde der Assistent des Prüfungsassistenten und machte die sture Arbeit eines Rechenknechtes, alles im Kopf ohne Maschine, und verdiente mir so ein kleines Zubrot.

Unser Dienst bestand in dieser Zeit in der Bedienung der Regimentsvermittlungsstelle. Wir hatten Verbindung zu allen unseren Abteilungen (1 Abteilung = 3 Batterien), zu den meisten Offizieren unseres Stabes und natürlich auch zur Division. Insgesamt waren sechs Mann für den Vermittlungsdienst vorgesehen, von denen immer zwei für jeweils vier Stunden Dienst hatten. Meist machten Adolf und ich unseren zusammen. Die ganze Besetzung der Vermittlung war vom Adjutanten des Regiments darüber informiert worden, dass irgendwann ein Codewort, auch Losung genannt, von der Division durchgegeben werden würde: »Schneetreiben in Salzbrunn«. Wenn diese Durchsage käme, so hätten wir dies unverzüglich zu jeder Tages- und Nachtzeit dem Adjutanten zu melden. Über den Auftrag hatten wir strengste Geheimhaltung zu wahren.

Adolf und ich waren in einer Nacht Ende Januar wieder einmal gemeinsam an unserer Vermittlung. Im Allgemeinen waren die Nächte ruhig. Diesmal sollte es aber anders kommen. Kurz vor Mitternacht erhielten wir einen

Anruf von der Division: »Schneetreiben in Salzbrunn!« Wir klingelten den Adjutanten aus dem Bett und machten Meldung. Er war sofort hellwach und murmelte etwas, das wie »Na, endlich« klang. Wir wussten, dass er einen versiegelten Umschlag hatte, den er erst nach Erhalt der Losung öffnen durfte; er enthielt Befehle für das Regiment. Jetzt war die Nacht für alle um, und die Drähte liefen heiß. Am Nachmittag des nächsten Tages begann auf dem Güterbahnhof unsere Verladung. Alles war von der Reichsbahn hervorragend organisiert worden. Die Regimentsstabsbatterie hatte einen Zug für sich. Der Zug war endlos lang. Die Fahrzeuge wurden auf Rungenwagen verladen. Für die Mannschaft waren so genannte Viehwagons vorgesehen, das waren Güterwagen, an deren Wänden herunterklappbare Liegepritschen angebracht waren, jeweils drei übereinander. Ein kleiner Kanonenofen und Brennholz waren ebenfalls vorhanden. Das war unsere Behausung für die nächsten vier oder fünf Tage, denn so lange dauerte die Fahrt. Die Offiziere waren etwas komfortabler in einem regulären Personenwagen untergebracht. Wir wussten einstweilen nicht, wohin die Fahrt ging. Und da Landser immer gute Köche in einer Gerüchteküche sind, wurde alles Mögliche gemunkelt. Als wir merkten, dass die Fahrt Richtung Süden ging, hielten einige sogar den Suez-Kanal für unser endgültiges Ziel. Es kam tatsächlich aber viel bescheidener. Wir näherten uns den Karpaten und unser Zug, der bisher von zwei Lokomotiven gezogen worden war, bekam noch zwei weitere an sein Ende, sodass wir von insgesamt vier Loks befördert wurden. Trotzdem kroch der Zug die Karpaten so langsam hinauf, dass man nebenher laufen konnte. Auf der Passhöhe war vollständiger Halt, um die hinteren Lokomotiven wieder abzukuppeln. Bei dieser Gelegenheit holten wir bei den vorderen Loks heißes Wasser, um uns mal wieder ordentlich zu rasieren.

Wir waren inzwischen in Rumänien, wo es kurz zuvor Unruhen gegeben hatte; diese waren auch der vordergründige Anlass für unsere Anwesenheit. General Antonescu hatte das Deutsche Reich um Hilfe gebeten. Wir wurden im Raum Constanza, einer Hafenstadt am Schwarzen Meer, ausgeladen und bezogen Quartier in einem sehr verwahrlosten Dorf in der weiteren Umgebung der Stadt. Zu sechst wurden wir in einer Kate untergebracht, die nur aus zwei Räumen bestand. Den kleineren Raum bezogen wir, wo wir auf dem Fußboden schliefen. Wir hatten einen kleinen Kanonenofen, auf dem es uns aber nicht gelang, Wasser zum Kochen zu bringen, sodass wir die Eier, die wir von unseren Wirtsleuten reichlich erhielten, in einem scheußlichen undefinierbaren Zustand essen mussten. Wasser gab es aus einem Ziehbrunnen, der vor dem Haus stand. Wir hatten Anfang Februar und die Nächte waren meist bitterkalt, oft -10 °C und darunter, während die Tagestemperaturen auf über 20 °C anstiegen. Diese Temperaturschwankungen hatten zur Folge, dass die nachts gefrorenen Straßen und Wege sich am Tage in Schlammwüsten verwandelten. Der Brunnen war bis auf ein ganz enges Loch, durch das gerade der Eimer passte, zugefroren.

Der Ort war voller Hunde aller Mischlingskombinationen, die durchweg herrenlos zu sein schienen. Waren sie tagsüber harmlos, so wurden sie nachts, wenn wir armen Landser frierend zu zweit durch den Ort Streife gingen, aggressiv und attackierten uns in Rudeln. Schießen durften wir nicht auf sie. Wir kamen aber bald dahinter, dass sie den Lichtstrahl der Taschenlampe fürchteten, und so machten wir lampenschwingend unsere Runden. Der Ort hatte einen großen, aber verwahrlosten Friedhof. Immerhin hatten die Hinterbliebenen so viel Interesse an ihren Toten, dass sie ihnen Schalen mit Lebensmitteln auf die Gräber stellten, auf dass sie im Jenseits nicht zu hungern brauchten. Die herrenlosen Hunde fanden also hier ihre Nahrung, und die Leute freuten sich, wenn am nächsten Tag ihre Schalen leer waren.

An einem Sonntag hatten wir Ausgang nach Constanza. Adolf und ich beschlossen, diese Gelegenheit für einen Besuch in einem Puff zu nutzen. In Informationsstunden durch unseren Stabsarzt waren wir ausgiebig über die Gefahren der Geschlechtskrankheiten belehrt worden. Seine Ermahnungen gipfelten wie bei unserem Papst in der Feststellung, dass Enthaltsamkeit unschädlich sei. Ich weiß noch gut, wie sehr Einheitsführer fürchteten, dass ihre Leute von dieser Geißel der Lust getroffen wurden; deshalb wurden diejenigen, die sich solch eine Krankheit eingefangen hatten, auch bestraft. Als wir unser Ziel, die uns beschriebene Adresse, erreicht hatten, stockte uns der Atem: Alle Landser schien die gleiche Lust gepackt zu haben, die Schlange der Wartenden wand sich die gesamte Treppe hinauf bis ins scheinbare Paradies. Bei diesem Anblick änderten Adolf und ich unseren Plan und gingen bei schönstem Sonnenschein, aber eiskaltem, schneidendem Wind noch eine Weile am Hafen spazieren. In einer Kneipe tranken wir ein paar Schnäpse, die so scharf waren, dass man sie über ein in den Mund gelegtes Bonbon zu schlucken pflegte, das man gleich darauf zerkaute, um die Schärfe zu besiegen.

Im März und April 1941 überschlagen sich die politischen Ereignisse. Bulgarien tritt am 1. März auf Drängen Deutschlands dem Dreibund Deutschland, Italien und Japan bei. Jugoslawien zögert erst, tritt dann auch bei, kündigt jedoch als Folge eines Militärputsches wieder und schließt darüber hinaus noch einen Freundschaftsvertrag mit der Sowjetunion. Diese hatte schon kurz nach dem Beitritt Bulgariens zum Dreimächtepakt darauf hingewiesen, dass Bulgarien zu ihrem Interessengebiet gehöre. Die Flitterwochen zwischen den Deutschen und den Sowjets gingen ihrem Ende entgegen.

Am 2. März überquerten wir die bulgarische Grenze. Bulgarien wurde zum Aufmarschgebiet für den wohl jetzt geplanten Einfall in Griechenland und Jugoslawien.

Wir wurden in einem Dorf am Südhang des Balkangebirges einquartiert, dessen Bevölkerung zum überwiegenden Teil aus Moslems bestand. Nachdem wir die mehr oder weniger schmuddeligen Verhältnisse bei den Leuten unseres rumänischen Dorfes kennen gelernt hatten, waren wir jetzt von der offensichtlichen Sauberkeit dieses Ortes angenehm überrascht. Wir wurden auch von den Einwohnern sehr herzlich aufgenommen. Adolf und ich bezogen eine Einraum-Hütte auf dem Hof eines alten Mannes, der dort mit seiner hübschen Enkelin lebte. Unsere Hütte war extra für uns frisch hergerichtet worden, indem die Wände mit Kuhmist neu verputzt worden waren. Man roch die Herkunft dieses Putzes aber nur in den ersten Tagen. Eines Abends lud der Opa Adolf und mich zum Abendessen ein. Wir mussten in seinem Haus auf Kissen, die auf dem Boden um einen niedrigen Tisch verteilt waren, ohne Stiefel Platz nehmen. Der Raum war mit Kerzen beleuchtet. Die Enkelin bediente uns; sie brachte eine riesengroße Pfanne herein, in der Fleischstücke, wahrscheinlich vom Lamm, Paprika und Peperoni vor sich hin brodelten und stellte sie auf den Tisch, dazu gab es Brot. Teller und Bestecke bekamen wir nicht, man nahm sich mit den Fingern aus der Pfanne, wobei man zum Schutz gegen das heiße Fett ein Stück Brot als Zange benutzte. Einmal reizte es mich, eine von den so lecker aussehenden Peperoni zu greifen, die mir damals in ihrer Tücke noch unbekannt waren, und herzhaft hineinzubeißen. Adolf hatte dies vermieden, weil er sie kannte. Als ich nach Luft ringend senkrecht in die Höhe schoss, mein Glas ergriff und vergebens das Feuer zu löschen suchte, konnten sich Adolf und der Opa vor schadenfrohem Lachen kaum mehr einkriegen. Die Tischunterhaltung verlief nicht so mühsam, wie zu befürchten gewesen wäre, denn unser neuer Freund konnte ein paar Brocken Deutsch und erzählte uns, dass er im Ersten Weltkrieg unter dem deutschen Marschall von Mackensen vor Gallipoli in der Türkei gekämpft hatte; er schien sehr stolz darauf zu sein. Nach dem Essen hatte sich übrigens seine Enkeltochter zu uns setzen dürfen. Zum Abschied schenkten wir ihm ein Taschenmesser aus Adolfs Besitz, über das er sich sehr freute.

Anfang April rückten wir auf die jugoslawische Grenze vor. In der Nacht zum 6. April bezogen wir Stellung in einem lang gezogenen, etwa 500 m breiten Tal, das zur Grenze hin offen war. Die Geschütze standen am Fuß der Berghänge, unser Regimentsgefechtsstand befand sich etwa 100 m über der Talsohle am rechten Hang. Wir konnten nach Sonnenaufgang das ganze Tal bis weit nach Jugoslawien hinein übersehen. In der Nacht hatten wir in der Ferne das ununterbrochene Geräusch von fahrenden Kettenfahrzeugen vernommen; es soll eine der Einheiten unserer Division gewesen sein, die dort hin und her fuhr, um dem Gegner vorzutäuschen, dass wir in jenem Raum unsere Angriffsvorbereitungen träfen. Im Morgengrauen begannen unsere Geschütze mit ihrem Feuerüberfall – eine Kriegserklärung hat Jugoslawien nie bekommen. Übrigens marschierten gleichzeitig deutsche Divisionen in

Griechenland ein; die Landung britischer Truppen auf dem griechischen Festland war der akute Anlass dafür gewesen. Während unsere Geschütze noch feuerten, rückten über die Breite des Tals verteilt unsere Panzer vor, gefolgt von den Kradschützen auf ihren Motorrädern. Dahinter kamen die Panzergrenadiere in ihren Fahrzeugen. Es war ein eindrucksvolles Bild.

Als die Geschütze schwiegen, rückten die Bodentruppen über die Grenze. Wir bauten den Gefechtsstand ab und folgten diesen. Das nicht weit von der Grenze gelegene Städtchen Pirot wurde schnell durchfahren, ohne dass vorher ein nennenswerter Widerstand zu brechen gewesen wäre. Überhaupt war der Vormarsch unserer Division mehr ein Spaziergang als eine große kämpferische Tat. Ich kann mich nicht erinnern, dass unser Regiment in diesem Feldzug noch einmal einen Schuss abgegeben hätte. Wir rückten über Nis nach Krakujevac vor, und unterwegs begegneten uns immer wieder lange Schlangen von serbischen Soldaten, die sich den deutschen Truppen ergeben hatten. Man hatte die Gewehrkolben ihrer Gewehre zerschlagen und sie uns ohne Bewachung entgegengeschickt. Ich bin überzeugt, dass sie sich verkrümelt haben, sobald sie außer Sichtweite deutscher Truppen waren. Es kann für Tito nicht schwer gewesen sein, sich aus ihren Reihen seine große Partisanenarmee zu rekrutieren. Wir waren zu sorglos mit unseren Gefangenen umgegangen.

In Krakujevac blieben wir zwei Nächte. Das Ziel unseres Vormarsches sollte ursprünglich Ragusa, das heutige Dubrovnik an der Adria gewesen sein und wir waren sehr neugierig auf diese malerische Stadt. Wohl weil der Vormarsch zu schnell ging, wurde zu unserem Leidwesen der Plan geändert, und wir sollten nun Richtung Belgrad weiterrücken.

In der ersten Nacht in Krakujevac hatten Adolf und ich uns ein Privatquartier organisiert. Dort lag eine Frau seit zehn Stunden in qualvollen Wehen und die Leute konnten keinen Arzt auftreiben, weil sie wohl alle mit dem Näherrücken der deutschen Truppen die Flucht ergriffen hatten. Es war später Abend geworden, als Adolf und ich zum Quartier unseres Regimentsstabes gingen, um den Stabsarzt zu holen. Der saß noch beim Abendbrot. Er hatte bisher in diesem Krieg nichts zu leisten brauchen. Der einzige Verwundete, den er ein paar Tage zuvor hatte versorgen müssen, war nur leicht von einem Streifschuss getroffen worden, als wir auf unserem Marsch plötzlich beschossen worden waren; wir waren daraufhin ausgeschwärmt und hatten, ohne irgendein Ziel auszumachen, in der Gegend herumgeballert. Der Stabsarzt wurde von der Ordonnanz zu uns heraus gebeten und war natürlich ungehalten, besonders, als er unser Anliegen hörte, zu einer Frau in den Wehen zu kommen. »Das geht mich nichts an«, sagte er. Da kam er bei Adolf an den Falschen, denn dieser pfiff den Stabsarzt, immerhin einen Offizier im Rang eines Hauptmanns, an, er sei Arzt und es sei seine Pflicht zu helfen. Der Stabsarzt wurde rot und ohne ein weiteres Wort zu verlieren, packte er sein Köfferchen und folgte uns auf die nächtliche Straße. Die Geburt verlief für Mutter und Kind gut.

Da wir beide in der nächsten Nacht nicht durch das Geschrei eines Babys gestört werden wollten, suchten wir uns zusammen mit einigen anderen Leuten unserer Einheit ein neues Quartier und fanden es in der Villa des Direktors des großen Schlachthofes der Stadt. Hier war das gesamte Personal verschwunden und hatte das lebende Rindvieh, zum Teil schon zum Schlachten angebunden, im Stich gelassen. Der Koch der Stabsbatterie, ein Metzger, hatte die armen Viecher dann schließlich erlöst. Im Badezimmer der Villa stand ein großer Warmwasserboiler, der mit Kohle oder Holz zu beheizen war. Wir freuten uns auf den fast schon vergessenen Genuss eines heißen Bades und heizten den Kessel mit jeder Menge Holz ein. Aber das Wasser wurde nicht warm. Schließlich legten wir uns resigniert ins Bett, auch dieser Genuss war uns fremd geworden. Selig schliefen wir unter Federbetten ein. Am Morgen wurden wir durch ein lautes Zischen wach, das aus dem Badezimmer kam: Der Boiler war nun bereit, warmes Wasser, nein, kochendes abzugeben, denn er stand kurz vor der Explosion. Wir ließen Wasser ab, damit sich der Druck im Kessel vermindern konnte, für ein Bad hatten wir aber keine Zeit mehr, denn der Aufbruch stand bevor. Es ging Richtung Belgrad, das am Vortag von deutschen Truppen eingenommen worden war. Von Belgrad habe ich nur einen Platz im Zentrum in Erinnerung. Hier war von einem großen Gebäude nur noch eine glühende Masse übrig geblieben, nachdem es am ersten Kriegstag, also etwa eine Woche bevor ich es sah, bei einem deutschen Fliegerangriff von einer Bombe getroffen worden war. Eine Zeitungsdruckerei hatte dort gestanden und jetzt, nach acht Tagen, glühten die großen Papierrollen immer noch und gaben gewaltige Hitze ab – sie befanden sich nun in einem tiefen Kellerloch, in das sie sich durchgeschmolzen hatten.

Am 17. April kapitulierte Jugoslawien, und unsere Gespenster-Division rückte kurz darauf ab. Wir fuhren auf dem Landweg Richtung Budapest, auf die Bahn kamen nur die Kettenfahrzeuge. Es ist beim Militär so üblich, dass man über die endgültigen Ziele im Unklaren gelassen wird. Wir erfuhren erst später, dass wir in den Raum Wien kommen sollten. An einem frühen Morgen, die Sonne war gerade aufgegangen, fuhren wir an der Donau entlang durch Budapest. Die schöne Stadt im frühen Sonnenlicht bot ein wunderschönes Bild. Hier begab es sich nun, dass eine ganze Reihe von Fahrzeugen eine Panne erlitt, die nicht ohne Weiteres zu beheben war. Die Kfz-Reparatur-Kompanie der Division wurde also stationiert, und die zu reparierenden Fahrzeuge standen Schlange. Niemand bemühte sich, schnell abgefertigt zu werden, denn so winkten ein paar Tage Zwangsurlaub in Budapest. Die Masse fuhr aber brav weiter, so auch mein Fahrzeug, das tüchtige Kfz 23, und landete schließlich westlich von Wien. Unsere Regimentsstabsbatterie wurde in Sieghartskirchen, einer Kleinstadt zwischen Wien und St. Pölten einquartiert. Ehe wir unsere zugewiesenen Quartiere aufsuchten, wurden wir darüber belehrt, dass die hiesige Bevölkerung ebenso wie die von Wien keine Freunde des Anschlusses an das Reich seien, und den »Reichsdeutschen« mit Ressentiments gegenüberstünde. Wir merkten aber nichts davon. Insbesondere galt das nicht für die junge Frau, bei der Adolf und ich untergebracht worden waren. Ihr Mann war zum Militär eingezogen und Kinder hatte sie keine. Die Fraternisierung zwischen Adolf und ihr fand im Bett ihren Höhepunkt.

In den Wochen der Ruhe, die wir hier genießen konnten – nicht einmal eine Siegesparade fand statt – erinnerte man sich auch wieder an die O.A.i.A. und beschloss, ihnen das Autofahren beizubringen, denn ein Offizier ohne Führerschein bei einer motorisierten Truppe – unmöglich! Wer aber aus diesem Kreis schon einen Führerschein hatte, wurde Hilfsfahrlehrer, und das waren die schlimmsten. Unterricht wurde nur auf Lastkraftwagen gegeben; wie viel Tonnen sie hatten, weiß ich nicht mehr, mir schienen sie jedenfalls gewaltig zu sein. Es war nun nicht so, dass diese Fahrzeuge wie die Wagen der privaten Fahrschulen speziell ausgerüstet gewesen wären, bei denen der Fahrlehrer zumindest mit der Bremse eingreifen konnte. Nein, die Verantwortung lag praktisch ausschließlich bei dem völlig unerfahrenen Fahrschüler. Ein nervenaufreibendes Erlebnis hatte ich bei einer Fahrstunde in St. Pölten. Im Stadtzentrum, bei einer nach einer Kreuzung versetzt verlaufenden Straßenführung, wollte ich, wie sich das gehört hätte, das Gas wegnehmen, aber nichts passierte. Ich kurvte also mit einem Affenzahn über die Kreuzung und merkte erst dann, dass das Handgas – so etwas gab es damals als zusätzliche Einrichtung – halb herausgezogen war. Dies war das Werk des heimtückischen Fahrlehrers gewesen, der das aber selbst inzwischen vergessen hatte. Dafür hatte auch er jetzt einige Schweißperlen auf der Stirn. Überhaupt diese Hilfsfahrlehrer! Sie kamen sich wer weiß wie mächtig vor und schikanierten uns, wo sie konnten. Einer pflegte die Fahrschüler, wenn sie den Motor abgewürgt hatten – und das kam bei den harten Kupplungen der damaligen Zeit häufig vor – mit dem Gewehr in Vorhalte um den Wagen hüpfen zu lassen, wobei sie laut brüllen mussten: »Ich hab dem Wagen wehgetan!« Den Führerschein machten wir übrigens erst kurz vor dem Russlandkrieg in Galizien.

Die Auszeit, die wir in Sieghartskirchen nahmen, ging nach einigen Wochen zu Ende, und wir fuhren wieder los. Wohin die Reise ging, wurde uns auch diesmal vorenthalten. Wir fanden uns aber nach einiger Zeit in jenem Gebiet Galiziens wieder, der im östlichen Teil des Generalgouvernements – so wurde das besetzte Polen mit Ausnahme Westpreußens bezeichnet – lag, nicht weit von der Demarkationslinie mit Russland, zu dem jetzt wieder das östliche Polen gehörte.

Irgendwo hier machte ich auch den Militär-Führerschein. Die Prüfung nahm ein Major ab, der für die gesamte Motorisierung des Regiments zuständig war. Geprüft wurden wir auf einem großen Lastwagen, weil wir gleichzeitig den Führerschein für Pkw und Lkw machen sollten. Als ich dran war, musste ich dem Major ein paar Teile im Motorraum zeigen. Für meine Kenntnisse der Straßenverkehrsordnung interessierte er sich hingegen nicht, diese waren wohl im Einsatz sowieso hinfällig. Dann setzte ich mich ans Steuer und musste eine Landstraße entlangfahren, auf der absolut kein Verkehr war. Irgendwann kam eine Straßenbaustelle; ich bremste ab, schaltete einen Gang runter und fuhr langsam um sie herum. Danach hatte ich die Prüfung bestanden. 1944 habe ich diesen Führerschein auf einen zivilen umschreiben lassen, und von diesem Schein lebte ich, so lange ich hinter einem Steuer gesessen habe.

Uns war inzwischen klar geworden, dass es nach Russland ging, und die Gerüchte sprudelten. An Krieg mit den Russen wollte niemand glauben. Es hieß, die Sowjetunion hätte uns Durchmarscherlaubnis erteilt und es ginge Richtung Indien. Tatsächlich war es Hitlers wahnwitzige Idee gewesen, nach Niederwerfung der Russen dorthin vorzudringen.

Am 21. Juni 1941 rückten wir weiter gegen die Demarkationslinie vor. Ich saß am Steuer eines Kfz 2, einem Kübelwagen, der zur Verlegung von Fernsprechleitungen im Gelände eingerichtet war; neben mir saß ein Unteroffizier, der dritte vorhandene Platz war frei. Der Wagen hatte einen 6-Zylinder-Motor von BMW, der zu fein für das harte Leben eines Militärwagens war. Wenn er gequält wurde, und das kam im Gelände oder beim Langsamfahren immer wieder vor, rächte er sich, indem er sein Kühlwasser zum Kochen brachte. Man war alle naselang dabei, das Kühlwasser nachzufüllen; meist waren dann auch die Rippen des Kühlers vom Straßenstaub verstopft und mussten mit einer Bürste gereinigt werden. Wegen solch einer Störung blieben wir hinter unserer Kolonne zurück und mussten die Werkstattkompanie der Division aufsuchen, die uns aber auch nicht endgültig helfen konnte. Wir trödelten also unserer Einheit hinterher, als es auf einmal ein zischendes Geräusch gab und wir zu rumpeln begannen. Wir merkten schnell, dass wir einen Platten hatten. Also: anhalten und Rad wechseln.

Als wir weiterfuhren, der Unteroffizier war jetzt am Steuer, fiel uns auf, dass wir inzwischen auf der Straße ganz allein waren. Nach einer Weile gab es wieder das zischende Geräusch; schon wieder ein Platten, und wir hatten keinen Reservereifen mehr! Wir stellten fest, dass auch diesmal ein Hufnagel die Schuld an der Reifenpanne trug, und nun waren wir überzeugt davon, dass wir in eine Falle geraten waren. Ich weiß nicht mehr, warum wir den Reifen nicht flicken konnten, obwohl wir darauf absolut trainiert waren. Wahrscheinlich fehlte uns irgendein Utensil für diese Arbeit. Es war nun an mir, zur nächsten Ortschaft zu marschieren und Hilfe herbeizutelefonieren. Der Unteroffizier gab mir für meine Sicherheit und auch, damit ich mehr Eindruck machen konnte, seine Pistole und begnügte sich mit meinem Karabiner. Was wir eigentlich befürchteten, ist mir damals nicht klar gewesen. Jedenfalls haben wir uns aber wohl vorschriftsmäßig verhalten.

Ich ging also los, etwa zwei Kilometer weit und kam in einen Ort, in dem es nur Juden zu geben schien, solche mit Hut, Kaftan und Schläfenlocken. Wir befanden uns immerhin in Galizien. Welchem Schicksal diese Juden in naher Zukunft entgegengehen würden, hat damals niemand geahnt. Ich fand das Postamt, einen ladenähnlichen Raum, der so etwas wie ein Kommunikationszentrum darzustellen schien, denn es wimmelte dort von Männern, die in Gruppen zusammenstanden und sich unterhielten. Bei meinem Eintritt verließen sie zum größten Teil den Raum. Man sprach Jiddisch, verstand aber mein Deutsch. 23 Jahre früher war dieser Teil Galiziens noch so etwas wie ein österreichisches Protektorat gewesen. Ich sagte, dass ich mit einer deutschen Dienststelle verbunden werden wolle, worauf man mir antwortete, dass man das nicht dürfe. Da legte ich meine geliehene Kanone auf den Tresen und man durfte.

Ich fragte mich mit einiger Mühe nach meinen Regiment durch, machte Meldung von unserem Missgeschick und bat um Lieferung eines montierten Reifens, warnte auch vor den Hufnägeln, die auf die Straße gestreut seien. Ich beschrieb unsere Position und marschierte zurück zu meinem Unteroffizier. Nach etwa zwei Stunden kam ein Beiwagen-Krad mit dem Reifen. Der Fahrer sagte uns, dass es bekannt sei, dass die Straße »vernagelt« ist; die Truppen wären schon seit Stunden umgeleitet worden. Da hatten wir die Erklärung dafür, dass außer uns beiden keiner dort gefahren war. Nach der Auswechslung des Reifens ging es gemeinsam mit dem Krad Richtung Osten, das Beiwagen-Krad fuhr ganz langsam voraus, um nach weiteren Nägeln auf der Straße zu suchen. Es wurde eine ziemlich mühselige Fahrerei.

Am späten Abend – wegen der Mitternachtssonne war es aber trotzdem noch taghell – kamen wir bei unserer Stabsbatterie an. Hier erfuhren wir, dass man gerade einen »Führerbefehl« verlesen hatte, demzufolge am nächsten Morgen um vier Uhr unser Angriff auf die Sowjetunion beginnen sollte. Die Russen hätten im Grenzgebiet eine Unzahl von Divisionen, die auch alle benannt wurden, zum Angriff auf Deutschland bereitgestellt und wir sollten diesem Angriff zuvor kommen. Zum ersten Mal in diesem Krieg hatte ich ein flaues Gefühl im Magen. Ich denke, meinen Kameraden ging es ebenso.

Am frühen Morgen des 22. Juni 1941 um vier Uhr hatten die Geschütze von fünf Divisionen, insgesamt 80 an der Zahl, mit ihrem Feuerüberfall begonnen. Diese Feuerkraft war unter dem Kommando unseres Regimentskommandeurs zusammengefasst, denn die 11. Panzerdivision, die Gespenster-Division, war dazu ausersehen, die Spitze des Angriffskeils zu bilden. Das Bombardement dauerte ungefähr eine halbe Stunde, als es abgebrochen wurde und der Angriff der Panzerverbände begann. Bald darauf saßen auch wir auf unseren Fahrzeugen auf, ich immer noch auf dem Kfz 2, mit Unteroffizier Dreischer am Steuer.

Der Widerstand der Russen in diesen ersten Tagen des Krieges war nicht sehr heftig, und wir kamen sehr schnell voran, wobei wir nur wenige zerschossene Panzer und gefallene Sowjetsoldaten sahen. Die vielen Divisionen der Russen, von welchen in dem Führerbefehl die Rede gewesen war, existierten entweder nicht oder hatten sich rechtzeitig abgesetzt.

Meine Erinnerungen an den Feldzug in Russland sind lückenhaft. Die Vielzahl der Eindrücke und Erlebnisse muss es mit sich gebracht haben, dass mein Gedächtnis wie ein Sieb ist, in dem sich mehr oder weniger zusammenhanglose Ereignisse und Bilder eingeprägt haben. Vielleicht war die Menge der Eindrücke einfach zu groß, um sie in allen Einzelheit zu behalten.

Etliche Tage nach Beginn dieses Krieges hatte ich ein Erlebnis, das für mich das Ende meiner militärischen Zeit, so oder so, hätte bedeuten können – entweder durch meinen Tod oder durch Gefangenschaft. Unser Kfz 2 machte wieder einmal Probleme. Dreischer und ich hatten die Einheit verlassen müssen, um die Werkstatt-Kompanie aufzusuchen. Diese befand sich in einer gerade eroberten kleinen Stadt. Ich glaube, sie lag schon in der Ukraine. Nach zwei oder drei Stunden verließen wir den Ort, ohne dass uns recht geholfen worden war, und fuhren unserer Einheit hinterher. Am Ortsausgang standen zwei gefechtsbereite Panzerabwehr-Kanonen (PaK), bei deren Anblick wir uns nichts weiter dachten. Es kümmerte auch niemanden, dass wir stadtauswärts vorbeifuhren.

Nach vielleicht sechs Kilometern auf dieser anscheinend leeren Straße fing unsere Primadonna wieder an zu kochen und nach Wasser zu zischen. Etwa 200 m von der Straße entfernt lag an einem Waldrand ein großes Gehöft, alle Gebäude waren fast lückenlos um einen großen Hof angeordnet. Hier wollten wir Wasser holen. Vor uns hatte hier ein Lastwagen gehalten, der offensichtlich das gleiche Problem hatte wie wir. Fünf Soldaten standen unschlüssig um ihn herum. Dann fuhr noch ein Beiwagen-Krad hinter uns auf, das zu unserem Regiment gehörte. Außer Dreischer, der bei den Fahrzeugen blieb, marschierten wir anderen zum Gehöft. Kaum hatten wir den Hof betreten, strömten aus den Gebäuden 20 bis 30 russische Soldaten und riefen »Rucki werch!«, was heißen sollte »Hände hoch!«, so viel Russisch konnten wir. Unsere Karabiner hatten wir alle in den Fahrzeugen gelassen, also folgten wir der Aufforderung – Widerstand wäre ohnehin sinnlos gewesen.

Auf einmal prasselten Artilleriegeschützen auf uns nieder. Die Russen warfen sich zu Boden, wir aber türmten umgehend aus dem Gehöft in den angrenzenden Wald und liefen in Sichtweite des Waldrandes in die Richtung zurück, aus der wir gekommen waren, immer gewärtig, plötzlich auf Russen zu stoßen. Wir bekamen mit, dass auch die Straße unter Beschuss lag und es wahrscheinlich unsere Fahrzeuge erwischt hatte. Als wir durch den Wald durch waren, sahen wir vor uns die Stadt liegen, die wir zwei Stunden zuvor verlassen hatten. Wir mussten noch ein Feld überqueren, waren froh, dass unsere eigenen Leute nicht auf uns schossen – und hatten es geschafft!

Die Pakschützen wunderten sich, woher wir kamen. Hatten doch die Russen die Straße, auf der wir vorgegangen waren, hinter uns wieder dicht gemacht. Weshalb sie uns an der Ausfahrt aus der Stadt nicht gehindert hatten, obwohl sie doch wussten, dass die Straße zu war, blieb im Unklaren. Jedenfalls mussten die der Spitze folgenden Verbände die rückwärtigen Verbindungen wieder freikämpfen. Das war meist Sache der bespannten Infanteriedivisionen, die um ihre Aufgabe nicht zu beneiden waren. Diese Situation kam übrigens in der ersten Zeit des Krieges immer wieder vor: Der deutsche Vormarsch folgte gemäß der Devise des schnellen Geländegewinns den Hauptstraßen, die Russen wichen seitlich aus und schlossen später ihre Linie wieder. Die Kraft uns einzukesseln hatten sie damals aber noch nicht. Mit dieser Taktik schnitten sie uns jedoch manchmal tagelang von unserem Nachschub ab. Wir merkten dies immer daran, dass wir unsere eiserne Ration essen durften, die aus einer Art ungesüßter Kekse und einer Büchse Schweineschmalzfleisch bestand. Natürlich erhielten wir bei solchen Gelegenheiten auch keine Feldpost.

Im Zentrum des Ortes kam es zu einer großen, unvermuteten Wiedersehensfreude: Dreischer, der bei den Fahrzeugen geblieben war, stand da mit dem Beiwagen-Krad! Er war sichtlich froh, uns lebend wiederzusehen. Ich denke, er hatte ein schlechtes Gewissen, weil er, als der Artilleriebeschuss losging, ohne viel Nachdenken das Beiwagen-Krad gegriffen, kehrtgemacht und eindeutig getürmt war.

Nun besaßen wir beide nichts mehr außer dem, was wir am Leibe trugen. In meinem Fall mit zwei Ausnahmen: Dreischer hatte mein Gewehr gerettet, ich einen kleinen Fotoapparat, den ich in der Hosentasche trug. Dem Kradfahrer war es besser ergangen, weil seine gesamte Habe auf dem geretteten Krad gewesen war.

Am nächsten Tag machten wir uns auf den Weg, um unserer Einheit zu folgen. Jetzt saßen wir zu dritt auf einem Beiwagen-Krad und kamen bald auch an der Stelle vorbei, die am Tag zuvor beinahe unser Grab geworden wäre. Der Lastwagen und die Primadonna waren ausgebrannt; es war somit ein Eigentor der deutschen Artillerie gewesen.

Diese Begebenheit wurde für mich zu einem Albtraum, der mich noch jahrelang verfolgte. Immer wieder kam ich in meinen Träumen in russische

Kriegsgefangenschaft. Im Gegensatz zum Original löste sich im Traum diese Situation nie in einem Happyend auf. Das Ende blieb immer im Dunkeln.

Wieder bei unserer Einheit wurden wir freudig begrüßt. Mein Freund Adolf strahlte mich aus beiden Augen an. Da Dreischer und ich wieder einen fahrbaren Untersatz brauchten, erhielten wir einen in Deutschland requirierten Privatwagen. In den nächsten Wochen saßen wir bei unserem Vormarsch in einem Opel Admiral Cabriolet. Nachts mussten wir von nun an nicht mehr auf der harten Erde schlafen, sondern genossen die weichen Lederpolster unseres Luxusschlittens. Tagsüber benahm sich dieser für wahrlich bessere Verhältnisse geschaffene Wagen auf den schlechten russischen Straßen tadellos, der Opel-Motor hatte nicht die Empfindlichkeit der BMW-Maschine.

Auf dem weiteren Vormarsch sahen wir jetzt mehr und mehr tote Russen und ausgebrannte russische Panzer, aus deren Luken oft noch die verkohlten, gekrümmten Leichen der Besatzungen hingen. Es waren auch viele tote Pferde zu sehen, die aus aufgeblähten Leibern ihre steifen Beine in die Luft streckten. Über dem Ganzen hing ein intensiver Verwesungs- und Brandgeruch, da wegen der Sommerhitze die Verwesung sehr schnell einsetzte. Dieser Geruch ging uns oft stundenlang nicht aus der Nase. Zerschossene deutsche Panzer sahen wir nur sehr selten, ebenso wenig deutsche Gefallene. Diese wurden meist möglichst schnell beerdigt, mit einem einfachen Holzkreuz an der Stelle, wo sie zurück gelassen wurden. Unsere Einheit hatte bisher noch keine Verluste gehabt. Es hätten uns zu diesem Zeitpunkt nur die vereinzelten Fliegerangriffe der Russen und ihr seltener Artilleriebeschuss gefährlich werden können.

Hatte ich eigentlich Angst? In dieser Zeit noch nicht. Ich hielt es mit dem Motto, das der Alte Fritz im siebenjährigen Krieg ausgegeben hatte: Eine jede Kugel, die trifft ja nicht! Außerdem glaubte ich fest daran, dass kein Geschoss den Punkt trifft, wo es schon einmal eingeschlagen hatte. Also waren die Granat- und Bombentrichter das sicherste Refugium für einen schutzsuchenden Soldaten. Ich hielt mich mit Erfolg an diese Regel.

Die beiden ersten Toten, die wir hatten, waren die Opfer eines Fliegerangriffs geworden, die Besatzung eines Funkwagens. Die beiden Kameraden waren außerhalb ihres Wagens von Bombensplittern am Kopf getroffen worden. Ich war nicht dabei gewesen, als es passiert war. Adolf und ich übernahmen aber die Aufgabe, sie beizusetzen. Vorher mussten wir jedoch noch die Erkennungsmarken, wie sie jeder deutsche Soldat um den Hals trug, in ihrer Sollbruchstelle teilen; die eine Hälfte blieb bei den Toten, die anderen Hälften gaben wir später bei unserem Spieß ab. Wir bastelten aus zwei starken Ästen ein Kreuz und sprachen ein Vaterunser. Nachdem wir diese beiden Soldaten, die mir gut bekannt waren, beerdigt hatte, war meine

Einstellung zu den Chancen, in diesem Krieg davonzukommen, eine andere geworden.

Bald darauf hatte ich Angst. Adolf und ich mussten gemeinsam einen Auftrag ausführen. Wir sollten eine Leitung zu einem Abteilungs-Gefechtsstand legen, und weil die Entfernung doch etwas größer war und es schnell gehen sollte, mussten wir den Kfz 23 benutzen, dessen Qualitäten ich schon beschrieben habe. Wir verlegten unsere Leitung vom Fahrzeug aus und fuhren – einen dritten Mann am Steuer – durch hügeliges Gelände, suchten uns dabei die geradlinigste Strecke und kamen auf den Kamm eines lang gezogenen Hügels, als wir plötzlich von russischer Artillerie beschossen wurden. In der Entfernung sahen wir das Aufblitzen der Mündungsfeuer und gleich darauf schlugen die Granaten rings um uns ein: Wir waren unter Direktbeschuss geraten. Der Fahrer reagierte sofort und fuhr den Hang hinunter in die Talsohle. Als die Russen uns nicht mehr sahen, hörten sie auch mit ihrem Feuer auf, und wir hatten Ruhe. Es blieb uns nun nichts anderes übrig, als den letzten Abschnitt noch einmal zu verlegen, denn das Kabel war durch den Beschuss an mehreren Stellen zerstört worden. Von nun an blieben wir bei unserer Arbeit in den Senken zwischen den Hügeln, auch wenn das eine Verlängerung der Strecke bedeutete.

Ab und zu gab es aber auch heitere Begebenheit. Aus irgendeinem Grund fuhren wir zu dritt in unserem Luxusschlitten einsam durch die Gegend, als wir einen kleinen See entdeckten, der in der Nähe einer Ortschaft lag. Es war ein sehr heißer Sommertag und so fuhren wir an das Ufer, warfen unsere Kleider ab und stürzten uns in das erfrischende Naß, um ein paar Runden zu schwimmen. Während wir uns im Wasser tummelten, strömten von der Ortschaft etwa 20 Leute herbei und sahen uns neugierig zu. An unseren Wagen gingen sie gottlob nicht, denn dort hatten wir unsere Karabiner gelassen. Wir beeilten uns nun, splitternackt wie wir waren, aus dem Wasser zu kommen und rannten unter dem Gejohle der Zuschauer zu unserem Auto, zogen in Windeseile unsere Sachen an, stiegen ein und fuhren unter fröhlichem Gewinke und Gejohle beider Seiten davon. Wir waren jedoch zu keinem Zeitpunkt in Gefahr gewesen, denn die ukrainische Bevölkerung war damals noch sehr deutschfreundlich und sah in uns die Befreier von der ungeliebten Sowjetunion.

Wir merkten jetzt aber doch, dass es mit unseren Vormarsch langsamer voranging. Schitomir, eine Stadt in der westlichen Ukraine, war mühsam eingenommen worden. Es hatte zähe Kämpfe gegeben, und am Abend sollten wir mit unseren Nachrichten-Fahrzeugen den bereits weiter vorgestoßenen Panzern und Panzergrenadieren folgen. Der Tross sollte während der Nacht am Stadtrand verbleiben, da der Durchmarsch durch die Stadt bei Dunkelheit wegen der vermuteten Heckenschützen zu gefährlich war. Mitten in der Stadt fiel das Fahrzeug – es war nicht der Opel Admiral –, in dem ich mit zwei Kameraden saß, aus irgendeinem Grund aus, und wir waren auf einmal mutterseelenallein in der Dunkelheit, um uns herum gespenstische Stille, die jeden Moment durch den Schuss eines versteckten Russen zerrissen werden konnte. Ich wurde zurückgeschickt, um Hilfe zu holen, die beiden anderen blieben bei dem Fahrzeug. Ihr Muffensausen wird genau so groß gewesen sein wie meins, als ich allein, das Gewehr in der Hüfte haltend, durch die dunkle, menschenleere Stadt marschierte. Es passierte aber nichts und ich kam heil bei unseren Leuten an. Ich erhielt ein Fahrzeug mit Fahrer, das unseren liegen gebliebenen Wagen abschleppen sollte. Er fuhr mit einem Affenzahn durch die unbeleuchteten Straßen bis zu meinen wartenden Genossen, die heilfroh waren, als sie uns sahen. Die Rückfahrt war unproblematisch. Am nächsten Morgen fuhren wir mit dem Tross erneut durch die Stadt, um unserer Nachrichteneinheit zu folgen. Jetzt erst konnten wir die zerstörten Gebäude, liegengebliebene Panzer und gefallene Russen sehen.

Eines Tages, als wir auf einer Straße rasteten, die an ein sumpfiges Gelände grenzte, das unmittelbar am Straßenrand einige Wassertümpel hatte, kam mir die glorreiche Idee, mich hier zu waschen, mir die Zähne zu putzen und mich zu rasieren. Nach dem Verlust meiner gesamten Habe hatte ich wochenlang den Rasierapparat von Adolf benutzt, inzwischen aber war ich wieder im Besitz eines eigenen. Es war der Apparat eines der beiden Gefallenen, die Adolf und ich beigesetzt hatten.

In dieser Gegend gab es überall riesige Flächen mit Weichsel-Kirschbäumen, und da packte mich die Lust, es meiner Mutter nachzumachen und einen schönen Grießbrei mit Kirschkompott zu zaubern. Partizipieren sollte mein engster Kameradenkreis, etwa sechs Mann. Sie mussten sich alle irgendwie an dem Werk beteiligen. Einige wurden losgeschickt, Kirschen zu pflücken, einer musste beim »Küchenbullen« Grieß und Zucker erbetteln, und zwei besorgten in einem nahe gelegenen Gehöft Milch und Eier. Kochtöpfe hatten wir, sie gehörten zur Ausrüstung eines jeden Mannschaftswagens. Und dann begann ich mit meinem Meisterwerk. Ein offenes Feuer zu machen, war kein Problem. Als die Milch siedend heiß war, rührte ich vorsichtig den Grieß und den Zucker unter, dann kam der Clou: Bei den Eiern wurde das Eigelb von dem Eiweiß getrennt, und einer meiner beteiligten Kameraden musste dieses Eiweiß zu steifem Schnee schlagen, während ich das Eigelb schaumig schlug. In dem Augenblick, als ich es in den Grießbrei geben wollte, stand plötzlich ein Unteroffizier – es war nicht Dreischer – vor uns und wollte mich und meine Kameraden zum Kartoffelschälen abkommandieren. Völlig aus der Fassung gebracht, wie ein Künstler, der bei seinem wichtigen Werk gestört wird, brüllte ich ihn an: »Wir brauchen euren Fraß nicht, wir haben was Besseres!«

Der Unteroffizier machte wortlos kehrt, ging zum Chef der Stabsbatterie und machte Meldung. Bei Dreischer wäre mir das nicht passiert, er hätte mich an Ort und Stelle angeschissen, und die Angelegenheit wäre erledigt gewesen. So aber war das Ergebnis meines kulinarischen Ausbruchs eine Arreststrafe von drei Tagen.

Wie aber ist die Durchführung solch einer Strafmaßnahme auf dem Vormarsch möglich? Ich musste mich zunächst an einen Baum setzen und sah und hörte nichts mehr von meinem Grießbrei. Den »Fraß« bekam ich später auch nicht zu essen. Als es weiter ging, durfte ich nicht in meinen Opel Admiral steigen, sondern musste mich hinten auf einen Lastwagen setzen, einen Skoda mit entsetzlich harter Federung. Auf den schlechten Straßen wurde ich wie in einem Mixer herumgeschleudert und bekam zunehmend Magenschmerzen. Kein Wunder, dachte ich, bei diesem Gerüttel. Am nächsten Tag ging es weiter so, und die Schmerzen wurden unerträglich. Zeitweise verlor ich die Besinnung. Am dritten Tag meldete ich mich beim Regimentsarzt, der mir kurz in die Augen sah und mich in ein Glas pinkeln ließ, das ich dann kurz schütteln musste. Das Ergebnis war eine gelbrote, schaumige Angelegenheit und die Diagnose: Gelbsucht, ab ins Lazarett! Mit einem Beiwagen-Krad wurde ich zurück nach Schitomir gebracht, ins städtische Krankenhaus.

Nach meiner Einlieferung wurde ich noch einmal gründlich untersucht, wobei ich auch einen Schlauch schlucken musste, damit man mir Magensäfte abnehmen konnte. Man fragte mich, ob ich unreines Wasser getrunken hätte, und ich erzählte von meinem Zähneputzen mit dem Sumpfwasser ein paar Tage zuvor. Die Reaktion des Arztes auf dieses Bekenntnis war ein einfaches »Aha«.

Durch die liebevolle Pflege deutscher Rotkreuz-Schwestern ging es mir jedoch in verhältnismäßig kurzer Zeit spürbar besser. Bei meinem ersten Ausgang in der dritten Woche, Gesicht und Augen waren immer noch gelb, besuchte ich ein Fußball-Freundschaftsspiel zwischen einer deutschen Soldaten-Auswahl und einer ukrainischen Mannschaft. Das Stadion von Schitomir war mit einem fußballbegeisterten, meist ukrainischen Publikum voll besetzt. Die Stimmung war ausgelassen und fröhlich. Wie bereits erwähnt, machten damals beide Seiten auf Freundschaft – wir waren ja die Befreier. Das änderte sich erst, als die deutsche Verwaltung mit ihren Sonderführern das Regiment übernahm und mit der Bevölkerung doch um einiges rauer umging, als es die kämpfenden Truppen getan hatten. Es ging aber später dann auch darum, in großem Stil Lebensmittel für die deutsche Heimat zu organisieren, nicht nur ein paar Eier. Bei der Durchführung solcher Aufgaben hört alle Freundschaft bald auf.

In der vierten Woche fühlte ich mich wieder stark genug, um auf Entlassung aus dem Lazarett zu drängen. Ich fürchtete, dass ich keinen Anschluss an meinen Trupp mehr bekommen und einer anderen Einheit zugewiesen werden könnte, wenn ich länger bliebe. Das musste ich unbedingt verhindern, da ich das bisschen Nestwärme, das die bekannten Kameraden mir gaben, nicht verlieren wollte.

Es ist mir heute noch ein Rätsel, wie ich in dem weiten, unbekannten Land meinen Truppenteil wiederfinden konnte, aber es gelang mir schon am zweiten Tag. Die Meinen waren gerade erst von einem Einsatz zurückgekommen, der die Division weit nach Osten geführt hatte. Sie kam aus schweren Kämpfen, die der Stabsbatterie einige Verluste gebracht hatten. Meinen schönen Opel Admiral gab es nicht mehr; er war in einer Nacht durch den Einschlag einer Granate zerstört worden. Die beiden Kameraden, die in ihm geschlafen hatten, gab es auch nicht mehr – das hätte auch mich treffen können, wenn ich damals dabei gewesen wäre.

Adolf hatte diesen Einsatz ohne Blessuren überstanden und trug jetzt das Eiserne Kreuz II. Klasse. Nach den vorangegangenen Kämpfen hatte es auch den Ordenssegen für die Artilleristen gegeben, die bisher mit einer gewissen Berechtigung gegenüber den anderen Truppenteilen der Division vernachlässigt worden waren. Bei mir war wohl die Gelbsucht daran schuld, dass meine Brust zunächst ungeschmückt blieb, hatte ich doch den schweren Einsatz im Bett überstanden. Vielleicht war es aber auch der Griespudding gewesen. Ich musste jedenfalls noch einige Zeit auf den Orden warten, von dem ich heute nicht einmal mehr weiß, wo ich ihn habe und ob überhaupt noch.

Unsere Division wurde Ende des Sommers in den Mittelabschnitt der russischen Front verlegt. Für uns begann nun die Zeit des Vormarsches auf Moskau. Wir bewegten uns auf einer breiten »Rollbahn«, ein Straßenzug, der im Laufe der Benutzung durch die beiden gegnerischen Parteien entstanden war. Auf diesem Vormarsch wurden wir ziemlich oft von russischen Flugzeugen mit Bomben belegt, die aber nicht viel Schaden anrichteten. Sie flogen ihre Angriffe meist im rechten Winkel zur Rollbahn, wodurch die Mehrzahl der Bomben neben die Straße fiel. Wären sie längs oder schräg zur Rollbahn geflogen, hätten ihre Aktionen wesentlich mehr Wirkung gezeigt. Allerdings hätte dann auch unsere Flugabwehr mehr Erfolg gehabt. Die Angriffe wurden in ziemlich niedriger Höhe geflogen, sodass wir uns manchmal auf dem Rücken liegend mit unseren Karabinern an dem Abwehrfeuer beteiligten. Sonst aber habe ich bei solchen Gelegenheiten meine Theorie immer in die Praxis umgesetzt und mich in vorhandene Bombentrichter geworfen. Selten hat unsere Division gegen diese Fliegerangriffe Jagdschutz durch Messerschmidt-Jagdflugzeuge gehabt; sie kamen immer erst, wenn die Russen schon wieder weg waren.

In sehr guter Erinnerung ist mir noch die große Kesselschlacht von Wjasma. Ich habe weder vorher noch nachher je eine solche Menge Toter gesehen wie bei dieser Schlacht. An der Straße, auf der wir konzentrisch vorgingen, um die Umzingelung dicht zu machen, lagen in den Straßengräben unzählige Leichen. Als es dunkel wurde, gingen wir nicht mehr weiter vor, sondern bezogen Stellung rechts und links der Straße, auch wir Strippenzieher mit dem Karabiner in der Hand. Man erwartete in der Nacht den Ausbruchsversuch der nun fast vollständig eingeschlossenen Russen. Wir hörten aus der Ferne schon ihre »Hurräh«-Rufe und waren uns sicher, dass man sie mit Unmengen von Wodka zu ihrem Angriff auf unseren Einschließungsring vorbereitet hatte. Als sie immer näher kamen, ballerten wir, ohne viel zu sehen, in die Richtung der Rufe, konnten aber nicht verhindern, dass eine ganze Anzahl von ihnen bei uns durchbrach. Auf Nahkämpfe ließen wir uns nicht ein, und so wurde auch keiner von uns verwundet oder gar getötet. Die Russen hingegen waren froh, dass sie laufen konnten, und kümmerten sich nicht weiter um uns. Erst bei unseren Geschützstellungen, etwa ein Kilometer hinter uns, wurde der Durchbruchsversuch von den auch infanteristisch eingesetzten Artilleristen in unserem Abschnitt beendet. Wir alle, die an dieser »Heldentat« beteiligt waren, sollten dafür später das »Sturmabzeichen« erhalten, das all jenen verliehen wurde, die »das Weiße im Auge des Feindes« gesehen hatten – eine Bedingung, die wir eigentlich nicht erfüllten, denn es war ja Nacht gewesen.

Wjasma war gefallen, eine große Zahl von Gefangenen gemacht. Über 600 000 russische Soldaten kamen in deutsche Kriegsgefangenschaft. Ihr Schicksal blieb mir unbekannt, wir rückten bereits weiter vor. Mit dem Fall von Wjasma war die Zeit der großen Siege für uns erst einmal vorbei, und ebenso die Zeit des trockenen Wetters. Bisher hatten wir immer entweder im Auto oder im Freien auf der Erde genächtigt und waren so auch von Läusen verschont geblieben. Eines Abends bot sich für Adolf und mich die Gelegenheit, wieder einmal in einem Bett zu schlafen, und wir konnten nicht widerstehen. Aus einer leer stehenden Kate holten wir ein Drahtbettgestell, belegten es mit Stroh, ließen uns zusammen darauf nieder und zogen eine Zeltplane über uns. Gegen Morgen wurden wir wach, weil wir mit unseren Hintern in einer Wasserlache lagen. Ohne dass wir es bemerkten, hatte es in der Nacht heftig geregnet. Das Wetter würde von nun ab immer schlechter werden.

Nach Wjasma sind wir noch einige Tage auf der festgefahrenen Straßendecke der Rollbahn Richtung Osten gerollt, ich, seit meiner Rückkehr aus dem Lazarett, im Kfz 23. Mit dem Einsetzen des großen Regens wurde das Fahren zu einer quälenden Schleicherei durch die jetzt schlammzerwühlte Straße. Immer wieder blieb ein Fahrzeug stecken und musste aus dem matschigen Boden befreit werden. Um die kleineren Fahrzeuge frei zu bekommen, reichte unser prächtiger Kfz 23, der mit den Straßenverhältnissen noch am besten fertig wurde. Es blieben aber auch Lastwagen stecken. Zum Retter für diese wurde ein uralter Dreiachser aus der Reichswehrzeit, Baujahr 1926, auf dem unsere Küche mit der Gulaschkanone montiert war. Der verfügte vor dem Motor über ein Spill. Wurde der brave Alte an einem Baum am Straßenrand festgezurrt, so zog er mittels dieses Spills selbst Kettenfahrzeuge aus dem Schlamm.

Unter diesen Verhältnissen konnte unser Nachschub oft nicht folgen, und wir begannen zum ersten Mal seit Kriegsbeginn Bekanntschaft mit dem Hunger zu machen, denn die eiserne Ration war bald verbraucht. Das Brot, das wir noch hatten, schimmelte in der Feuchtigkeit, die uns jetzt fast ständig begleitete, sehr schnell; wir aßen es trotzdem, nachdem wir es über dem offenen Feuer fast schwarz geröstet hatten.

Als wir einmal Rast machten, gingen Adolf und ich zu einem abgeernteten Kartoffelfeld, das etwa 200 m von der Straße entfernt an einem Hang lag. Wir hatten die Hoffnung, dass wir noch ein paar Exemplare dieser Köstlichkeit finden würden. Auf dem Acker waren bereits einige Frauen mit dem gleichen Ziel am Werk. Heute vielleicht kaum vorstellbar – aber es war Krieg, wir waren zu diesem Zeitpunkt die Sieger, und wir hatten Hunger – fingen wir nun nicht etwa an, mit den eigenen Händen zu buddeln, sondern nahmen jeder der Frauen etliche Kartoffeln aus ihrem Korb und füllten damit unseren kleinen Sack. Die Frauen jammerten, beschimpften uns heftig und zeigten auf eine abseits allein arbeitende Frau, wobei sie »Jüdin, Jüdin!« riefen. Dieses deutsche Wort kannten sie offensichtlich, und wollten wohl damit zum Ausdruck bringen, dass wir unsere Kartoffeln bei dieser Frau holen sollten, denn sie sei ja eine auch bei uns verhasste Jüdin. Diese Rechnung hatten sie aber ohne meinen Freund gemacht. Adolf, der Parteigenosse, und als solcher zu Judenhass quasi amtlich verpflichtet, lief zu jener Frau, nahm ihren Korb und ging zu den anderen Frauen zurück, während die eine jetzt jammerte und die anderen klatschten. Diese zogen allerdings lange Gesichter, als er nun reihum aus jedem Korb so viele Kartoffeln entnahm, bis der Korb der Jüdin gefüllt war. Danach brachte er ihn zu dieser zurück und bedeutete ihr, zu gehen. Ob diese Frau ihre Kartoffeln endgültig behalten konnte, weiß ich nicht. Ich aber war stolz auf diese Geste meines Freundes Adolf, auf die ich selbst nicht gekommen wäre.

Der Dauerregen hatte uns mittlerweile zu recht armseligen Gestalten gemacht. Die Uniformen waren von Schlamm bedeckt, die Stiefel hatten wegen des anhaftenden Drecks ihr Gewicht verdoppelt, und wir hatten jetzt Läuse – Kleiderläuse, denn der Regen hatte uns in die russischen Katen getrieben. Es juckte uns am ganzen Körper, besonders aber am Bauch, im Schritt und unter den Armen; überall dort, wo es schön warm ist. Bald entdeckten wir, dass die fortpflanzungsfreudigen Tierchen ihre Nissen in den Nähten unserer Kleidung abgelegt hatten, und es wurde abends zu einer beliebten Beschäftigung, die Läuse und ihre Eier zwischen den Daumennägeln zu zerknacken. Die Bewohner der Katen klagten, dass wir ihnen die Läuse ins Haus gebracht hätten; das konnte in vielen Fällen wohl auch stimmen, aber im Grunde hatten wir ein reines Gewissen, waren wir doch so lange läusefrei geblieben, wie wir nicht in die Behausungen gegangen waren. Flöhe, die sich gern in den Ritzen der Bodendielen aufhielten, hatte ich nur vereinzelt. Ich bemühte mich stets, einen erhöhten Schlafplatz zu finden.

Mit kurzen Unterbrechungen regnete es einige Wochen in Strömen. Etwa in der ersten Novemberhälfte begannen die Temperaturen zu sinken, bis es grausam kalt wurde. Der einzige Vorteil dabei war, dass die Straßen wieder fest wurden, und es etwas schneller voranging. Von einem Widerstand der Russen war immer noch nicht viel zu merken. Dann aber setzte der Schneefall ein und schaffte uns neue Probleme. Gleichzeitig sanken die Temperaturen noch tiefer. Anfang Dezember ging nichts mehr. Inzwischen hatten auch die Russen Verstärkungen an die Front vor Moskau gebracht: sibirische Schneeschuhtruppen, in weißen Tarnanzügen und für den Winterkrieg bestens ausgerüstet. Wir dagegen hatten außer unseren dünnen, feldgrauen Mänteln zunächst nichts, was uns vor der Kälte hätte schützen können. Infolge der extrem niedrigen Temperaturen sprangen die Motoren unserer Fahrzeuge nicht mehr an: das Motorenöl war zu dick geworden. Einige Fahrer versuchten, durch ein Feuerchen unter der Ölwanne das Motoröl zu erwärmen und wieder dünnflüssig zu machen, mit dem Erfolg, dass so mancher Wagen in Flammen aufging. Den gleichen Effekt hatten diejenigen, welche die angefrorenen Bremsen mit Feuer aufzutauen versuchten. Aber auch für den auf diese Weise verkleinerten Fuhrpark reichte der Treibstoff nicht mehr aus. So wurde von den Wagen, deren Motoren partout nicht anspringen wollten, das Benzin abgezapft und den Tanks der Autos mit den gutwilligen Motoren einverleibt. Zu diesen gehörte auch unser braves Kfz 23, das den ganzen Rückzug mitmachen sollte, wenn auch ohne uns.

Ein Nachschubwagen unseres Regiments mit Marketenderwaren für Weihnachten und in der Heimat gespendeten Wintersachen wie Pullover, Ohrenschützer, Handschuhe und dergleichen erreichte uns noch. Er enthielt auch einige Fahrermäntel, knöchellange, dick gefütterte Ungetüme, von denen ich bald einen ergattern sollte. Mit der Marketenderware, die eigentlich zum Verkauf bestimmt war, war bei uns der Weihnachtsvorrat für das ganze Regiment angekommen. Da dieses aber in der gesamten Gegend verstreut war, und keine Verbindung mehr zwischen den einzelnen Einheiten bestand, hatten wir keine Möglichkeit, die Sachen weiterzugeben. Die Vorräte wurden also innerhalb der Stabsbatterie verteilt, und das geschah nach einem seit einiger Zeit angewendeten Schlüssel, der die unterschiedlichen Bedürfnisse der Raucher und Nichtraucher berücksichtigte. Nichtraucher, wie ich einer war, erhielten keine Zigaretten, Raucher nur eine kleine Ration Süßwaren. Bei der großen Menge, die dieses Mal zur Verfügung stand, erbeutete ich zweieinhalb Kilo Schokolade, wovon ich ungefähr ein halbes Kilo mit der Feldpost nach Berlin an meine Mutter schickte. Adolf, auch Nichtraucher, hatte die gleiche Menge. Wir ernährten uns in den nächsten Wochen fast ausschließlich von dieser Süßigkeit, bis sie uns aus den Ohren quoll.

Am 5. Dezember 1941 begann unser Rückzug, einen Tag vor dem japanischen Luftangriff auf Pearl Harbour – ohne Kriegserklärung. Als diese dann daraufhin durch die USA erfolgte, hat Deutschland als Bundesgenosse der Japaner den Amerikanern den Krieg erklärt. Das änderte zunächst nicht viel an den tatsächlichen Verhältnissen, denn die USA hatten unter der Präsidentschaft des deutschfeindlichen Franklin D. Roosevelt schon seit geraumer Zeit mehr oder weniger offen die Engländer und zuletzt auch die Russen mit Waffenlieferungen unterstützt.

Unser Rückzug hatte viel Ähnlichkeit mit dem der französischen Armee 1812. Da wir die meisten Fahrzeuge verloren hatten, bedeutete das für die große Mehrzahl von uns zu marschieren. Vor uns lag ein Marsch in Eis und Schnee bei einer Temperatur, die inzwischen auf -40 °C gefallen war. Damals wussten wir nicht, wie weit es ging, und wie lange der Marsch dauern würde.

Ich hatte das Glück, am ersten Tag unseres Rückzuges hohes Fieber zu bekommen, fast 40 °C, wie unser Stabsarzt feststellte. Ich durfte deshalb auf dem Kfz 23 aufsitzen, der jetzt normalerweise den Offizieren des Stabes vorbehalten war. Das war damals die Ordnung und wir haben sie so hingenommen. Den ganzen Tag über konnte ich mich nicht rühren, nicht aussteigen und ich fror trotz des Fahrermantels, den man mir zugebilligt hatte, so sehr, dass ich glaubte, den Tag nicht zu überstehen. Als es dunkel geworden war, war die Fahrt zu Ende und das Fieber weg! Diese ungewollte Frosttherapie muss es richtig herausgefroren haben.

Nur in den ersten Tagen des Rückzuges – oder sollte ich besser von unserer Flucht sprechen – blieb unsere Einheit zusammen und unterzog sich noch gewissen Ordnungsregeln. So standen wir nachts Wache, zwar in den dicken Fahrermänteln, aber trotzdem jämmerlich frierend. Am kältesten wurde es immer gegen Morgen. Auf dem Thermometer, das Adolf von Anfang an dabei hatte, lasen wir einmal -45 °C ab. Wir starrten in die Nacht und lauschten, ob wir näher kommende russische Soldaten, die berüchtigten Sibirer, hören konnten und waren froh, wenn die Zeit unserer Wache vorbei war. Zwischen uns und den Russen standen nur die Einheiten unserer Panzergrenadiere, soweit sie noch einsatzfähig waren. Viel Staat war aber auch mit ihnen nicht mehr zu machen.

Einmal in diesen ersten Tagen wollten wir in einem Schulgebäude übernachten. Es war ein ziemlich großes Haus und, wie alle Häuser in dieser Gegend, vollständig aus Holz. Ein Unteroffizier, der daheim in seinem westfälischen Städtchen Hauptmann der freiwilligen Feuerwehr gewesen war, wollte es unbedingt beheizen. Brennholz war genügend vorhanden, und so machte er bald ein prächtiges Feuer in dem großen Ofen, der dort stand. Aber er tat des Guten wohl zu viel, denn auf einmal fing es an, aus den Ritzen der Fußbodendielen zu qualmen. Der überheizte Ofen hatte die Balken, auf welchen er montiert war, in Brand gesetzt. Der Feuerwehrhauptmann versuchte fachmännisch mit dem Beil die Dielen aufzubrechen, um an den Brandherd heranzukommen. Es gelang ihm aber nicht. Außerdem wäre auch kein Löschwasser vorhanden gewesen, und Schnee hätte nur einen völlig unzureichenden Ersatz dargestellt. Kurz gesagt, etwa eine halbe Stunde, nachdem es angefangen hatte zu qualmen, stand das ganze Haus in lodernden Flammen. Es war nun zwar schön warm in der Umgebung, aber wir waren erst einmal ohne Nachtquartier. Die benachbarten Katen konnten von uns durch den Einsatz von reichlich Schmelzwasser vor dem Übergreifen der Flammen bewahrt werden, und so hatten wir dann doch wieder ein Dach über dem Kopf, unter das wir dicht gedrängt schlüpften.

Bald aber löste sich die Einheit mehr und mehr auf und zog in kleinen Trüppchen gegen Westen, weit ab von der breiten Rollbahn, die wir jetzt wie die Pest mieden, weil uns auf ihr die Russen am ehesten einholen konnten. Diese kleinen Truppen trotteten allmählich in immer größeren Abständen dahin, und oft waren Adolf und ich allein auf weiter Strecke, ohne vor oder hinter uns einen deutschen Soldaten zu sehen. Der Trampelpfad im Schnee war das Einzige, was uns die Richtung angab, die wir einhalten mussten. Wir hatten bei irgendeiner Gelegenheit einen Schlitten mit einem kleinen Panjepferdchen aufgetrieben, auf dem wir unsere geringe Habe und reichlich Heu für das Tier unterbrachten. Wir selbst setzten uns nie darauf, weil wir fürchteten zu erfrieren, wenn wir nicht ständig in Bewegung blieben. Dabei war das Laufen in den langen, schweren Fahrermänteln, die wir beide trugen, recht mühsam. Unserem Pferdchen, das etwas größer war als ein Pony und ein zotteliges Fell hatte, muss ich an dieser Stelle ein Loblied singen. Es bekam nur Heu zu fressen und kein Körnchen Hafer. Nachts musste es bei bis zu -40 °C fast immer im Freien stehen. Wir rechneten oft damit, es am Morgen erfroren wieder zu sehen, sofern wir selbst nicht erfroren waren. Aber wir alle haben diese eiskalten Nächte überstanden und trabten morgens immer wieder tapfer los. Oft konnten wir unserem Pferdchen nicht so schnell folgen, ließen es aber in der Spur laufen wie es wollte, denn immer nach etwa einer halben Stunde blieb es stehen und wartete auf uns.

Eines Nachts fanden Adolf und ich uns allein in einem ausgebrannten Dörfchen wieder. Wir entdeckten einen von den Russen angelegten kleinen Schützengraben, ca. 1,50 m tief, der unser Nachtlager werden sollte, auch wenn wir befürchten mussten, am nächsten Morgen von russischen Soldaten geweckt zu werden. Tatsächlich wurden wir am nächsten Tag, es war Heiligabend, auch geweckt, aber nicht von Russen, sondern von einem Adjutant unseres Stabes, der mit fünf Offizieren in unserem Kfz 23 in dem gleichen Dorf wie wir gelandet war. Wir begrüßten uns mit großem Hallo, danach erhielten wir vom Adjutanten eine Zurechtweisung, weil wir unsere Karabiner im Kfz 23 gelassen hatten. Wir waren völlig unbewaffnet durch Russlands Weiten marschiert.

An diesen Abend haben wir gemeinsam mit den Offizieren eine kleine Weihnachtsfeier improvisiert, sicher die sonderbarste meines ganzen Lebens. Am nächsten Morgen zogen Adolf und ich wieder alleine weiter, da die Offiziere noch auf Nachzügler warten wollten.

Mitte Januar 1942 erreichten wir nach fast fünf Wochen das vorläufige Ziel unseres langen, einsamen Marsches. Wir waren bis dahin etwa 300 km durch den Schnee getrottet, hatten entsetzlich gefroren und oft gehungert. Aber nun fand sich unsere Einheit, oder das, was von ihr übrig geblieben war, wieder zusammen. Wir befanden uns im Raum von Ghask, in einem kleinen Ort, den wir Bahnhof Dorogobusch nannten. Dorogobusch selbst war eine kleine Stadt, etwa 20 km entfernt vom Bahnhof. Diese war von den Russen besetzt, wie es hieß von Partisanen, die jetzt zunehmend das Hinterland unsicher machten. In Dorogobusch hatten die Deutschen nach einer ihrer gewonnenen Kesselschlachten ein Sammellager mit erobertem Kriegsgerät angelegt, das den Partisanen nun von großem Nutzen war. Sie versuchten, auch Panzer wieder mobil zu machen, hatten aber wohl keinen Treibstoff, um sie einzusetzen. Der Ort Bahnhof Dorogobusch war jetzt der Sitz des Regimentsstabs, aber ohne den Kommandeur, der abgelöst worden war, weil er auf dem Rückzug fast das gesamte Regiment und alle Geschütze verloren hatte.

Mit den Resten unseres Materials, das sich noch auf dem Kfz 23 befunden hatte, legten wir ein paar Leitungen von der Kate, in der der Stab residierte, zu den Abteilungsstäben in den Nachbarorten. Nach Möglichkeit nutzten wir aber die Telefonleitungen der russischen Post, die oberirdisch an Masten verliefen. Diese Leitungen hatten allerdings den Nachteil, dass sie sich bei der klirrenden Kälte stark zusammenzogen und dadurch oft rissen. Dann mussten wir armen Strippenzieher mit unseren Steigeisen bei annähernd 40 °C Kälte auf die Masten klettern und mit bloßen Händen die Leitungen flicken. Niemand hielt es da oben länger als fünf Minuten aus, dann musste er abgelöst werden. Ich erinnere mich noch, wie eine mitleidige Matka meine steifgewordenen Finger mit Schnee massierte.

Wir waren zu viert in einer Kate bei recht freundlichen Russen untergebracht – sie konnten auch nett zu uns sein, hatten wir ihnen doch als Gastgeschenk unser Panjepferdchen samt Schlitten mitgebracht. Ein alter Mann, zwei Frauen und einige Kinder bevölkerten mit uns die aus einem Raum bestehende Behausung. Wir vier schliefen auf den Bänken, die ringsum an den Wänden angebracht waren. Die Familie lag dicht gedrängt auf dem großen Ofen, der nicht nur als Heizung und Bett diente, sondern dessen großes Feuerloch auch zum Kochen geeignet war. Die Töpfe wurden einfach in die Glut geschoben. Diese Leute gaben uns manchmal unaufgefordert etwas von ihrem Essen ab, meist einfache Gerichte, deren Grundsubstanz immer Weißkohl war. Einmal konnten wir uns revanchieren, als wir von einem gerade wegen Verletzung erschossenen Pferd die Leber mit brachten. Die oberste Matka machte daraus ein herrliches Essen, indem sie die Leber stückweise in Kartoffelteig einrollte und im Ofen backte; die Leber reichte für alle. In dieser Kate wurden wir auch unsere Läuse los, und das nach einer Methode, die ich entwickelt hatte: Wir froren die Läuse einfach tot, indem wir abends unsere Uniformen, die Unterwäsche und die Socken neben der Kate in den Schnee legten. Morgens legten wir dann die Unterwäsche hinaus, die wir nachts getragen hatten, und stiegen in die eiskalten, steif gefrorenen Kleider. Nach ein paar Tagen waren wir die Läuse los!

Die Zeit, die wir in diesem Dorf verbrachten, war geradezu erholsam. Tagsüber mussten wir uns um unsere Fernsprechleitungen und die Vermittlung kümmern. Wenn ich nachts Dienst hatte, versuchte ich über die Vermittlung der Division das Lied der Lale Andersen von Lili Marleen »Unter der Laterne, vor dem großen Tor …« zu hören, das zum Sendeschluss vom Soldatensender Belgrad ausgestrahlt wurde und das die deutschen Soldaten so liebten. Selbst die Alliierten schwärmten dafür. Gelegentlich kamen auch wir dran, nachts Streife in dem Ort zu gehen; man befürchtete doch, dass Partisanen einsickern könnten. Ein besonders nächtliches Erlebnis waren die Angriffe einer »Nähmaschine«, so genannt wegen ihres tickernden Motorengeräuschs, mit dem sie über uns hinwegflog und versuchte, den Bahnhof Dorogobusch mit ihren Bomben zu treffen: Es gelang ihr nie. Ab und zu besuchten wir die Sauna, die es in diesem Dorf tatsächlich gab. Die Räume für Männer und Frauen waren getrennt, aber die Zwischenwand ging nicht bis zur Decke, sodass man, auf der obersten Stufe des Podestes sitzend, einen Blick auf die nackten weiblichen Schönheiten werfen konnte, wenn der Dampf nicht gerade zu dicht war – eine kleine Freude für den einsamen Landser. Dass wir hier so ruhig leben konnten, verdankten wir den Infanteriedivisionen, die östlich von uns eine Widerstandslinie aufgebaut hatten. Für einen großen Angriff darauf waren die Russen damals noch zu schwach.

Wir bekamen jetzt auch wieder Post aus der Heimat. Dadurch erfuhr ich, dass Hans-Eberhard, Hildes Mann, als junger Vater über Weihnachten Urlaub bekommen hatte. Es war sein Glück, denn so entging er dem Schicksal seiner Feldlazarett-Einheit, die vor Moskau in russische Kriegsgefangenschaft geraten war. Mit der Post war auch eine Lieferung Winterausrüstung eingetroffen, die in der Heimat für die frierenden Soldaten an der Ostfront gesammelt worden war. Von dieser Sammlung bekamen wir ein Paar Skier ab, die wir für die Störungssuche im Gelände gut gebrauchen konnten, denn das Gestapfe durch den hohen Schnee war doch sehr anstrengend. Damit die Bindung hielt, hatten wir an den Absätzen unserer Stiefel so genannte Sohlennägel einschlagen müssen. Es waren die einzigen paar Male, die ich auf Skiern gestanden bin. Nach dem Krieg war das für mich nicht mehr möglich.

Die Zeit schleppte sich bis Ende Februar 1942 hin, dann erhielt ein Teil der Einheit Heimaturlaub, zwei oder drei Wochen, ich weiß es nicht mehr. Auch Adolf und ich waren dabei. Für mich war es der erste längere Urlaub seit Kriegsbeginn, seit zweieinhalb Jahren also. Da war die beschwerliche, mehrtägige Reise ein gern hingenommenes Übel. Die Fahrt ging im Viehwaggon zunächst bis Brest-Litowsk, der Stadt an der Demarkationslinie zwischen Russland und dem Generalgouvernement, wo wir durch eine große Entlausungsstation geschleust wurden. Als wir hinkamen hatten wir keine Läuse, aber als wir die Entlausungsprozedur überstanden hatten, waren sie wieder da. In dem großen Ofen hingen die Kleider dicht an dicht, was sich als ausgesprochen ungünstig erwies. Als ich meine Unterhose anzog, sah ich die Läuschen schon wieder herumkrabbeln. Zu Hause angekommen konnte ich meine Eltern deshalb nicht einmal umarmen. Ich zog mich erst einmal im Badezimmer aus und frische Kleider an. Was an Wäsche gekocht werden konnte, wurde gekocht. Die Uniformstücke bügelte meine Mutter mit einem heißen Bügeleisen und das genügte dann auch: Ich war wieder läusefrei.

In diesem Urlaub lernte ich die Störungen durch nächtlichen Fliegeralarm kennen. Unser Luftschutzkeller war im Kellergeschoss des neben uns liegenden Teils des Häuserblocks. Einige Nächte meines Urlaubs musste ich mit meinen Eltern dort verbringen, wobei ich jetzt erst die Bewohner der beiden Nachbarhäuser kennen lernte. Darunter war auch die Frau eines höheren Richters, eine Jüdin, die den Judenstern tragen musste. Ich habe es aber nie erlebt, dass jemand aus dem Kreis der Bewohner abfällige Bemerkungen über sie gemacht oder je verlangt hätte, dass sie den Keller verlassen solle.

Ebenfalls neu für mich war der Wehrmachtsbericht, der im Radio nach den bombastischen »Les Préludes«-Klängen von Franz Liszt verlesen wurde. Eines Morgens, ich döste noch im Bett vor mich hin, als ich hellwach wurde, weil die Nachricht kam, dass ein Oberleutnant Thoma, Batteriechef in einem Artillerie-Regiment, das Ritterkreuz bekommen hatte, da er einen nächtlichen Überfall mehrerer großer Partisanengruppen erfolgreich abgewehrt hatte. Ich kannte ihn und hörte später Einzelheiten. Es muss dramatisch zugegangen sein: Die deutschen Soldaten, aus dem Schlaf geschreckt, kämpften zum Teil in Unterwäsche! Das Ganze spielte sich in einem Dorf nicht weit von Bahnhof Dorogobusch entfernt ab.

Meine Mutter versuchte, mich wieder aufzupäppeln, soweit dies die Lebensmittelrationen und die beschränkte Auswahl an Essbarem zuließen. Für die Tage meines Urlaubs hatte auch ich Lebensmittelkarten bekommen, sodass ich meinen Eltern nichts wegzuessen brauchte. Als der Urlaub seinem Ende zuging, merkte ich, wie schwer meinen Eltern doch der Abschied fiel: Ihr Sohn musste wieder in die Ungewissheiten der russischen Front hinaus.

Ich traf mich mit Adolf am Bahnhof Zoo. Noch während der Personenzug einlief, stiegen wir in seinen letzten Wagen, weil wir so am ehesten zu Sitzplätzen kamen, denn der Bahnsteig war rappelvoll von aus dem Urlaub an die Front zurückkehrenden Soldaten. Der Zug ging bis Brest-Litowsk und die Fahrt dauerte weit mehr als 24 Stunden. Nachts sortierten wir uns auf Fußboden, Bänken und in den Gepäcknetzen. Gegessen wurde das, was uns unsere Mütter mitgegeben hatten; Muckefuck gab es auf manchen Bahnhöfen vom Roten Kreuz.

In unserer Abwesenheit hatte sich viel getan. Der Frühling war mit Macht ausgebrochen. Unsere Einheit lag nicht mehr in Dorogobusch Bahnhof, sondern in einem weiter entfernten Ort. Das Regiment war neu ausgerüstet worden, wie auch die ganze Division. Alles beste Wehrmachtsfahrzeuge, keine Zivilwagen mehr, und wir hatten einen neuen Kommandeur. Was aber war unseren Kameraden in der Zwischenzeit passiert? Irgendwann war der Befehl gekommen, dass die Stadt Dorogobusch von den Partisanen gesäubert werden müsse. Dies sollte die Aufgabe von Infanterietruppen sein, die durch alle verfügbaren Leute unseres Artillerie-Regiments verstärkt wurden, soweit sie einen Karabiner tragen konnten. Man ließ diese infanteristischen Laien den Sturmangriff durch den tiefen Schnee auf Dorogobusch mitmachen. Die Stabsbatterie erlebte hier die größten Verluste seit ihrem Bestehen. Auch einer von uns Vieren, die wir gemeinsam in jener Kate gewohnt hatten, war gefallen. Das Unternehmen war darüber hinaus misslungen. Was für ein Glück hatten doch Adolf und ich gehabt, in dieser Zeit in Urlaub gewesen zu sein. Dorogobusch wurde zu Beginn des Frühjahrs von einer SS-Division eingenommen. Die 11. Panzerdivision wurde wieder in den Südabschnitt verlegt, wo es weiter Richtung Osten ging, während man im Mittelabschnitt kürzer trat. Als wir losmarschierten, waren die Wintertemperaturen fast nahtlos sommerlichem Wetter gewichen.

Der neue Oberst war ein väterlicher Typ, der schon am Ersten Weltkrieg teilgenommen hatte. Er war bald im ganzen Regiment sehr beliebt, mit einigen Ausnahmen vielleicht. Als einmal mittags Rast gemacht wurde, um das Essen am Küchenwagen zu »fassen«, es gab irgendein Gericht, zu dem jeder Mann zwei harte Eier erhielt, außer die Offiziere, die hatten nämlich etliche Eier mehr bekommen. Als der Oberst das bemerkte, fragte er mich, wie viel Eier wir gekriegt hatten. »Zwei Eier, Herr Oberst« war meine Antwort. Da nahm er sein Käppi ab, ging zu seinen Offizieren, sammelte von jedem die über zwei hinausgehende Zahl von Eiern ein und brachte sie höchstselbst dem »Küchenbullen« mit der Weisung, sie an die Soldaten zu verteilen.

In dieser Zeit erinnerte man sich wieder einmal der O.A.i.A., der »Offizier Anwärter in Aussicht« und beschloss, diese das Motorradfahren zu lehren. Das ging dann im »Do it yourself«-Verfahren, denn außer dem Lehrsatz, dass man die Kupplung langsam kommen lassen müsse, um den Motor nicht abzuwürgen, brachte man uns nichts bei. Um unsere fahrerischen Qualitäten zu trainieren, wurden wir abwechselnd für jeweils mehrere Wochen als Kradmelder eingeteilt. Ich erhielt eine 350er-DKW-Maschine, mit der ich bald gut zurechtkam. Es war an und für sich eine schöne Zeit, denn ich konnte ziemlich unabhängig durch die Gegend fahren.

In dem sehr heißen und trockenen Sommer des Jahres 1942 hatte ich einen fürchterlichen Heuschnupfen und schließlich keine von den Ephetonin-Tabletten mehr, die mir meine Mutter vorsorglich geschickt hatte. Besonders schlimm wurde es einmal, als wir den ganzen Tag nichts zu trinken bekommen hatten, und mir der Hals mehr und mehr zuschwoll; ich hatte wohl auch etwas Fieber. In der Nacht war ich auf einem Gefechtsstand, der ca. zweihundert Meter von den russischen Linien entfernt lag, und ich musste so anhaltend heftig laut niesen, dass die Russen meine Ausbrüche hören konnten und jedesmal mit einem jubelnden Gelächter begleiteten. Am Morgen aber hatte ich sie wohl damit verjagt, denn sie waren fort.

In diesem Sommer wurden alle Abiturienten zu Offiziersanwärtern ernannt und als solche zu Unteroffizieren befördert. In der Stabsbatterie waren insgesamt vier, die davon betroffen waren. Wenige Tage später kam der Befehl von der Division, uns sofort zum Abmarsch fertig zu machen, wir sollten nach Deutschland auf die Waffenschule. Als der Befehl kam waren Adolf, ein weiterer neu ernannter Unteroffizier und ich gerade damit beschäftigt, unsere Kräder auseinanderzunehmen, da wir sie generalüberholen sollten. Der Vergaser lag fein säuberlich mit seinen Einzelteilen auf einem sauberen Tuch, und mir war klar, dass ich ihn ohne Hilfe nie wieder zusammenbauen konnte. Zu meinem Glück sollten wir aber alles stehen und liegen lassen, um uns für den eiligen Abmarsch fertig zu machen. So ließen wir die drei auseinandergenommenen Motorräder zurück wie sie waren.

Der Transport der Offiziersanwärter der Division erfolgte bis Warschau wieder in Viehwaggons. In der zweiten Nacht standen wir mit unserem Zug auf dem Bahnhof von Smolensk, als ein russischer Fliegerangriff über uns hereinbrach. Ein Waggon unseres Transports wurde voll getroffen, alle Insassen waren tot; es waren die Offiziersaspiranten der Kradschützen gewesen, ausgerechnet die, die schon im Einsatz immer die größten Verluste gehabt hatten. In den beiden anschließenden Waggons waren die Panzergrenadiere untergebracht gewesen; auch sie hatten sehr viele Tote und Verletzte zu beklagen. Dann kam der Waggon mit den etwa 20 Artilleristen. Wir hatten alle großes Glück gehabt, denn bei uns hatte es nur wenige Leichtverletzte durch Holzsplitter gegeben, die alle am nächsten Tag mit uns weiterfahren konnten. Unmittelbar nach dem Angriff, von dem wir ja nicht wissen konnten, ob er wiederholt werden würde, waren wir aus dem Waggon gesprungen und hatten uns neben dem Bahndamm in Deckung geworfen. Anschließend gingen wir zusammen mit einer Sanitätseinheit aus Smolensk, die inzwischen eingetroffen war, an die Bergung der Verwundeten. Die Toten kamen erst später dran. Da waren wir bereits mit einem neu zusammengestellten Zug wieder unterwegs Richtung Westen. Man kann sagen, dass dieser Fliegerangriff für die Russen ein voller Erfolg gewesen ist, denn sie hatten etwa die Hälfte des Offiziersnachwuchses der Division ausgeschaltet.

Auf unserer Weiterfahrt hielten wir einmal auf einem Bahnhof, wo auf einem entfernten Gleis ein Zug mit Viehwaggons stand, an deren offenen Schiebetüren dichte Menschentrauben zu sehen waren. Auf dem Bahnsteig liefen Männer in uns fremder Uniform herum, die eine lange Peitsche schwangen, wenn Leute aus den Waggons zu steigen versuchten. Ein Bahnbeamter erklärte uns auf unsere Frage, dass die Männer Letten seien, die einen Judentransport begleiteten, der zu einem Arbeitslager gehen sollte. Von Auschwitz oder von Judenvernichtung hatten wir damals noch keine Ahnung. Ich glaube auch, dass unsere Phantasie sich die Wirklichkeit nicht hätte ausmalen können. Mit der Art der Behandlung der Juden sollten wir wenig später in Warschau erneut konfrontiert werden. Aus irgendeinem Grund, den ich heute nicht mehr nachvollziehen kann, fuhren Adolf und ich mit einer Pferdedroschke durch das nächtliche Warschau, als wir durch eine Straße kamen, die links und rechts der Fahrbahn durch hohe Bretterzäune oder Maschendraht begrenzt war. Der Kutscher sagte uns, dass wir gerade durch das jüdische Ghetto führen, und links und rechts der Straße die Juden wohnten, die ihren Bereich nicht verlassen durften. Es herrschte Totenstille, in der nur das Klappern der Hufen unseres Pferdes zu hören war. Auch von solch einem Ghetto hatten wir bisher noch nichts gehört.

In Deutschland ging es nach Oppeln in Oberschlesien, wo der Ersatztruppenteil unseres Artillerie-Regiments lag. Hier erfuhren wir, was uns bisher nur als Gerücht zu Ohren gekommen war, nämlich, dass wir nicht auf eine Waffenschule der Artillerie kommen sollten, sondern zu der der Infanterie in Ohrdruf (Thüringen). Hiervon waren nur diejenigen ausgenommen, die Frau und Kind hatten; davon gab es unter uns zwanzig Leuten nur zwei. Eigentlich eine zynische Entscheidung, wurde uns doch damit deutlich gemacht, dass die Überlebenschancen bei der Infanterie nicht allzu groß waren. Zunächst sollten wir aber den Motorradführerschein machen. Da ich bewies, dass ich ganz ordentlich fahren konnte, musste ich auf das Beiwagen-Krad des Fahrlehrers, während die anderen auf einer Solomaschine fuhren. Außer mir zu sagen, wohin ich fahren sollte, kümmerte er sich nicht um mich. Die Fahrprüfung, die wir nach ein paar Tagen machten, war kein Problem. Nach Verkehrsregeln wurden wir auch diesmal nicht gefragt.

Bevor es nach Ohrdruf ging, durften wir noch ein paar Tage zu Hause verbringen, dann aber wurde es Ernst. Es war inzwischen Herbst geworden, doch das Wetter schien keine schöne Jahreszeit zu kennen, meistens regnete es. Ohrdruf war ein Truppenübungsplatz, der fast durchgängig lehmigen Boden hatte. Was es bei der Nässe bedeutete, wenn wir uns bei unseren Übungen im Gelände am Boden wälzten, brauche ich wohl nicht zu schildern. Wenn wir theoretischen Unterricht hatten – er fand meist am Nachmittag statt – mussten wir uns mit sauberer Uniform und geputzten Stiefeln präsentieren, in der Mittagspause gab es also genug Beschäftigung.

Wir sollten in acht Wochen zu Truppenführern ausgebildet werden, die man mit gutem Gewissen auf die Mannschaften loslassen konnte. Ich hatte da meine Zweifel, denn das, was ich für das Entscheidende angesehen hätte, nämlich die Kenntnis in Menschenführung, wurde uns jungen Leuten überhaupt nicht beigebracht. Man baute wohl darauf, dass die Schulterstücke eines Leutnants seinem Träger schon die notwendige Selbstsicherheit und Durchsetzungskraft verleihen würden. Dabei bedachte man nicht, dass an der Front die alten Infanteriehasen den jungen Leutnants, zumal wenn sie von der Artillerie kamen, zumeist haushoch überlegen waren. Von Samstagmittag bis Montagfrüh hatten wir oft Ausgang. Ich nutzte dann die Gelegenheit, mit Adolf und zwei anderen Kameraden etwas von Thüringen kennen zu lernen. Wir waren ein paar Mal in Gotha, der nächsten größeren Stadt, schliefen ein Wochenende auf der Wartburg und speisten in dem berühmten »Elefant« in Weimar, wo im Restaurant weiße Mäuse herumliefen und an den Tischen nach Brosamen bettelten.

Am Schluss des Lehrgangs wurde so etwas wie eine Prüfung abgehalten. Die Mehrzahl der Absolventen wurde zu Leutnants befördert. Ein anderer Teil, darunter auch Adolf und ich, wurden Feldwebel und blieben Offiziersanwärter; ein kleiner Rest war durchgefallen und behielt den Rang eines Unteroffiziers.

Der Ersatztruppenteil des Regiments, für das Adolf und ich bestimmt waren, lag in Liegnitz (Schlesien). Wir gammelten hier einige Wochen herum, hatten Weihnachten auch noch einmal Urlaub und verbrachten die langen Wochenenden bis Sonntag um Mitternacht meist im Kino. Drei Kinos hatte Liegnitz, zweimal in der Woche wurden die Filme gewechselt, das machte sechs Filme in der Woche, und die sahen wir alle an! Unser Rekord lag bei drei Filmen an einem Tag.

Dann aber kam Anfang Februar 1943 die Stunde der Wahrheit. Wir erhielten unser Frontkommando – Adolf und ich immer noch vereint. Man machte uns schnell noch zu Leutnants, die entsprechenden Schulterstücke kamen auf die schlichten Uniformjacken, da war nichts mit Maßanzügen. Pistolen konnten wir käuflich erwerben. Ich hatte zwar schon eine kleinere, aber nun besaß ich auch die offizielle Handfeuerwaffe. Aus beiden Pistolen habe ich nie einen Schuss abgegeben.

Das Regiment, zu dem wir abkommandiert worden waren, war im Nordabschnitt nicht weit vom Ilmensee eingesetzt. Die Fahrt dahin war sehr mühselig und endete in Staraja Rusja, wo wir Näheres über unseren endgültigen Einsatz erfahren sollten. Ich hatte bisher keinen Ort gesehen, der so restlos zerstört war wie diese Stadt. Unser Durchgangsquartier lag in einer Ruine, die notdürftig mit Brettern abgedeckt war. Es wimmelte von Ratten, und wir mussten unsere Marschverpflegung an langen Schnüren am Dachgebälk aufhängen, um sie vor der Fressgier dieser Viecher zu schützen. Adolf und ich wurden zu zwei verschiedenen Bataillonen beordert, die aber jeweils nur Kompaniestärke hatten. Damit waren wir zum ersten Mal seit zweieinhalb Jahren getrennt. Allerdings lagen diese Einheiten dicht nebeneinander. Sie waren seit vielen Monaten in diesem Abschnitt im Einsatz, der als ein ruhiger galt. Das sollte sich jedoch bald ändern. Die Bataillone, die über etwa 120 Mann verfügten, hatten jeweils einen Abschnitt von einem Kilometer Breite zu verteidigen. Als wir ankamen, gab es aber nichts zu verteidigen. Die russischen Soldaten, die uns etwa 100 bis 120 Meter gegenüberlagen, verhielten sich zu diesem Zeitpunkt genau so friedfertig wie wir. Unsere Stellungen bestanden nur aus flachen Gräben mit dem Erdaushub als Schutzwall davor. Der guten Tarnung wegen folgte die Linie einer Buschreihe. Das Gelände zwischen uns und den Russen war kahl. Hinter uns kam nach einem dünn bewachsenen Geländestreifen ein lichter Wald.

In diesem Geländestreifen waren die Unterkünfte als Bunker in die Erde gegraben; sie hatten nach vorn, zu den Seiten und oben drüber hohe Erdanhäufungen, hinten war der Eingang. Diese Bunker waren trotz des Winters angenehm warm. Aber es war sowieso ein relativ milder Winter, der allerdings sehr viel Schnee gebracht hatte. Es war in diesem Abschnitt zu Anfang schon einmal unruhiger zugegangen, wie man mir erzählte. Die Russen hatten etliche Scharfschützen, die auf den Bäumen saßen. Wir hatten damals nichts Gleichwertiges dagegen einzusetzen gehabt. Die Schützen zielten vornehmlich dann auf uns, wenn wir auf der Latrine saßen. Das dauerte so lange, bis diese besser getarnt wurde, und wir unsere Bedürfnisse nur noch bei Dunkelheit verrichteten. Endgültig Schluss war mit den Scharfschützen, als auch unsere Seite über Gewehre mit Zielfernrohr verfügte.

Ich glaubte damals, dass diese Front schnell zusammenbrechen würde, wenn der Russe einmal Ernst machen würde. Als es dann aber so weit war, hielt dieser Frontabschnitt. An meinem elften Tag bei dieser Einheit war nachts ein russischer Spähtrupp auf uns angesetzt worden. Ein Posten hinter einem Maschinengewehr hatte ihn rechtzeitig entdeckt. Mit den guten Nerven eines kampferprobten Infanteristen ließ er die fünf Mann bis auf zehn Meter an sich herankommen, dann gab er fünf Einzelschüsse ab, vier Kopfschüsse, der fünfte Mann wurde am Bein verwundet. Er und die vier Leichen wurden noch vor Morgengrauen hinter unsere Linie geholt. Bei seiner Vernehmung im Bataillonsgefechtsstand kam heraus, dass die fünf einen Gefangenen hätten machen sollen.

In der nächsten Nacht war ich dran, meinen ersten und letzten Spähtrupp zu führen. Eigentlich war dies nicht die Aufgabe eines Offiziers, aber man meinte wohl, dass eine solche Übung für ein Greenhorn wie mich notwendig wäre und ich sah das sogar ein. Auch wir sollten möglichst einen Gefangenen zurückbringen, es war aber kein Muss. Ich sagte schon, dass wir viel Schnee hatten. Dadurch hatte es sich ergeben, dass die gegnerischen Spähtrupps stets die gleiche Schneise benutzten. Wir waren zu sechst; ich, eine Maschinenpistole in der Hand und wie alle anderen in einem weißen Tarnanzug, vorneweg, hinter mir ein junger, aber erfahrener Unteroffizier, dann kamen die vier Übrigen. Bei der lautlosen, langsamen, aber anstrengenden Robberei durch die in Schlangenlinie verlaufende Schneise war mein ständiger Gedanke, dass ich mit dem Führer eines uns entgegen kommenden russischen Spähtrupps Kopf an Kopf zusammenstoßen könnte. Wir machten eingedenk des Schicksals, das der russische Spähtrupp am Tag zuvor gehabt hatte, etwa 25 Meter vor der feindlichen Linie Halt und lauschten auf die vielen Geräusche, die von drüben kamen. Keiner schien dort zu schlafen. Man war offensichtlich mit irgendwelchen Arbeiten beschäftigt. Definieren konnten wir diese aber nicht. So war die einzige Ausbeute unserer nächtlichen Aktion die Feststellung der für die Nachtzeit ungewöhnlichen Arbeiten. Rückwärts kriechend strebten wir jetzt wieder unserer eigenen Stellung zu. Wir waren nicht entdeckt worden, und das war für mich jedenfalls auch schon ein Erfolg.

Im Morgengrauen des übernächsten Tages war es dann so weit. Wir wurden von dem Kettengeräusch fahrender Panzer geweckt, stürzten in Windeseile aus unserem Schlafbunker und sahen auf dem Gelände hinter uns in vielleicht 50 m Entfernung vier Panzer, die berüchtigten T 34, die unsere Schlafbunker unter Feuer nahmen, immer ein Schuss durch die Tür. Die Bewohner lagen aber inzwischen links und rechts von ihren Behausungen im Schnee. Wir hatten bei diesem Panzerangriff keine Verluste, da die Granatsplitter innerhalb der Bunker aufgefangen wurden. Die Panzer verschwanden wieder, ohne alles platt gemacht zu haben, und Infanterie kam nicht nach. Aber links und rechts von uns ging die Schießerei weiter. Später am Tag erfuhren wir, dass vier der Panzer, die im Abschnitt der Division durchgebrochen waren, von unseren eigenen T 34-Panzern, die einmal unzerstört in die Hände unserer Truppen gelangt waren, abgeschossen worden waren. Die Division hatte vier solcher Panzer, deren deutsche Besatzungen sich selbst die Bedienung dieser Ungetüme beigebracht hatte. Eine Bedienungsanweisung war leider nicht mit erobert worden. Als wir unseren Bunker, in dem auch eine Panzergranate explodiert war, besichtigten, mussten wir unsere Habe, soweit sie noch erkennbar war, aus den Ecken zusammen suchen. Der Bunker war, wenn auch jetzt mit ein paar zerfetzten Decken an Stelle der Tür verhängt, noch zu gebrauchen. Man war ja nicht verwöhnt. Der Rest des Tages blieb ruhig.

Am nächsten Tag, es war der 24. Februar 1943, stand ich – es war noch dunkel – mit einigen Soldaten in der Nähe des Bataillons-Gefechtsstands, als wir den Abschuss eines Granatwerfers auf der russischen Seite hörten. Wir warfen uns auf die festgetretene und gefrorene Schneedecke, als die Granate auch schon explodierte. Ich spürte einen heftigen Schlag auf der linken Pobacke, so als hätte man mich mit einem flachen Gegenstand geschlagen. Als ich nach links blickte, sah ich von dem Unteroffizier, der etwa einundeinhalb Meter von mir entfernt gelegen hatte, zwei Teile: Brust mit Kopf und Armen, Becken mit Beinen, dazwischen nichts. Die Splitter der gleichen Granate, die in ihm eingeschlagen war, hatten mich getroffen. Ich wollte zum Eingang des nahen Gefechtsstands kriechen und hatte vielleicht einen Meter zurückgelegt, als ein neuer Einschlag gleich hinter meinen Füßen mir den zweiten starken Schlag verpasste. Das Schicksal hatte seine Weichen gestellt. Nichts würde mehr wie vorher sein.

Irgendjemand schleifte mich in einen der nahen Bunker. Vierzehn Tage war ich bei dieser Kampfeinheit der Infanterie im Einsatz gewesen, hatte außer dem Spähtrupp kein Kommando gehabt. Dafür hatte man mich nun acht Wochen ausgebildet, und wenn ich bedenke, was ich danach dem Staat für Kosten verursacht habe, kann ich nur sagen: Außer Spesen nichts gewesen.

Da lag ich nun und merkte zum ersten Mal in meinem Leben, wie wohltuend es ist, Mengen von Blut zu verlieren. Mir schwanden bald die Sinne; zwar wurde ich zwischendurch immer wieder einmal wach, sackte aber bald erneut in die Bewusstlosigkeit. Schmerzen haben mich nach meiner Erinnerung nicht gequält.

Irgendwann lag ich auf einem Schlitten, der von einem Panjepferdchen gezogen wurde, das ein Sanitätssoldat am Zügel führte. Ich wusste, dass er den Weg zum Verbandsplatz des Regiments ein paar Mal am Tag machte, jedoch nur bei Dunkelheit. Verwundete, die es am hellen Tag erwischt hatte, mussten, nur von den Sanitätern versorgt, bis zu deren Einbruch auf ihren Abtransport warten. Ich hatte also Glück im Unglück gehabt, als ich noch im Dunkeln verwundet wurde. Auf dem Verbandsplatz, der etwa zwei Kilometer hinter der Frontlinie gelegen haben mag, wurde ich von einer mitleidsvollen Stimme mit den Worten begrüßt: »Ach, Martini, hat es Sie erwischt.« Ich habe keine Ahnung, wer mich da gekannt haben mag. Von jetzt an habe ich auch keine Erinnerung mehr, bis ich in einem Bett des Feldlazaretts der Division aufwachte. Aber auch das tat ich nur für einen kurzen Augenblick.

Das Lazarett lag ungefähr sechs Kilometer hinter der Hauptkampflinie, in die Erde eingebaut, ohne ein einziges Fenster. In lichten Momenten machte ich mir klar, wie schnell ein Panzer diese kurze Strecke überwinden konnte. In dem Raum, in dem ich lag, standen vielleicht zehn Betten, die aber nicht alle belegt waren. Neben mir lag ein Leutnant, dem der komplette Unterkiefer samt Kinn fehlte; er starb in der nächsten Nacht. Sein Nachfolger im Bett phantasierte laut und anhaltend und starb auch bald. Ich selbst muss auch phantasiert haben, denn ich wurde manchmal von meiner eigenen Stimme wach. Bei der Art meiner Verwundungen war es nun so, dass man die Verletzungen der Füße zur Kenntnis genommen hatte, aber dem zerfetzten Gesäß keine Beachtung schenkte; solange jedenfalls, bis man mich einmal aufnahm, und sich dann ein Sturzbach eitrigen Blutes ergoss. Ich hatte da wohl schon die Anfänge der schweren Sepsis in meinem Gesäß.

Nach fünf Tagen, am 28. Februar, war es so weit. Man brachte mich zum OP, dem kleinen Raum, den man als Operationsraum vorgesehen hatte. Eine Weile musste ich im Vorraum warten, weil man drinnen noch einen anderen Verwundeten versorgte. Dann war ich dran; ich bekam die Äthermaske übergestülpt und musste zählen … und dann wachte ich wieder auf und hatte entsetzliche Schmerzen an meinen Füßen.

Irgendwann kam einer der Ärzte, setzte sich an mein Bett und brachte mir behutsam bei, dass man mir beide Füße amputieren musste, da man bei ihnen feuchten Brand festgestellt hätte, der zu einer tödlichen Blutvergiftung hätte führen können. Ich sagte, dass das nicht stimmen könne, da ich ja die Schmerzen in beiden Füßen fühlte. Daraufhin erklärte mit der Arzt den Charakter von Phantomschmerzen. Es war wohl der Schock, den diese Nachricht bei mir auslöste, der mich meine nächste Frage stellen ließ: »Werden meine Kinder nun auch keine Füße haben?« Diesbezüglich konnte er mich guten Gewissens beruhigen; im Übrigen würde ich mit Prothesen einmal wieder recht gut laufen können. Als er fort war, habe ich wohl etwas geweint.

Stunden später empfing ich den Besuch unserer Divisions-Pfarrer, von denen wir einen evangelischen und einen katholischen hatten. Sie trugen die Uniform von Wehrmachtsoffizieren, hatten aber irgendein Emblem, das sie als Geistliche kenntlich machte. Der katholische trug außerdem eine Kette mit einem großen Kreuz. Sie kamen nacheinander, mussten wohl beide kommen, da man meine Konfession nicht kannte. Zuerst kam der evangelische

Pfarrer, um mich zu trösten; er fand aber nur belanglose Plattitüden. Der katholische Pfarrer, der danach auftauchte, sprach demgegenüber wirklich warmherzige Worte. Ich weiß nicht mehr, was er sagte, aber er hat mich wirklich getröstet.

Nach der Amputation war ich die überwiegende Zeit wieder bei Bewusstsein, wenn ich nicht gerade wegen der hohen Morphiumdosen, die ich gegen die Schmerzen erhielt, vor mich hindämmerte. Ich zwang mich sogar dazu, meinen Eltern mit krakeliger Schrift einen Brief zu schreiben, in dem ich ihnen meine Verletzung mitteilte.

Weil man mich nicht für transportfähig hielt, blieb ich noch etwa zehn Tage in diesem Feldlazarett. Nicht etwa meiner Beine wegen, die waren nach der Amputation erst einmal versorgt, sondern der Sepsis wegen, die inzwischen mein ganzes Gesäß erfasst hatte und mir als Folge hohes Fieber brachte. Außerdem hatte ich mich inzwischen durchgelegen. Es gab mehrere Gründe, weshalb man mich verlegen wollte. Man sagte mir, dass ich in einem rückwärtigen Lazarett besser versorgt werden könnte. Außerdem brauchte man Platz, denn die Zahl der Verletzten hatte zugenommen. Man wollte mich in ein nicht zu weit entferntes Ortslazarett verlegen, die Reise in ein Heimatlazarett traute man mir noch nicht zu. Nach einer kurzen Fahrt mit einem Sanitätskraftwagen erreichten wir den auf einem hohen Bahndamm in einsamer Landschaft stehenden Lazarettzug. Vier russische Gefangene trugen meine Trage auf den Schultern über die Gleise. Als einer von ihnen strauchelte, hätte ich beinahe im Schnee gelegen, aber die anderen drei passten auf. Ich bekam noch mit, dass ich wieder in einen Viehwaggon bekannter Bauart geschoben wurde, dann verlor ich gnädigerweise das Bewusstsein und wachte erst wieder auf, als meine Trage auf dem Fußboden eines gekachelten Raumes abgestellt wurde. Ich war im Ortslazarett Ostrow angekommen, das fast ein Vierteljahr meine Heimat sein würde.

Als ein Assistenzarzt des Lazartts meine Papiere und mich ansah, sagte er, die Bezeichnung meiner Verwundung in den Papieren sei falsch: »Sie sind nicht an beiden Füßen, sondern an beiden Unterschenkeln amputiert.«

Dieser Arzt, ein dicklicher Chirurg aus Essen namens Lehmann, hat mich die ganze Zeit betreut. Er kämpfte mit wahrer Inbrunst um mein Leben, ohne seine Fürsorge wäre ich wohl nicht davongekommen. Der Chefarzt des Ganzen, ein Oberstabsarzt, war Gynäkologe und half den russischen Frauen bei deren Geburten. Er assistierte seinem Assistenzarzt – verkehrte Welt. Es war ein kleines Lazarett, in dem ein Flügel den russischen Einwohnern vorbehalten war, und in dem nicht allzu viel los war. Neben zwei deutschen Sanitätsunteroffizieren fortgeschrittenen Alters waren nur russische Krankenschwestern im Haus, die aber rührende Pflegerinnen waren. Um mich kümmerten sich aber beim Bettenmachen, Verbandswechsel usw. nur die beiden deutschen Ärzte. Ich hatte ein Zweibettzimmer, lag jedoch meist allein. Und das war gut so, denn ich wurde gewindelt wie ein Baby, da ich wegen meines kaputten Gesäßes kein Steckbecken oder dergleichen benutzen konnte. Mir ging es wochenlang sehr dreckig. Ich hatte das septische Wundfieber, das frühmorgens ganz niedrige Temperaturen, oft unter 36 °C aufwies und im Laufe des Tages auf 40 °C anstieg. Ich aß fast nichts, und mein Gewicht ging bis auf 42 Kilogramm zurück. Mein Normalgewicht hatte einmal 65 kg betragen und nur ein kleinerer Teil der Differenz ging auf die fehlenden Gliedmaßen zurück. Jeden Morgen musste der Küchenunteroffizier an meinem Bett antreten und mich fragen, was ich mittags essen wolle. Meist wurde ich mit in Rotwein oder Cognac zerquirlten Eiern ernährt; seltener wünschte ich mir aber auch mal ein Omelett oder eine Grießsuppe. Die Sepsis bekämpfte Dr. Lehmann mit Bluttransfusionen, die nicht wie heute üblich aus Konserven stammten, sondern unmittelbar von Mann zu Mann übertragen wurden. Ich erhielt jeden zweiten Tag eine Transfusion, schätzungsweise zwölf Mal, und es wurde allmählich zum Problem, einen Spender für mich zu finden. Ich habe Blutgruppe B und die ist nicht sehr häufig; den Unterschied im Rhesusfaktor machte man damals noch nicht.

Eines Tages kollabierte ich während der Transfusion unter schrecklichen Schmerzen; zuerst in den Lymphdrüsen unter den Armen und dann in den Leisten, dabei begann ein starker Schüttelfrost. Die Transfusion wurde sofort abgebrochen. Was der Arzt dann mit mir tat, um mich wieder in den Griff zu bekommen, weiß ich nicht. Jedenfalls beschlossen wir später von weiteren Bluttransfusionen Abstand zu nehmen; Dr. Lehmann gestand mir, dass auch er Angst gehabt hatte.

Langsam ging es mir aber immer besser, und ich bekam auch wieder Appetit. Es wurden mir jetzt etliche Granatsplitter aus meinem Körper geholt, die nicht herauseitern wollten. Es hatte sich gezeigt, dass ich auch an anderen Stellen meiner linken Körperhälfte Splitter eingefangen hatte, so am Oberschenkel und am Oberarm. Dass nicht mehr Splitter in der Hüftgegend eingedrungen waren, verdankte ich meiner Kartentasche, deren Inhalt aus Notizblöcken, Umschlägen, Taschenkalender und Schreibzeug eine Menge Splitter aufgefangen hatte. Die zerfetzte Tasche hatte man extra für mich aufgehoben. Am 1. Mai legte mir der Oberstabsarzt das goldene Verwundetenabzeichen auf den Nachttisch. Diese Medaille erhielten diejenigen, die dreimal verwundet oder denen zwei und mehr Glieder amputiert worden waren. Im Laufe des Krieges gab es einen ganzen Haufen von Trägern dieses Abzeichens. Eines Tages wurde in mein Zimmer ein Sonderführer gelegt, einer, der für die Verwaltung in den besetzten Gebieten zuständig war. Er hatte von einem Partisanen einen Lungendurchschuss erhalten – vorne rein, hinten raus. Er hat nicht einen einzigen Tag Fieber gehabt, seine Wunde hatte sich also nicht entzündet. Er schob das auf die positive Wirkung des

Alkohols, denn er will, als es ihm passierte, stockbesoffen gewesen sein. Vielleicht hatte er ja Recht.

Irgendwann im Mai war ich so weit, dass ich in die Heimat verlegt werden konnte. Inzwischen hatte mein Vater seine alten Beziehungen zu den zuständigen höheren Heeresdienststellen spielen lassen und erreicht, dass ich in ein Lazarett in der weiteren Umgebung von Berlin kommen sollte. Aber er hatte noch mehr organisiert. Als der Zug, der kein Behelfs-Lazarettzug, sondern ein komfortabler, regulärer war, zu mitternächtlicher Stunde in Posen/Westpreußen hielt, hörte ich meinen Namen rufen und es kam eine Rote-Kreuz-Schwester an meine Pritsche, die sich als Herta Martini vorstellte. Sie war die Frau meines Vetters Paul Martini, einem Sohn des Vetters ersten Grades meines Vaters. Er war von Beruf ein höherer Zollbeamter, der an der Demarkationslinie zwischen dem Generalgouvernement und der besetzten Sowjetunion eingesetzt war. Er fiel im darauf folgenden Jahr. Mit Schwester Herta wechselte ich einige Sätze; sie machte mir noch ein nahrhaftes Geschenk und dann musste sie auch schon wieder aussteigen, denn der Zug sollte weiterfahren.

Der Lazarettzug war eigentlich für Süddeutschland bestimmt, wurde aber allein meinetwegen um Berlin herumgeleitet und hielt in Beelitz-Heilstätten, einem kleinen Ort westlich von Potsdam. Ich war der einzige Verwundete, der hier ausgeladen wurde, lag einsam und allein auf meiner Trage auf dem Bahnsteig und sah den Zug noch aus dem Bahnhof fahren, ehe ich abgeholt wurde.

Das Lazarett von Beellitz-Heilstätten war bis Kriegsbeginn eine Lungenheilstätte gewesen. Auch jetzt wurden vornehmlich Lungenverletzte dort eingeliefert. Es war ein sehr moderner, schöner Bau mit großen Balkonen vor den Zimmern, auf denen Liegen standen. Ich kam in den Flügel, der Offizieren vorbehalten war und lag mit einem Oberleutnant zusammen, der mir noch ein paar Mal in meinem Leben begegnen sollte. Er hieß Ernst Rother, war Berliner und ein paar Klassen über mir auf dem Grunewald-Gymnasium gewesen. Da hatten wir genügend gemeinsame Erinnerungen, um viel zu schwätzeln. Im Laufe der Zeit, wir lagen immerhin fast vier Monate zusammen, duzten wir uns auch, und nun erfuhr ich auch sein Soldatenschicksal. Er war 1937 zu einer Heeres-Nachrichteneinheit eingezogen worden und wurde bei Kriegsbeginn aktiver Offizier. Bei seiner Verwundung – er erhielt einen Kniedurchschuss und behielt ein steifes Bein – war er im Osten bei der Division Brandenburg. Diese Division diente in erster Linie der Aufklärung und unterstand dem Chef des militärischen Nachrichtendienstes. Ernst Rother hatte mit einem Panzerspähwagen hinter die russischen Linien fahren müssen, wo er unter Benutzung von Erdantennen russische militärische Ferngespräche abhören sollte. Bei ihm war noch der Fahrer und ein russischer Freiwilliger, der für die Übersetzung zuständig war. Die drei wurden aber entdeckt und beschossen. Der Panzerspähwagen fing an zu brennen, der Fahrer war tot und er selbst verwundet und konnte nicht laufen. Da nahm ihn der russische Freiwillige über die Schulter und schleppte ihn sechs Kilometer zurück bis zu den deutschen Linien.

Der erste Besuch meiner Eltern war sicher kein fröhliches Ereignis. Meine Mutter konnte die Tränen nur mühsam zurückhalten. Immerhin wird die beiden getröstet haben, dass mein Leben nun erst einmal in Sicherheit war.

Nach anfänglichen Schwierigkeiten schritt meine Genesung dann doch sehr schnell voran. Mit Gips, Sperrholz, Filz und einem Stück eines dünnen Baumstammes wurden meine ersten Prothesen angefertigt. Ich lernte schnell auf ihnen zu gehen, hatte allerdings Schwierigkeiten beim Stehen, denn ich konnte auf den kleinen Holzstümpfen mein Gleichgewicht nur halten, wenn ich auf der Stelle trippelte. Ernst Rother fand das sehr komisch und nannte es zirkusreif. Später wurden in einer orthopädischen Werkstatt in Berlin meine endgültigen Prothesen angefertigt, die aus Leder, Filz und Holz bestanden und erheblich schwerer als die heute gebräuchlichen Kunststoffprothesen waren.

Berlin wurde zu dieser Zeit fast allnächtlich von Fliegerangriffen heimgesucht. Wir bekamen das mit, weil die britischen oder amerikanischen Luftgeschwader in großer Höhe über uns hinwegflogen. Einmal wurde einer von diesen Bombern über uns abgeschossen und die vier Besatzungsmitglieder, die mit dem Fallschirm abgesprungen waren, landeten auf dem Gelände der Heilstätte. Sie wurden vom Krankenhauspersonal gefangen genommen, in einen Erdgeschossraum des Krankenhauses gebracht und ärztlich versorgt. Sie mussten in diesem Raum bleiben, bis sie von Soldaten abgeholt wurden. Ich habe derweil die Gefangenen, in einem Rollstuhl sitzend, die Pistole auf dem Schoß, bewacht. Es bestand weniger die Gefahr, dass die Engländer ausrückten, denn sie waren alle durch ihre Verletzungen gehandicapt. Nein, ich sollte sie vor den Deutschen schützen, weil man in der aufgeheizten Stimmung, die damals gegen die Bombardierer herrschte, eine Lynchjustiz durch deutsche verwundete Soldaten nicht für unmöglich hielt.

Im Herbst des Jahres 1943 war meine Zeit in Beelitz-Heilstätten abgelaufen. Ich wurde entlassen und erhielt Genesungsurlaub.

Da Berlin nun regelmäßig bombardiert wurde, verbrachte ich diesen Genesungsurlaub bei Hilde in Süddeutschland. Wie viele andere Mütter hatte sie mit ihren beiden Söhnen die Stadt mittlerweile verlassen und war bei einer Bäuerin in Süddeutschland untergekommen. Ich fuhr also nach Igersheim und konnte feststellen, dass Hilde und die Kinder das große Los gezogen hatten. Sie waren sehr herzlich aufgenommen worden und hatten immer genug zu essen. Auch mein Besuch wurde mehr als toleriert und so verbrachte ich dort eine wunderbare Zeit, in der ich mich prächtig erholte.

Zur gleichen Zeit verließ auch Eta Schulz mit ihren Kindern Karin und Uwe Berlin. Sie verschlug es nach Prenzlau, einer Kleinstadt in der Uckermark im Nordosten von Berlin. Sie fanden Unterschlupf im Hause des technischen Postbeamten Wolter, der ein Bekannter von Karins Vater Harald war.

Nach vier Wochen war die ruhige Zeit in Igersheim vorbei, und es wurde wieder ernst für mich. Ich musste zurück zu meinem Ersatztruppenteil, das in Görlitz lag.

In der Kaserne bekam ich mein kärglich eingerichtetes Offiziersquartier und musste mich bald im »großen Dienstanzug« beim Kommandeur melden. Das bedeutete, dass der kleine Offiziersdolch, den ich mir inzwischen zugelegt hatte, und der mich beim Ausgang so trefflich schmückte, nicht genügte, und ich mir einen Degen leihen musste. Ich machte also mit Stock und Degen meine Meldung und kam mir sehr unpassend vor. Der Major fand das gar nicht und setzte mich als Kompanieführer einer Genesungseinheit ein. In dieser Kompanie wurden die Soldaten gesammelt, die nach ihrem Lazarettaufenthalt noch eine Auszeit für ihre Rekonvaleszenz verordnet bekommen hatten, ehe sie zum Ersatztruppenteil versetzt wurden, der die letzte Station vor dem Fronteinsatz war. Das war nun eigentlich eine ganz bequeme Aufgabe, denn ich hatte einen Spieß, der die Hauptarbeit leistete. Die meiste Zeit verbrachte ich damit, irgendwelche Dinge zu unterschreiben und gelegentlich vor der Kompanie zu unterrichten, die aber nur aus etwa 50 Mann bestand. Was ich unterrichtete, weiß ich nicht mehr; es war jedenfalls nichts Politisches.

Eines Tages musste ich den »Offizier vom Dienst« für die gesamte Kaserne spiele. Dabei oblag es mir auch, abends und morgens den Flaggenappell abzuhalten. Ich denke, ich habe da eine sehr komische Figur abgegeben, wie ich mit Stock – und wieder mit Degen – stramm stand und der Wache meine Befehle gab.

Am gleichen Tag, als ich über den Kasernenhof zum Mittagessen ins Kasino ging, überholte mich eiligen Schritts und nur flüchtig grüßend ein Feldwebel, der mir irgendwie bekannt vorkam. Er erinnerte mich an den tschechischen Unteroffizier, der uns in Deutschkrone beim Arbeitsdienst als Obertruppführer so hart geschliffen hatte. Ich hielt ihn an und begann ein Gespräch mit ihm, und es zeigte sich: Er war es! Ich genoss noch ein paar belanglose Sätze lang, dass er nun stramm vor mir stand, gab mich als eines seiner damaligen Opfer zu erkennen, und dann trennten wir uns.

Einmal musste ich eine schwere Entscheidung treffen. Von der Feldgendarmerie war ein Soldat aufgegriffen worden, der bereits zum dritten Mal desertiert war. Desertion war nach fast einhelliger Auffassung in der damaligen Zeit ein Beweis für Feigheit und Vaterlandsverrat. Der Deserteur gehörte zu meiner Einheit, und so lag es an mir, als Erster über sein weiteres

Schicksal zu entscheiden. Ich hatte die Wahl zwischen Pest und Cholera, zwischen Strafbataillon oder Kriegsgericht. Nach Lage der Dinge hätte das Kriegsgericht die Todesstrafe bedeutet. Ich wählte den Marschbefehl zum Strafbataillon, wo er immerhin die Chance hatte, davonzukommen. Was aus ihm geworden ist, ist mir nicht bekannt.

An einem meiner freien Tage beschloss ich, meiner Tante Grete, die ja in Görlitz wohnte, einen Besuch abzustatten. An der Türe wurde ich von Tante Gretes langjähriger Wohnungsgenossin, Frau Zeitler, mit den Worten empfangen: »Gretel ist in der Nacht gestorben.«

Das Jahr 1944 verbrachte ich zum größten Teil in verschiedenen Lazaretten, da sich meine Beine immer wieder entzündeten.

Die Zeit der Hurra-Siege war schon seit geraumer Zeit vorbei und die allgemeine Stimmung hatte sich verändert. Anfang Februar 1943 hatte der Rest der deutschen 6. Armee in Stalingrad kapituliert. Von den 250 000 deutschen Soldaten, die dort gekämpft hatten, kamen 90 000 in Gefangenschaft. Anfang Mai dieses Jahres hatten die deutschen und italienischen Truppen in Nordafrika den Kampf aufgegeben; dieses Ereignis hatte ich gar nicht mitbekommen. Im Juli waren alliierte Truppen auf Sizilien gelandet, erstmals in diesem Krieg war also ein Staat des Dreibundes unmittelbar von feindlichen Verbänden angegriffen worden.

Ich lag mittlerweile in Görlitz in einem Offizierslazarett mit einem jungen Leutnant, noch jünger als ich und ebenfalls unterschenkelamputiert und einem Oberleutnant, der nicht viel zu sehen war, in einem Zimmer. Dieser Oberleutnant kam eines Mittags in das Zimmer zurück, um sich für ein Mittagsschläfchen hinzulegen. Er zog erst den einen Stiefel aus, stellte ihn vor das Bett und dann zog er den anderen aus. Diesen zweiten Stiefel stellte er aber nicht neben den ersten, sondern schleuderte ihn wortlos gegen das Hitlerbild, das bei uns wie in jedem Zimmer an der Wand hing. Das Glas zerbrach klirrend und das Bild fiel herunter. Der Oberleutnant begann lautlos vor sich hin zu weinen. Niemand, weder ich noch der junge Leutnant, ebenso wenig wie die Schwester, welche später die Splitter auffegte oder sonst irgendjemand verlor auch nur ein einziges Wort über diesen Vorfall oder machte gar eine Meldung.

Eines Tages tauchte Adolf in meinem Lazarett auf. Er hatte herausgefunden, wo ich lag; er selbst war inzwischen zum dritten Mal verwundet – dokumentiert durch das goldene Verwundetenabzeichen. Er musste hier bei meinem Ersatztruppenteil auf seinen Marschbefehl an die Front warten. Was hatten wir uns nicht alles zu erzählen! Der Abschnitt am Ilmensee war nicht so ruhig geblieben, wie ich ihn anfangs kennen gelernt hatte, war aber zunächst gehalten worden. Bei diesen Abwehrkämpfen hatte es Adolf zum ersten Mal erwischt. Diese und die beiden nächsten Verwundungen waren aber so leicht gewesen, dass sie seine baldige Wiederverwendung an der Front nicht verhinderten. Diese Gefahr bestand für mich nicht mehr. Ich würde aus dem Wehrdienst entlassen werden, sobald ich als geheilt galt, aber darauf musste ich noch eine ganze Weile warten. Erst einmal musste ich nachamputiert werden.

Inzwischen war es Sommer 1944 geworden, und ich wurde zur weiteren Genesung nach Bad-Warmbrunn geschickt, einem Kurort in Niederschlesien. Den Alliierten war gerade ihre Landung in der Normandie geglückt, und die Luftangriffe auf deutsche Städte nahmen bei Tag und Nacht an Häufigkeit und Schwere zu. In Warmbrunn merkten wir nichts davon, und so konnte ich diesen Aufenthalt genießen. Es sollte Jahre dauern, bis ich wieder einmal eine so sorglose, schöne Zeit erleben konnte.

Es kam der 20. Juli 1944 und die Nachricht von dem Attentat auf Hitler. Sie schlug ein wie eine Bombe, und löste bei den Einzelnen sicher ganz unterschiedliche Gefühle aus, über die aber nur unter Freunden gesprochen wurde. Der Kreis der Verschwörer hatte sich überwiegend aus adligen Offizieren rekrutiert und in ganz Deutschland wurde nun Jagd auf sie gemacht. Von diesem Tag an war der militärische Gruß durch Handanlegen an die Kopfbedeckung bei der Wehrmacht abgeschafft worden und es musste jetzt generell mit dem deutschen Gruß, dem ausgestreckten rechten Arm gegrüßt werden. Den meisten Offizieren fiel das recht schwer, hatten sie doch auf diesen Unterschied zwischen Wehrmacht und Waffen-SS immer Wert gelegt.

Als es mir endlich besser ging, meldete ich mich zur Entlassung aus dem Wehrdienst nach Danzig, weil mir Berlin in Anbetracht der vielen Luftangriffe nicht das geeignete Domizil zu sein schien. Ich wusste zu dieser Zeit noch nicht, dass ich bald vom Regen in die Traufe kommen sollte. Ich wollte an der dortigen Technischen Hochschule Jura studieren. Das von mir bevorzugte Studium des Hoch- und Tiefbaus hatte ich aufgegeben, da ich für diesen Beruf körperlich nicht mehr in der Lage war. In dieser von Luftangriffen verschonten Stadt wollte ich ruhige Tage verbringen, vor allem aber ruhige Nächte. Ich schrieb mich an der TU ein und besuchte eine Reihe von Vorlesungen, unter anderem »Geschichte des Nationalsozialismus«, eine Vorlesung, die für Juristen Pflicht war. Sie wurde von einem gewissen Löbsack gehalten, einem kleinen, buckligen Mann, den Günter Grass in seiner »Blechtrommel« verewigt hat.

Anfang Januar 1945 wurde ich als geheilt aus dem Lazarett entlassen. Ich musste mir eine Bleibe suchen und fand sie im Hause des Gauhauptamtsleiters der NS-Volkswohlfahrt von Danzig-Westpreußen; in der Parteihierarchie war er der zweite Mann nach dem Gauleiter. Geld für die Miete und für meinen Lebensunterhalt hatte ich genug, denn ich bezog als Leutnant der

Reserve ein fürstliches Monatsgehalt von 252 Reichsmark. Der Gauhauptamtsleiter und seine junge Frau waren ein sympathisches Ehepaar, human und idealistisch. Als bekannt wurde, dass die Russen Schwetz eingenommen hatten, jene Stadt, in der ich als Arbeitsdienst-Soldat Wache in einer Irrenanstalt geschoben hatte, wollte dieser Naziführer mit Unterstützung einer Panzerkompanie der Wehrmacht ein großes Altersheim befreien, das jetzt in der Irrenanstalt untergebracht war. Es ist aber wohl nicht mehr zu dieser Wahnsinnsheldentat gekommen. Seiner Frau musste ich Unterricht in der Benutzung einer Pistole geben und ihr zeigen, wo man sich in die Schläfe schießt. Die Frau hat bitterlich dabei geweint.

Mit der Ruhe und Beschaulichkeit in Danzig war es bald vorbei. Die Russen standen in Ostpreußen und stießen weiter Richtung Ostsee und nach Westen vor. Es war nur eine Frage der Zeit, wann sie Danzig erreichen würden. Die ersten Flüchtlinge brachten die Nachrichten vom Geschehen an der Front. So erfuhren wir unmittelbar von den Strapazen der Flucht mitten im Winter, von Vergewaltigungen und anderen Gräueltaten.

Dann tauchte Adolf wieder auf! Er war im Südabschnitt der Ostfront gewesen und nach mehreren Verwundungen zu einer Einheit im Danziger Raum versetzt worden. Er erzählte mir, dass er bei seiner letzten Einheit, die er als Kompanieführer führte, nur 12 Stunden gewesen war. Er war nach einem kurzen Lazarettaufenthalt bei seiner neuen Einheit im Dunkeln eingetroffen, und ein Unteroffizier meldete ihm die Kompaniestärke mit einem Unteroffizier und fünfzehn Mann. Am nächsten Morgen lebten davon noch sieben Leute und er selbst hatte wieder einmal eine zu leichte Verwundung bekommen, als dass sie ihn gerettet hätte. Er war inzwischen hoch dekoriert, hatte sogar ein Panzervernichtungsabzeichen auf dem Ärmel. Der Abschied dieses kurzen Wiedersehens sollte endgültig sein. Ich habe ihn danach nie wieder gesehen. Ein paar Jahre lang habe ich noch mit seiner Verlobten korrespondiert in der Hoffnung, etwas über sein Schicksal zu erfahren, aber auch sie hatte keinerlei Nachrichten. Er galt als vermisst. Unsere Freundschaft hätte auch ein längeres Leben überdauert.

Die Begegnung, die mir das Leben retten sollte, hatte ich mit Ernst Rother, meinem Zimmergenossen aus der Zeit in Beelitz-Heilstätten. Er war jetzt in Danzig als Chef der Nachrichtenkompanie der »Festung Danzig«, und kümmerte sich rührend um mich. Seine erste große Tat war, mir zu einem Radio zu verhelfen, von denen er reichlich in seinem Lager hatte. Er übergab es mir mit der Bitte, ihm den Apparat bei einer möglichen Abreise zurückzugeben, damit der Bestand der Geräte auch stimme. Er hatte wohl den Ehrgeiz, sein Lager später einmal den Russen ordnungsgemäß zu übergeben.

In der zweiten Januarhälfte wurde die Hochschule für den Vorlesungsbetrieb geschlossen. Ich wollte nun meine Entlassung aus dem Wehrdienst energisch vorantreiben, da ich nicht unbedingt als Offizier in russische Gefangenschaft geraten wollte. Ich suchte die Heeresentlassungsstelle Danzig-Westpreußen auf und meldete mich ordnungsgemäß bei ihrem Chef. Es begrüßte mich ein älterer Oberst und ehe ich viel sagen konnte, rief er aus; »Sie kommen wie gerufen!« Sein Adjutant war ins Lazarett eingeliefert worden und er meinte, ich könne dessen Aufgaben übernehmen; es handele sich überwiegend um Unterschriften auf Entlassungspapiere. Er erklärte noch, dass er diese Arbeit vorläufig nicht übernehmen könne, da seine Hände infolge von Brandverletzungen ausgefallen waren. Es war eine Sisyphusarbeit, die jetzt auf mich zukam. Mit Entlassungsbescheinigung, Fahrausweisen, Antrag auf Lebensmittelkarten, Bezugscheinen und noch einigem mehr bedeutete jeder zu Entlassende zehn oder zwölf Unterschriften und durch den Ausfall des Adjutanten hatte sich einiges aufgestaut. Außerdem wurde zu dieser Zeit jeder beschleunigt entlassen, der selbst bescheidensten Ansprüchen, die man an einen Frontkämpfer stellen konnte, nicht mehr genügte. Ich hatte den Eindruck, dass die Ärzte in ihren Gutachten äußerst großzügig waren.

Meine eigenen Interessen musste ich erst mal zurückstellen. Ich besprach mich mit Ernst Rother, den ich ab und zu traf. Er war der Meinung, ich solle meine Entlassung lieber in Berlin und nicht in Danzig verfolgen. Die Situation in Danzig wurde immer problematischer. Die Stadt war verstopft von Flüchtlingen aus Ost- und Westpreußen, jede Menge Pferdegespanne waren darunter. Alle hofften auf eine Fluchtmöglichkeit über die Ostsee. Dazu kamen immer häufiger Fliegeralarme, denen nicht sehr häufig tatsächliche Luftangriffe folgten; aber weiß man das vorher? Ernst Rother sagte, dass er mir aus Danzig heraushelfen könnte, da er Beziehungen zur Lufthansa habe und die damals noch flog.

Ich besprach dieses Thema auch mit dem Oberst der Entlassungsstelle, der Verständnis dafür zeigte, dass ich jetzt nach Berlin ausgeflogen werden wollte, da Berlin jetzt auf einmal als das kleinere Übel erschien. Er legte mir keinen Stein in den Weg und stellte mir zu gegebener Zeit einen Marschbefehl zur Heeresentlassungsstelle Berlin aus. Am 15. Februar war es so weit. Auf der letzten Zivilmaschine, die nach Berlin flog, bekam ich dank Ernst Rother einen Platz. Es war eine Ju 86, die 16 Passagiere mitnahm. Für mich war es der erste Flug und entsprechend war mein Gefühl in der Magengegend. Wir flogen in großer Höhe über Pommern hingweg, während unter uns die russischen Truppen Richtung Ostsee vorrückten. Gegen Mittag erreichten wir Berlin-Tempelhof.

Die Wiedersehensfreude mit meinen Eltern blieb nur kurze Zeit ungetrübt. Schon in der ersten Nacht weckte uns ein Fliegeralarm. Er kam jetzt jede Nacht und meist auch ein paar Mal am Tage. Ich wurde ein Meister im Anziehen der Prothesen, schaffte es bald in fünf Minuten und wanderte dann mit meinen Eltern zu dem 30 m entfernten Luftschutzkeller im Nachbarhaus. Die Gesichter im Luftschutzraum kannte ich alle noch von meinem Urlaub 1942. Auch die alte jüdische Dame war noch da, und jetzt auch ihr etwa dreißigjähriger Sohn, der als Halbjude keinen Davidstern zu tragen brauchte. Mir überließ man im Luftschutzraum einen komfortablen Ledersessel, während die Anderen sich mit harten Stühlen begnügen mussten. Da hockten wir dann unter der Erde verkrochen und hörten die Einschläge der Bomben, die manchmal so nahe lagen, dass der Keller gewaltig bebte und wir glaubten, es müsse im Haus eingeschlagen haben. Nach der Entwarnung wieder zurück in der Wohnung, begann das große Aufräumen, das Beseitigen der Glassplitter, das erneute Annageln der herausgedrückten Fensterpappen usw.

Mir lag es nicht, die Tage müßig zu verbringen, wo doch, so meinte ich, alle Kräfte gebraucht würden. Ich ging, nachdem ich mich bei der Heeresentlassungsstelle Berlin gemeldet und meine in Danzig empfangenen Papiere abgegeben hatte, zum Arbeitsamt, um mir eine Stelle vermitteln zu lassen. Ich denke, dass ich in dieser Zeit der einzige Bewerber für eine Arbeitsstelle war. Man gab mir zwei Adressen, und ich marschierte los. Zuerst ging ich zu Siemens nach Siemensstadt. Ich benötigte wegen der vielen Zerstörungen am Verkehrsnetz für diesen Weg, der normalerweise eine halbe Stunde gedauert hätte, annähernd zwei.

Der Herr, der mich in der Personalabteilung empfing, staunte nicht schlecht und empfahl mir, eine kaufmännische Lehre bei Siemens zu beginnen. Ich lehnte dankend ab. Ich wollte ja bei Gelegenheit mein Jurastudium fortsetzen, und außerdem wäre der Weg hierher für mich zu beschwerlich gewesen.

Die zweite Adresse, die man mir beim Arbeitsamt genannt hatte, war in Dahlem, unmittelbar an der Endhaltestelle der Straßenbahnlinie, die den Hohenzollerndamm entlangfuhr. Das wiederum war für mich äußerst günstig, und die Arbeit, die ich bei der »Reichsstiftung für Länderkunde« als »wissenschaftliche Hilfskraft« machen sollte, gefiel mir. Ich habe erst nach einigen Tagen erfahren, dass es sich bei dieser Stiftung um ein Unterorgan des Reichssicherheitshauptamtes handelte, das auch die Spitze der Gestapo war. Meine Aufgabe bestand darin, aus deutschsprachigen Tageszeitungen des neutralen Auslandes, vornehmlich der Schweiz und Schwedens, die Artikel auszuschneiden, zu sammeln und aufzukleben, die sich mit Deutschland befassten. Das war nun in dieser Endphase des Krieges eine irrsinnig interessante Aufgabe, denn ich erfuhr so Dinge, zu welchen ich sonst kaum Zugang gehabt hätte. Ich las zum Beispiel in einer schwedischen Zeitung, dass die Deutschen über Schweden Verhandlungen mit den Westalliierten aufnehmen wollten, die das Ziel haben sollten, an der West- und Südfront zu einem Waffenstillstand zu kommen, um es der Gesamtheit der deutschen

Truppen zu ermöglichen, im Osten den russischen Vormarsch aufzuhalten. Man wies dieses Angebot zurück. Meiner Meinung nach wären sie später froh gewesen, wenn sie es damals angenommen hätten.

Die Villa, in der wir mit etwa 12 Leute der Stiftung untergebracht waren, außer mir alles Frauen, hatte keinen Luftschutzkeller. Bei Tages-Fliegeralarm mussten wir die in den benachbarten Parkanlagen ausgehobenen Splittergräben aufsuchen, in denen ich mich wesentlich wohler fühlte als in den hermetisch abgeschlossenen Luftschutzräumen. Wenn man auch alles viel lauter erlebte, so wusste man doch wenigstens immer, wo die Bomben niedergingen und wo es brannte.

Am 15. März wurde ich zur Heeresentlassungsstelle zitiert und konnte endlich die Papiere meiner Entlassung aus dem Wehrdienst in Empfang nehmen. Der Lebensabschnitt »Militär« war nun endgültig erledigt – aber der Krieg war noch nicht zu Ende.

Einen Versuch, mich für den Volkssturm zu kapern, konnte ich unter Hinweis auf den Zustand meiner Beine abwehren. Am 16. April wurde die Front an der Oder von den Russen durchbrochen und der Angriff auf Berlin begann. Am 21. April erreichten die Sowjets im Osten die Stadt. Am 26. April war ganz Berlin eingeschlossen. Die Russen begannen nun auch von Teltow aus ihren Vorstoß Richtung Stadtmitte. Der Teltower Damm, die Kronprinzenallee (heute: Clayallee) und der Hohenzollerndamm wurden zu ihrer Rollbahn. Das war der Zeitpunkt, zu dem wir in der Reichsstiftung die Arbeit einstellen und alle Unterlagen unseres Schaffens verbrennen mussten. Zum Schluss stand nur noch die Kartei mit den Personalien der Mitarbeitern herum. Wozu? In einem unbeobachteten Augenblick nahm ich meine Karte heraus, steckte sie ein und habe sie später zu Hause verbrannt. Als Erinnerung nahm ich ganz offiziell eine Reiseschreibmaschine Marke Olympia an mich, die der Familie Martini noch Jahrzehnte später gute Dienste leisten sollte.

Zwei Tage später – die Russen näherten sich dem Roseneck – sollten wir den Luftschutzkeller sobald nicht mehr verlassen. Da hockten wir nun wieder, etwa 20 Leute, und lauschten noch ängstlicher als früher auf die mal ferneren, mal näheren und oft ganz nahen Einschläge der Granaten. Wir wussten natürlich nicht, ob es russischer oder deutscher Beschuss war, der uns zu schaffen machte. Am zweiten Tag im Keller ließ es meiner Mutter keine Ruhe mehr, sie wollte nach der Wohnung sehen. Dort angekommen, machte sich sofort daran, den herumliegenden Schutt zusammenzufegen, während draußen die Granaten einschlugen.

In unserem Luftschutzkeller hatten inzwischen ein paar Jungen von der Hitler-Jugend, 14 oder 15 Jahre alt, mit einer Armbinde als Volkssturm gekennzeichnet, Zuflucht gesucht. Einer von ihnen war leicht verwundet, ein anderer trug einen Streifen des Panzervernichtungsabzeichens auf dem Ärmel und ein Eisernes Kreuz II. Klasse im Knopfloch. Das waren die jungen Helden, die Berlin retten sollten! Sie erzählten uns, dass um das Roseneck heftig gekämpft würde und dass es ein paar Mal den Besitzer gewechselt hatte. Bis auf den Verwundeten verschwanden die Jungen nach einer Weile wieder. Am dritten Tag um die Mittagszeit hörten wir an der Außentür zu den Kellerräumen russische Stimmen. Es war so weit. Ich weiß nicht wieso, aber ich fühlte mich verpflichtet, als Erster mit erhobenen Armen den Luftschutzraum zu verlassen und mich den Russen zu stellen.

Mich empfing ein russischer Offizier mit zwei Soldaten in ihren erdbraunen Uniformenen. Der Offizier sprach gebrochen Deutsch und begann mich auszufragen, während die beiden Soldaten in den Kellerraum gingen, um die anderen Leute herauszutreiben. Ich konnte dem Offizier klar machen, weshalb ich nicht mehr Soldat war, worauf er mich fragte, wo mir das mit den Beinen passiert sei. Als ich ihm antwortete, bei Staraja Rusja an Ilmensee, ging ein Strahlen über sein Gesicht, und er erzählte, dass er von dort stamme. Ich hatte das Bild der total zerstörten Stadt vor Augen, wovon er keine Ahnung zu haben schien, und vermied es krampfhaft, irgendetwas über die Stadt äußern zu müssen. Da kam einer der Soldaten angelaufen; er wedelte mit einer Pistole in der Hand und hatte meine Aktentasche unter den Arm geklemmt. Dass sich darin meine Pistole befunden hatte, daran hatte ich gar nicht mehr gedacht. Der Offizier nahm die Waffe und roch an ihrer Mündung, um festzustellen, ob aus der Pistole geschossen worden war, sah mich an und schüttelte den Kopf, was wohl heißen sollte: Wie konntest du nur so dämlich sein, die Waffe zu behalten! Inzwischen war der junge Mann, der Sohn der Jüdin, jetzt mit einem Davidstern an der Brust, herausgekommen und sagte dem Offizier, dass ich ein guter Junge sei. Kurz gesagt: Mir passierte nichts. Sicher einer der seltenen Fälle, dass jemand in dieser Situation nicht gleich mit einem Genickschuss erledigt worden war. Meine Aktentasche war ich nun aber los. Das gleiche Schicksal hatte auch die meines Vaters, der in seiner Tasche alle wichtigen Dokumente, die er für unsere Existenz als notwendig ansah, gesammelt hatte. Dass die Russen vor allem aber auf Armbanduhren scharf waren, hatten wir bereits gerüchtweise vernommen. Ich hatte meine Uhr deshalb in die kleine Uhrentasche meiner Hose gesteckt und sie so über die kritischen Zeiten gerettet.

Wir wurden zur Ruhlaer Straße geschickt. Vor unserem Haus stand ein Panzer T 34, dahinter – man kann es kaum glauben – »parkte« eine Reihe von Panjewagen mit ihren geduldigen Pferdchen. Auf der gegenüberliegenden Fahrbahn qualmte ein zerschossener russischer Panzer vor sich hin. Der Trupp Menschen aus unserem Keller marschierte durch die Ruhlaer Straße und andere Nebenstraßen – wohin? Das wussten wir zunächst nicht. Dann trafen wir aber auf andere Flüchtlingstrupps, und die sagten, dass wir zur

Gertrauden-Schule in Dahlem gehen sollten, etwa eine halbe Stunde Fußmarsch entfernt. Die Gertrauden-Schule war ein deutsches Lazarett gewesen, in dem aber jetzt keine Verwundeten mehr lagen. Übrig geblieben waren vier junge Rote-Kreuz-Schwestern. In dieser Schule hatten vielleicht 200 Flüchtlinge Schutz gesucht und bevölkerten nun die Bänke und Fußböden der Klassenräume. Es ist mir heute nicht mehr möglich, die depressive und gleichzeitig gereizte Stimmung zu schildern, die damals unter den Menschen herrschte. Mein Gedächtnis muss die Details völlig verdrängt haben. Ich weiß nur noch, dass es furchtbar war. Mein Vater suchte immer wieder Streit, besonders mit meiner Mutter, die sich in dieser Lage bewunderungswürdig gesammelt verhielt. Ich versuchte mit wenig Erfolg, meinen Vater zur Mäßigung zu bewegen, denn mir waren seine Ausbrüche vor den anderen Leuten schrecklich peinlich. Er schien seine Würde verloren zu haben, empfand wohl die ganze Schmach der Situation besonders stark. Wir lebten in der Woche, die wir uns dort aufhielten, fast ausschließlich von eingedickter, süßer Kondensmilch, von der jede Menge Dosen vorhanden waren. Die hygienischen Verhältnisse waren unbeschreiblich, war doch die Wasserversorgung vollständig ausgefallen, wodurch die Toiletten nur Sammelbehälter, aber keine Entsorgungseinrichtungen mehr waren – und das bei 200 Leuten! Auf dem Gelände der Schule wimmelten etliche russische Soldaten herum, vor denen die Frauen berechtigte Angst hatten. Ein ganz junger russischer Leutnant wurde aber zu deren Beschützer, wenn sie in Gruppen loszogen, um ihren Bedürfnissen nachzukommen. Er stellte sich vor die Tür des Toilettenraums und verscheuchte die beutelüsternen Soldaten. Immer aber konnte er auch nicht parat sein, und zu oft, besonders nachts, erscholl der gefürchtete Ruf: »Komm, Frau!« Aber es gab außer ihm noch andere Schutzengel: die Krankenschwestern. Diese vier Frauen, zerquollen und zerschunden wie sie waren, boten sich bei solchen Situationen den Russen an, damit diese die anderen Frauen in Ruhe ließen. Ihr Kommentar dazu war: »Man hat es mit uns so oft gemacht, da kommt es auf einmal mehr nicht an.« Ich habe vor diesen Frauen eine große Hochachtung.

Am 30. April beging Hitler Selbstmord. Das erfuhren wir aber erst später. Am 1. Mai war mein 24. Geburtstag – welch ein Festtag! Am Morgen kamen die vier Krankenschwestern, um mir zu gratulieren. Ich weiß nicht, woher sie von dem Ereignis wussten, wahrscheinlich hat meine Mutter auf der Suche nach irgendetwas, das mir Freude machen könnte, den Schwestern einen Tipp geben. Sie hatten mir einen kleinen Kuchen gebacken – die Zutaten waren eine Spende der Russen – und ein Lebenslicht auf ihm drapiert. Ich war gerührt.

Noch vor der Kapitulation des Deutschen Reiches am 8. Mai 1945 durften wir die Schule verlassen. Durften? Da war niemand mehr, der uns die

Erlaubnis dazu hätte geben können; alle Russen waren unerwartet in der Nacht abgezogen. Einige Entschlossene begannen ihre Habseligkeiten zusammen zu suchen und abzuziehen, und bald machten es ihnen alle nach. Und auch wir zogen los Richtung Roseneck, nicht ohne noch einen Vorrat an Dosen mit Kondensmilch zusammengerafft zu haben.

Am Roseneck mussten wir an einigen gefallenen deutschen Soldaten vorbeigehen; sie konnten noch nicht lange dort gelegen haben. Wer mag sie später beigesetzt haben? Ich denke, es werden deutsche Kriegsgefangene gewesen sein. Als wir in den Hohenzollerndamm einbogen, sahen wir bald, dass unser Nachbarhaus, in dem der Luftschutzkeller gewesen war, zum Teil eine Brandruine, zum Teil eingestürzt war. Aber das Haus Hohenzollerndamm 87 stand noch, wenn es auch sichtbar Blessuren davongetragen hatte.

Wir hatten den Krieg überstanden.

Die Zeit davor

Ich glaube, dass das Schicksal Karin und mich füreinander bestimmt hat. Noch verliefen unsere Lebensbahnen weit auseinander, aber sie sollten sich treffen. Bis dahin würden noch mehr als zehn Jahre vergehen. Danach aber sollte jene schöne, gemeinsame Zeit beginnen, die uns in Liebe über viele Jahrzehnte eines erfüllten, aber doch zu kurzen Miteinandersverband.

Am 16. April 1945 saßen Eta Schulz und ihre beiden Kinder Karin und Uwe in Prenzlau in der Uckermarck beim Mittagessen. Eta war mittlerweile 39 Jahre alt, Karin ein schlankes Mädchen mit langen blonden Zöpfen im Alter von knapp 15 Jahren, und ihr Bruder Uwe ein Junge von dreizehneinhalb. Plötzlich fingen die Sirenen an zu heulen. Das Mittagessen musste abrupt abgebrochen werden. Die gepackten Koffer wurden geschnappt, auf die Fahrräder gebunden und ab ging es zur Sammelstelle. Der Alarm kündigte den Anmarsch der Russen an, die die lange umkämpften deutschen Stellungen bei den Seelower Höhen durchbrochen hatten und nun ihren direkten Angriff auf Berlin begannen. An der Sammelstelle hatten die drei das Glück, auf einen Post-Lkw aufsteigen zu können. Die Fahrt ging jedoch nur langsam vorwärts und im Raum Schwerin hatten die Russen den Flüchtlingstreck eingeholt. Voraus waren bereits die Amerikaner zu sehen, siegestrunken und stockbesoffen. In Schwerin löste sich der Treck erst einmal auf. Der Lastwagen wurde beschlagnahmt und die Flucht musste erst einmal zu Fuß fortgesetzt werden. Am Abend suchte man sich in Schwerin mehr oder weniger offiziell eine Unterkunft, und das war für Eta mit Uwe und drei anderen Frauen der mit Kacheln geflieste Ausstellungsraum einer Baufirma. Nachts war es hier entsetzlich kalt. Karin hatte es besser getroffen; sie war im gegenüberliegenden Haus in einer Privatwohnung beengt, aber warm untergekommen.

Die Flüchtlinge richteten sich vorerst in Schwerin ein, ohne zu wissen, wann und wie es weitergehen würde. Karin und Uwe haben es in der Schweriner Zeit nicht eigentlich schlecht gehabt. Sie hatten so etwas wie ständige Ferien und konnten im Schweriner See baden. Die Amerikaner hielten ihre schützende Hand über sie; man hatte jedenfalls nichts mit den Russen zu tun. Zumindest nicht bis Ende Juni, als die Amerikaner innerhalb von vier Tagen abzogen. Zu diesem Zeitpunkt räumten die Westalliierten alle Gebiete, die nach der Vereinbarung der Siegermächte der sowjetischen Besatzungszone zugeschlagen wurden; neben Mecklenburg galt dies auch für

Thüringen. Da war es mit der Beschaulichkeit vorbei. Die Russen ordneten an, dass alle Personen, die nicht in Schwerin beheimatet waren, an die Orte zurückkehren mussten, aus denen sie gekommen waren. Für die Vertriebenen aus den Ostgebieten galt das natürlich nicht. Für die Schulzens aber hieß es, dass sie mit den Flüchtlingen ihres Trecks wieder zurück nach Prenzlau mussten. Die Gruppe, die auf dem Lkw gesessen hatte, organisierte sich einen gummibereiften landwirtschaftlichen Anhänger, um das Gepäck zu transportieren, und spannte sich abwechselnd davor.

Dieser Rückmarsch nach Prenzlau war eine neue schwere Prüfung für die drei. Sie mussten sich vor den Russen verstecken und den »Displaced Persons« (DPs), meist polnische Landarbeiter, aus dem Weg gehen, die hasserfüllt den Deutschen immer wieder das Leben schwer zu machen und sie auszuplündern suchten. Aber irgendwie erreichten sie ihr Ziel. Für die, die hier zu Hause waren, war der Marsch zu Ende; die anderen wollte man aber auch hier nicht haben. Die sollten dahin gehen, wo sie hingehörten; das hieß für Eta Schulz und ihre Kinder, dass sie sich auf den Weg nach Berlin machen mussten. Die Hoffnung, dass sich am Prenzlauer Bahnhof ein Zug nach Berlin fände, erfüllte sich nicht, und so mussten sie sich also wieder zu Fuß auf den Weg machen. Für ihre wenigen Habseligkeiten besorgten sie sich einen zweirädrigen Handkarren und marschierte los Richtung Eberswalde. Dort hatten sie Glück und erwischten einen Zug nach Berlin, konnten auf dem Dach eines Personenwagens Platz nehmen und so einigermaßen bequem die Weiterfahrt antreten. Auf dem Dach war ein ziemliches Gedränge und jeder hielt sich krampfhaft irgendwo fest. Aber so gefährlich, wie es klingen mag, war es nicht, denn der Zug fuhr sehr langsam. Die Fahrt ging aber zunächst nur bis Bernau. Bei einem Halt kletterten Polen auf das Dach und nahmen den Leuten, also auch den Schulzens, alles, aber auch wirklich alles weg, was sie nicht am Leibe trugen. Da war man nun von Berlin nach Prenzlau gezogen, von dort nach Schwerin geflüchtet, nach Prenzlau zurückgekehrt, hatte es von Prenzlau bis Bernau geschafft, immer seine geringe, aber doch so notwendige Habe gerettet – und nun war sie fort!

In Berlin angekommen war ihre größte Sorge, wie sie wohl die Kaiserin-Augusta-Allee, in der ihre Wohnung lag, wiedersehen würden. Die drei liefen mit bangen Gefühlen vom Bahnhof nach Charlottenburg. Als sie sich in der Nähe der Kaiserin-Augusta-Allee befanden, lief Karin mutig vor, blieb jäh stehen, drehte sich um und brüllte zurück: »Das Haus steht!« Und nun rannten alle drei los und stürmten die Wohnung. Diese war mit fremden Leuten belegt, hatte Bombenschäden, aber, oh Riesenfreude, Vater Harald war da!

Die Familie war wieder zusammen; gesund und glücklich. Es begann das große Erzählen.

Die Heimkehrer erfuhren, dass die Wohnung zwischenzeitlich russische Einquartierung gehabt hatte. Das Kinderzimmer war von einem Major belegt gewesen, der erst verschwand, als die Briten Charlottenburg in ihre Verwaltung übernahmen. Die einquartierten Leute, ein Ehepaar mit ihrer erwachsenen Tochter, hatten Schlimmes erlebt. Die junge Frau war vergewaltigt worden, dem Vater hatte man eine Maschinenpistole in den Rachen gesteckt, um ihn einzuschüchtern.

Nun erfuhren die drei Ankömmlinge auch, was Harald unternommen hatte, um seine Familie wieder zu finden. Er war nach Kriegsende zu Fuß von Berlin nach Prenzlau gelaufen. Dort hatte er die Nachricht hinterlassen, dass er wieder zurück nach Berlin marschiert sei. Aber diese Nachricht erreichte die Drei nicht, als sie aus Schwerin zurückgekommen waren. Auf dem Weg wurde er von den Russen aufgegriffen und zum Zuchthaus Plötzensee verschleppt. Hier musste er mit anderen als Statist einer Wochenschau die Leichen der Familie Joseph Goebbels betrachten. Welche Miene ihm vorgeschrieben war, ob gramerfüllt oder fröhlich beglückt, ist mir nicht bekannt.

Wen die Russen einmal hatten, den behielten sie auch erst einmal. Alle Statisten und viele andere aufgegriffene Männer wurden zu einem Treck zusammengestellt. Ein Gerücht ging um, dass es in Richtung Sibirien gehen solle. Harald befand sich plötzlich auf dem Marsch nach Frankfurt an der Oder. Aber er wäre nicht Harald Schulz gewesen, wenn es ihm nicht kurz vor der Stadt gelungen wäre, sich seitwärts in die Büsche zu schlagen und auf Schleichwegen nach Berlin zurückzukehren.

Wie aber erlebten die Martinis die ersten Wochen und Monate nach Kriegsende? Als wir Anfang Mai nach Hause gekommen waren, hatten wir ein Trümmerfeld vorgefunden. Unser schönes Esszimmer war von einer Granate getroffen worden, die zwischen zwei Fenstern des Wintergartens durchgeschlagen und im Zimmer detoniert war. Die schweren Eichenmöbel, die dort standen, hatten viele Granatsplitter abbekommen und waren nur noch als Brennholz zu gebrauchen, das wir allerdings auch sehr nötig haben würden. Die Gläser, die im Vitrinenaufsatz des großen Büfetts untergebracht waren, hatten das natürlich nicht überlebt. Aber das meiste Porzellangeschirr, das in den Unterschränken gestanden hatte, war erstaunlicherweise heil geblieben und sollte durch seinen Verkauf lange Zeit zu unserem Lebensunterhalt beitragen. Der benachbarte Salon mit Mutters Flügel war vergleichsweise glimpflich davongekommen. Dessen Veräußerung sollte uns später ebenfalls eine ganze Zeit lang über Wasser halten. Mein Zimmer, das frühere von Großvater, hatte keine sichtbaren Schäden davongetragen. Sonst aber lag in der Wohnung jede Menge Schutt vom Putz der Wände und Decken und von herausgebrochenen Brocken der dünnen Zwischenwände. Hildes altes Zimmer war am besten erhalten geblieben und wurde nun auch zur »guten« Stube. Die Eltern schliefen ungeachtet der Löcher in den Wänden zum Flur weiterhin in ihrem Schlafzimmer.

Wir waren zunächst die einzigen Bewohner des Hauses und rechneten jederzeit mit dem Besuch von Russen. Eines Nachts klopfte es an der Haustür und eine deutsche Stimme rief, wir sollten aufmachen. Mein Vater zog sich etwas über, ging runter und war erst einmal verschwunden. Am nächsten Morgen tauchte er wieder auf und erzählte seine Geschichte. Man habe ihn gefragt, wo die Max-Eyth-Straße sei. Als er den Weg erklären wollte, unterbrach man ihn und sagte, er solle ins Auto steigen und sie hinführen. Außer den beiden Zivilisten, mit denen er gesprochen hatte, saßen in dem Wagen noch ein Fahrer in russischer Uniform und im Fonds ein schweigsamer Zivilist. Mein Vater bekam mit, dass es sich bei diesem um einen deutschen Emigranten handelte, der aus Moskau angereist war; sein Ziel war die russische Kommandantur in Dahlem. Hatte er vielleicht Pieck oder Ulbricht den Weg gewiesen? Wegen des nächtlichen Ausgehverbots musste Vater bis zum Morgen auf der Kommandantur bleiben, ehe er, zu Fuß natürlich, in Pantoffeln und mit in die Hose gestopftem Nachthemd zum Hohenzollerndamm zurückgeschickt wurde.

In jenen ersten Friedenstagen wurden eifrig Plakate geklebt. Ich erinnere mich noch an eines, das 2 x 3 Meter groß in 100 m Abständen auf dem Reitweg des Hohenzollerndamms aufgestellt worden war, und das mit tröstlichen Worten verkündete: Die Hitler kommen und gehen, aber das deutsche Volk und der deutsche Staat bleiben!

Andere Plakate sangen Hohelieder auf Stalin als Friedensbringer und Befreier der Deutschen. Ich habe mich damals gar nicht befreit gefühlt, eher im Gegenteil, und werde nicht der Einzige gewesen sein, der so dachte. Dazu war das Verhalten der russischen Sieger gegenüber der Bevölkerung nicht angetan. Es gab immer wieder Verschleppungen, die willkürlich erschienen. Und dabei war das Schicksal der Flüchtlinge aus den deutschen Ostgebieten, besonders der Sudetendeutschen, noch gar nicht in unser Bewusstsein gedrungen.

Eines Tages las mein Vater den an einer Anschlagtafel angehefteten Befehl, dass sich alle ehemaligen Offiziere auf einem Platz in Wilmersdorf zu einem bestimmten Zeitpunkt melden sollten. Für mich war es gleich klar, dass ich dem Befehl nicht folgen würde – was sollte ich da mit meinen Prothesen? Aber es gelang mir nur mühsam, meinen 72-jährigen Vater davon zu überzeugen, dass auch er nicht gemeint sein sollte. Diejenigen, die sich dort eingefunden hatten, wurden mit unbekanntem Ziel abtransportiert.

Eines Tages bekamen wir dann tatsächlich Besuch von einem Russen. Es hatte ganz sacht an der Wohnungstür geklopft. Draußen stand ein ganz kleiner russischer Soldat. Er schien mehr Angst vor meiner Mutter und mir, die wir ihm geöffnet hatten, zu haben, als wir vor ihm. Er wollte Lebensmittel gegen irgendeinen Wertgegenstand tauschen. Bei uns war aber nichts Wertvolles mehr zu holen; dafür hatten die gesorgt, die vor unserer Rückkehr die Wohnung durchsucht hatten – Russen oder Deutsche, das wussten wir nicht. Das, was wirklich wertvoll war, wie der Schmuck meiner Mutter und das umfangreiche Tafelsilber, war aus einem großen Schließfach der Deutschen Bank in der Stadtmitte in den Besitz von Russen übergegangen. Aber wir fanden dann doch noch irgendetwas, das den Soldaten interessierte, und waren damit um ein Beutelchen Mehl reicher.

Ich weiß nicht mehr, von was wir uns in der ersten Zeit ernährt haben; Kondensmilch hatten wir ja genug, aber sonst? Die Geschäfte waren noch geschlossen, hätten aber auch kaum etwas Nahrhaftes anzubieten gehabt, da sie alle ausgeplündert worden waren. Es ging das Gerücht um, dass man im Haus der Margarine-Union am Bahnhof Hohenzollerndamm Margarine finden konnte. Mein Vater musste sich auf den Weg machen, kam aber nur mit einem Pfund dieses edlen Fettes zurück.

In der ersten Zeit gab es kein Wasser, keinen Strom und kein Gas. Meines Vaters Aufgabe war es nun, Wasser von der »kaiserlichen« Pumpe zu holen, die etwa 100 m entfernt war und die es noch überall in Berlin gab. Diese Pumpen waren im vorangegangenen Jahrhundert aufgestellt worden, damit die Pferde getränkt werden konnten. Ich hingegen war damit beschäftigt, die Esszimmermöbel zu Brennholz zu verarbeiten, was mit dem unzureichendem Werkzeug, das mir zur Verfügung stand, eine Sklavenarbeit war. Meine Mutter räumte indessen auf und versuchte die Wohnung zu säubern – eine schier unmögliche Aufgabe.

Ende Juni kam für uns völlig unerwartet der Abzug der Russen aus den späteren Westsektoren. In Schmargendorf und Grunewald übernahmen zunächst die Kanadier die Gewalt. Die erschienen uns nach den Russen wie die Götter, wenn sie auch nicht alle Engel waren, aber die Zeiten wurden sicherer und geordneter. Die Kanadier wurden einige Wochen später von den Briten abgelöst, und mit ihnen zog das »law and order«-Prinzip ein, das sie ja in ihren Kolonien jahrhundertelang exerziert hatten. Das will heißen: wenn man sich nichts zu Schulden kommen ließ, brauchte man sie gar nicht wahrzunehmen. Von den Bewohnern des amerikanischen und des französischen Sektors wurden wir jedenfalls anfangs beneidet. Jetzt regulierte sich auch das tägliche Leben. Die Geschäfte öffneten wieder und man konnte auf seine Lebensmittelmarken etwas kaufen. Diese gab es seit kurzem wieder und sie waren in fünf Klassen eingeteilt, je nachdem, wie nützlich die Arbeit des Einzelnen für die Gesellschaft bewertet wurde. Sie gingen von Klasse I für Schwerarbeiter bis Klasse V für Rentner. Schwerkriegsbeschädigte wie ich bildeten eine Ausnahme, indem wir eine Nummer höher eingestuft wurden. Angeblich erhielt so jeder die Kalorienzahl, die er zum Leben brauchte. Mein Vater und meine Mutter bekamen auf ihre Karte täglich 200 g Brot, ich 300 g; meiner Mutter genügte ihre Ration, meinem Vater die seine nicht. Von mir ist zu sagen, dass mir die karge, eiweißarme Kost offensichtlich gut tat, denn ich hatte bis zur Währungsreform im Sommer 1948 keinen Heuschnupfen. Vielleicht erscheinen einem heute 200 g als ausreichend; damals aber war das in Verbindung mit dem übrigen dürftigen Speisezettel eine Hungerration.

Trotzdem begannen Raucher ihre karge Brotration gegen Zigaretten zu tauschen, wenn sie sich diese nicht auf dem Schwarzen Markt besorgen konnten. Und auch mein Vater, der ja einmal 70 Zigaretten am Tag geraucht hatte, konnte seinem Laster nicht widerstehen, und meine Mutter erwischte ihn einmal, wie er Brotmarken von unseren Lebensmittelkarten stibitzte. Ich selbst musste es erleben, wie er auf der Straße Zigarettenkippen auflas und habe mich bitter geschämt. Wenn Besatzungssoldaten eine solche Situation beobachteten, wurden ihre unterschiedlichen Charaktere erkennbar: Der eine rauchte seine Zigarette nur halb auf und warf sie dann weg, der andere rauchte seinen Glimmstängel bis zum Letzten auf und trat die Kippe dann betont in die Erde, der dritte, den es dann und wann auch gab, bot dem Kippensammler eine Zigarette aus seiner Packung an.

Die ersten Lebensmittelkarten hatte uns irgendwann Ende Mai/Anfang Juni die Hausobmännin gebracht, die von ihrer jüngeren Schwester begleitet worden war. Die beiden wohnten mit ihren Eltern in der Erdgeschosswohnung des Nebenhauses 87A. Ich kannte diese Familie noch nicht, denn für sie war ein anderer Luftschutzkeller zuständig gewesen, und nur in diesen Räumen lernte man damals seine Nachbarn kennen. Der Hausobmann war eine Einrichtung, die bei totalitären Staaten beliebt war. Die Russen kannten ihn und auch den Nazis waren sie für Spitzeldienste und Sammlungen unerlässlich gewesen. Als die Russen in West-Berlin noch das Sagen hatten, führten sie dort gleich diese Institution ein, wobei sie Leute roter Couleur bevorzugten, ersatzweise aber auch mit »unbelasteten« Personen vorlieb nahmen. Eine solche war die 27-jährige Ruth Schlaeger, die unsere Hausobmännin wurde. Die Briten haben später diese Funktion abgeschafft.

Die jüngere Schwester Helga war 20 Jahre alt, ein großes Mädchen mit strahlend blauen Augen und dunklen Haaren, die zu einem »Henkelkorb« über dem Kopf zusammengeflochten waren. Mit diesem Mädchen freundete ich mich bald an, und allmählich wurde Liebe daraus. Beinahe hätte meine Lebensbahn ihre Spur Richtung Karin verfehlt. Meine Freundschaft mit Helga hielt aber nur bis zum Spätsommer 1947.

Bereits im Sommer 1945 wurde für uns vieles besser. Wasser-, Strom- und Gasversorgung setzten wieder ein. Telefon gab es für lange Zeit nicht wieder. Ich glaube nicht, dass wir es am Hohenzollerndamm je wieder benutzten. Für Strom und Gas wurden der Bevölkerung Verbrauchsmengen zugeteilt, deren Überschreitung streng bestraft wurde. Haushalte, in denen Schwerkriegsbeschädigte lebten, erhielten ein erhöhtes Kontingent. Beim Gas hatten wir das Glück, dass unser Zähler ganz langsam und später überhaupt nicht mehr lief, und da verbrauchten wir Gas wie die Weltmeister. Das ging so lange gut, bis ein Ablesebeamter den Schaden erkannte und wir mit einem neuen Zähler unglücklich gemacht wurden.

Auch die Post kam wieder in Betrieb und so erfuhren wir von Hilde, dass sie das Kriegsende in Igersheim mit den beiden Jungen gut überlebt hatte. Sie erzählte uns auch, dass sie Nachricht von Hans-Eberhard bekommen hatte, der nicht entsprechend dem ursprünglichen Befehl mit den Schwerverwundeten in einem Lazarett in Stettin hatte ausharren müssen, bis die Russen kamen, sondern per Schiff über Dänemark nach Schleswig-Holstein gekommen war und dort von den Briten gefangen genommen wurde. Als ehemaliger Stabsarzt war er zur Versorgung eines Krankenhauses bei Geesthacht eingesetzt worden, in dem tuberkulosekranke »Displaced Persons« lagen. Er hatte damit zwangsweise, aber auf die Dauer doch nicht unglücklich, seine neue Heimat gefunden.

Nach der Aufnahme der gesicherten Postverbindung mit Hilde besserte sich auch unsere Ernährungslage. Sie schickte uns immer wieder einmal ein Päckchen mit Lebensmitteln, die sie bei sich auf dem Land relativ leicht beschaffen konnte. Hilde hatte ein gutes Verhältnis zu den Ladeninhabern und musste keine Schwarzmarktpreise bezahlen. Außerdem nahm man es dort mit den Lebensmittelmarken nicht so genau.

Wenn man nicht auf dem Schwarzen Markt kaufte oder kaufen musste, nicht rauchte oder echten Bohnenkaffee haben wollte, konnte man billig leben. Miete mussten wir anfangs noch nicht zahlen, weil sich die Hauseigentümer nicht meldeten. Aber unser Geld, das in dieser Zeit keinen Zufluss hatte, tendierte trotzdem langsam gegen Null. Bis zur Währungsreform waren alle Geldkonten gesperrt. Man hatte also vielleicht ein Geldvermögen, konnte aber nicht darüber verfügen. Das zum Leben nötige Bargeld musste anderweitig beschafft werden. Da begann meine Mutter das, was an Sachen mit einigem Wert noch geblieben war, zu verkaufen. Als Erstes musste das im Esszimmer heil gebliebene Geschirr dran glauben. Sie konnte aus dem 36-Personen-Geschirr noch vier komplette 6-Personen-Service zusammenstellen, die im Laufe der nächsten eineinhalb Jahre zu einem einschlägigen Geschäft in der Potsdamer Straße geschleppt wurden, das sie in Kommission verkaufte. Von anderen Fachgeschäften wurden später der Flügel und echte Orientteppiche angekauft, darunter auch der völlig zerlöcherte Perser aus unserem Esszimmer, der noch 1000 Reichsmark brachte. Der Händler sagte, das könne man alles reparieren. Auch die alten Kaminuhren mussten das Haus verlassen.

In dieser Zeit war meine Mutter die Stütze der Familie, die alles Erforderliche in die Hand nahm. So marschierte sie in den Sommermonaten der Jahre 1945 bis 1947 nach Lichterfelde-West, um Gemüse und Obst aus dem Garten einer alten Freundin zu holen. Schwer bepackt kam sie dann zurück. Es war ein weiter Weg, den sie zu Fuß zurückzulegen musste, ehe die öffentlichen Verkehrsmittel wieder in ausreichender Dichte fuhren. Allmählich besserte sich dieser Zustand. Bei den Straßenbahnen mussten meist die zerstörten Oberleitungen geflickt werden und das ging verhältnismäßig schnell. Am längsten dauerte die Wiederherstellung der Strecken, wenn sie durch zerstörte Brücken unterbrochen waren. Von diesem Zustand hatten wir noch lange etwas.

Der unermüdliche Fleiß meiner Mutter bei der Wiederbewohnbarmachung der Räume ermöglichte mir bald, von Hildes Zimmer wieder in mein großes Vorderzimmer einzuziehen. Man sah diesem Zimmer die Folgen des Krieges nicht mehr an, und ich hatte nun eine schöne Bleibe, in der ich später auch Helga gebührend empfangen konnte.

Mein Vater, nun über 72 Jahre alt, hatte das Rauchen inzwischen zwangsweise aufgegeben. Ob er infolge dieses Entzuges immer hinfälliger geworden war? Tatsache ist, dass seine körperlichen Kräfte, bestimmt in erster Linie als Folge der Unterernährung, rapide abnahmen. Wenn er auf die Straße musste, um zum Arzt zu gehen, mussten meine Mutter oder ich ihn stützen. Im Spätherbst 1945 wurde er bettlägerig, fühlte sich aber im Bett recht wohl und las sehr viel. Er griff zu meinen Karl-May-Bänden und verschlang die Geschichten aus dem Orient. Der Arzt hatte bei ihm Anämie diagnostiziert. Seines schwachen Zustandes wegen wurde er im Februar 1946 in ein Krankenhaus eingeliefert, wo er noch einige Zeit vor sich hindämmerte und schließlich am 20. März 1946 verstarb. Ich muss gestehen, dass meine Mutter und ich nicht nur um ihn trauerten, sondern auch Erleichterung empfanden. Die Trauerzeremonien waren zeitgemäß dürftig – es wurde viel gestorben, da wurde um eine Beisetzung kein so großes Aufsehen gemacht.

Das Jahr 1946 wartete mit vielen Ereignissen unterschiedlichster Art auf. Im Frühjahr erntete ich wieder einmal die Früchte meiner Kriegsverletzung. Mir wurden eineinhalb Festmeter Brennholz zugeteilt und auf den Hof geschüttet. Das Holz war nur in Stücke geschnitten, aber nicht in Scheite zerhauen. Das war meine Aufgabe. Dieses Kleinmachen des Holzes beschäftigte mich zwei Tage. Ich musste mich dranhalten, damit mir nicht zu viel geklaut wurde. Nun hatten wir einen schönen Holzvorrat, aber noch keinen geeigneten Ofen. Im letzten Winter hatte eine Kochhexe zum Heizen reichen müssen, aber im Sommer 1946 bekam ich auf Bezugschein einen kleinen Kachelofen, der uns so lange in Hildes Zimmer seine Dienste tat, bis die Zentralheizung wieder in Betrieb war.

Nach Vaters Tod vertieften sich Helgas und meine Gefühle. Auch früher schon hatten wir viel miteinander unternommen, aber jetzt verbrachten wir jede freie Minute zusammen. Und Zeit hatten wir erst einmal genug, denn weder Helga noch ich gingen einer geregelten Beschäftigung nach. An schönen Tagen fuhren wir mit dem Bus oder mit der Straßenbahn bis zur Endstation, die meist im Grünen lag. Das kostete uns keinen Pfennig, denn auf

Grund meines Schwerbeschädigten-Ausweises fuhren wir beide umsonst. Unsere Ziele waren Tegel, die Havel, der Wannsee und der Grunewaldsee. Selten fuhren wir in die Stadtmitte. Wenn ich »Stadtmitte« sage, dann meine ich die Gegend um die Gedächtniskirche. Den Ostteil der Stadt mieden wir, weil wir keine Russen sehen wollten.

Helga und ich konnten uns prächtig unterhalten. Sie war intelligent und gebildet. Wir lebten damals in dieser Welt voller Tristesse wie auf einer einsamen Insel der Seligen. Ich konnte aber nicht immer mit Helga im Elysium leben und meinte, mal wieder etwas Nützliches tun zu müssen. Ich besuchte im Sommer eine Privatschule, um Buchführung, kaufmännisches Rechnen und Schriftverkehr zu lernen. In dieser Privatschule begegnete ich einem jungen Mann, der im wahrsten Sinne des Wortes Kleinunternehmer war. Er hatte eine Verbindung zu den Buna-Werken in Bitterfeld, von denen er ein schwarzes, grässlich stinkendes Weichplastik bezog, »Igelit« genannt. Seine Frau und inzwischen fünf weitere Frauen, verarbeitete dieses Material zu Hand- und Einkaufstaschen, für die er zahlreiche Abnehmer fand.

In dieser Zeit fand Helga bei einem anderen Kleinunternehmer eine Anstellung. Dieser stellte in einem Garagenbetrieb aus Rückständen der Zuckerproduktion (Melasse) einen Brotaufstrich her. Helga manschte in seinen Bottichen mit herum und belieferte auch uns mit dem ziemlich schauerlichen Zeug.

Im Frühsommer des Jahres 1946 hatte ich gehört, dass die Universität Unter den Linden – ich glaube, sie hieß damals schon Humboldt-Universität – mit dem Wintersemester 46/47 den Vorlesungsbetrieb wieder aufnehmen würde. Also machte ich mich auf den Weg, um mich für Jura einzuschreiben. Dies war mit der Ausfüllung eines großen Fragebogens verbunden, und man sagte mir gleich, dass ich keine nennenswerten Chancen auf eine Zulassung haben würde. Ich sollte aber vor eine Kommission zitiert werden, die darüber zu entscheiden habe.

Da ich nun schon einmal in der Gegend war, besuchte ich das nahe gelegene Bezirksamt Berlin-Mitte. Es war mir zu Ohren gekommen, dass man dort händeringend nach Kräften mit Kenntnissen in Maschineschreiben suchte. Obwohl ich noch nie auf einer Schreibmaschine geschrieben hatte, fühlte ich mich doch für diese Arbeit befähigt, schließlich hatte ich ja eine zu Hause. Das Bezirksamt musste die Wählerlisten für die erste Nachkriegswahl im Oktober 1946 erstellen und dies wurde nun zu meiner Aufgabe. Ich bekam ein Gehalt von 160 Reichsmark, was auch für diese Zeiten schäbig war. Immerhin hatte ich meine erste offizielle sozialversicherungspflichtige Tätigkeit, denn die Wochen bei der »Reichsstiftung« hatte ich ja nie angegeben. Ich habe diese Arbeit drei Monate gemacht, aber nur kurze Zeit in den Räumen des Bezirksamtes. Irgendwann gab es dort mehr Arbeitskräfte als Schreibmaschinen, und so wurde beschlossen, wer eine Maschine zu Hause hatte, der könne auch dort arbeiten. Hinfort war ich Heimarbeiter. Einmal in der Woche kam nun jemand vom Bezirksamt, brachte mir eine Wochenration Arbeit und nahm mein Werk der vergangenen Woche mit. Unterlage für meine Arbeit, das Schreiben der Wählerlisten, waren die Meldezettel der einzelnen Wohnungen. Das einzige Problem, das ich hatte, war die oft völlig unleserliche Handschrift der Leute. Hilfe bei diesen Leseübungen bekam ich von Helga. Es waren herrliche Sommermonate. Ich stand um vier Uhr in der Frühe auf, ging an die Arbeit, stellte sie um neun Uhr wieder ein und hatte mein Wochenpensum doch immer leicht geschafft. Der Rest des Tages gehörte nun Helga, mit der ich ins Grüne fuhr.

Eines Tages wurde ich vor die Zulassungskommission der Uni beordert. Ich saß in einem kleinen Zimmer zwei Frauen und zwei Männern gegenüber, die mich nach Herkunft, Werdegang usw. befragten und natürlich auch meine Gesinnung zu erforschen suchten. Mein Problem war ja, dass ich weder ein Arbeiter- noch ein Bauernkind war, das man in diesem russischen Sektor bevorzugt hätte, sondern einen ehemals aktiven, höheren Offizier zum Vater hatte. Ich versuchte so zu antworten, dass ich mein Gewissen nicht verbog, mich nicht vor mir selbst zu schämen brauchte und schien damit gut zu fahren, denn zum Schluss sagte man mir, dass man meinen Antrag wegen meiner Kriegsbeschädigung befürwortend weiterleiten würde.

Vier oder sechs Wochen später ging ich in das Sekretariat der Universität, wo die Listen der Immatrikulanten ausgehängt sein sollten. Da war die Liste der Juristen. Mein Finger ging rauf und runter, mein Name stand nicht darauf! Ich fragte beim Personal des Sekretariats nach, erklärte, dass die Kommission doch eine Zulassung befürwortet hätte. Man schaute in irgendwelchen Unterlagen nach und teilte mir dann mit, dass die russische Kommandantur in Karlshorst, welche die letzte Entscheidung gehabt hätte, meinen Namen wieder gestrichen hatte, wohl weil mein Vater höherer Offizier gewesen war.

Wutschnaubend ging ich hinüber ins Bezirksamt und kündigte fristlos. Ich schimpfte wie ein Rohrspatz und sagte, dass ich nicht die Absicht habe, für dieses Regime auch nur noch die geringste Leistung zu erbringen. Man war starr vor Staunen und zahlte mir schweigend mein restliches Gehalt aus. Das Kapitel Jurastudium hatte ich nun endgültig abgeschlossen!

Bald nach diesem Zwischenspiel tauchte völlig überraschend Ernst Rother, jener Oberleutnant, der mir zu meiner Flucht aus Danzig verholfen hatte, bei mir auf. Er war über die Ostsee und Dänemark den Russen entkommen und in englische Gefangenschaft geraten, aber seiner Verwundung wegen bald entlassen worden. Er hatte Verbindung zu seinen Freunden vom ehemaligen Nachrichtendienst aufnehmen können und sich diesem Kreis wieder angeschlossen. Er arbeitete jetzt unter dem Nachfolger von Admiral Canaris, dem General Gehlen, der sich unter dem mehr oder weniger starken Druck der Amerikaner bereit erklärt hatte, für diese tätig zu werden, und ein Nachrichtennetz in der sowjetischen Besatzungszone aufzubauen. Ernst Rother fragte mich nun, ob ich einen »Briefkasten« übernehmen wolle. Meine Tätigkeit würde lediglich darin bestehen, von irgendwelchen Leuten Päckchen entgegenzunehmen, die ein paar Tage später ein Mann, mit dem er mich noch bekannt machen würde, abholen sollte. Von diesem Mann würde ich dann als Lohn jedes Mal eine Stange amerikanischer Zigaretten erhalten. Ich überlegte nicht lange. Im Osten hatte ich nichts mehr verloren, nachdem mir die Russen das Studium verwehrt hatten. Mein Zorn auf sie war groß genug, um alles zu tun, was ihnen schaden könnte. Und die Stangen amerikanischer Zigaretten waren auch nicht zu verachten. Also nahm ich das Angebot an. Ich fungierte ungefähr ein Dreivierteljahr als »Briefkasten«, bis ich bei der AEG-Turbinenfabrik mit der Lehre anfing. Danach habe ich Ernst Rother nie wieder gesehen. Meine Versuche, Verbindung zu ihm aufzunehmen, scheiterten stets.

Meine kaufmännischen Kurse waren inzwischen Vergangenheit. Ich glaubte nun, mehr für meine Fortbildung tun zu müssen, und startete einen Angriff auf das ungeliebte Englisch. Die Note »Fünf« beim Abitur wurmte mich immer noch. Ich wollte es allen zeigen und belegte in einer Privatschule in Grunewald einen Kurs in Englisch mit Dolmetscherprüfung. Sieben Monate lang rackerte ich mich ab; Montag bis Freitag je sieben Stunden, Samstag noch einmal vier. Das Ganze kostete über 1000 Reichsmark, aber die amerikanischen Zigaretten machten's möglich. Ich träumte schon in Englisch!

Im Frühjahr 1947 bestand ich die Dolmetscherprüfung mit »noch gut«. Mein Stolz war es, dass ich in den Fächern Simultanübersetzen in beiden Richtungen ein glattes »gut« erhalten hatte. 20 Jahre konnte ich die Früchte meines Eifers jedoch nicht nutzen. Als ich Ende der Sechzigerjahre Verhandlungen in Übersee führen musste, brauchte ich deshalb eine gute Weile, um wieder fit zu sein.

Im Frühsommer dieses Jahres beschloss ich, Hilde und ihre Familie in Geesthacht zu besuchen. Sie war nämlich inzwischen mit den Jungen von Igersheim dorthin gezogen, wo Hans-Eberhard eine kleine Wohnung organisiert hatte. Zu diesem Zeitpunkt war er bereits auch formal aus der Gefangenschaft entlassen und bemühte sich darum, eine Praxis aufzubauen. Da es noch keine Reiseerlaubnis für Privatreisen aus West-Berlin in die britische Zone gab, musste ich die Grenze zwischen der russischen und der britischen Besatzungszone illegal überqueren. Dies versuchten in jener Zeit aber täglich Hunderte, wenn nicht Tausende, die je nach Laune der Besatzungsmächte eingefangen oder übersehen wurden. Ich musste mit dem Zug bis Magdeburg fahren und dort einen Anschlusszug bis zu einem kleinen Ort an der Grenze nehmen, denn dort befand sich ein bekannt-berüchtigtes Schlupfloch. Der übervolle Zug leerte sich in diesem kleinen Grenzort immer ganz schnell und wahre Menschenmassen ergossen sich über eine Wiese in Richtung Goldener Westen – etwa 300 m entfernt. Die Mauer gab es damals noch nicht. Mir war geraten worden, die Nähe der Gleise zu meiden, da dort die meisten russischen Posten stationiert waren, und lieber einen Bogen zu laufen. Wir, eine kleine Gruppe von vielleicht zehn Leuten, waren gut beraten gewesen, denn wir kamen unbehelligt »nach drüben«, während von der Masse, die den kürzeren Weg entlang der Gleise gelaufen war, doch viele geschnappt wurden. Passiert ist ihnen aber damals nicht viel; sie wurden nur in einen Zug zurück Richtung Osten gesetzt.

Auf dem Bahnsteig, der nun zur britischen Zone gehörte, empfingen uns einige Militärpolizisten, die nach unseren Ausweisen fragten und, wenn sie feststellten, dass wir aus einem der Westsektoren von Berlin stammten, nach unserem Wohin und Wieso fragten und eine gute Reise wünschten. Ein Zug brachte mich dann bis Bergedorf, wo ich einen Bus nach Geesthacht nehmen musste.

Ich blieb nur ein paar Tage bei Hilde, da ich mein Mutter nicht so lange allein lassen wollte. Hans-Eberhard gab mir die Empfehlung mit auf den Weg, mich doch einmal bei seinem Vetter Hans Kurth, der Technischer Direktor der AEG-Turbinenfabrik in Berlin-Moabit war, zu melden. Vielleicht würde sich daraus eine berufliche Perspektive ergeben, nachdem die Bemühungen um einen Studienplatz ja gescheitert waren. Ich hatte keine rechte Hoffnung und vielleicht auch keine große Lust. Schließlich suchte ich ja nicht irgendeine Arbeit, sondern den Beruf fürs Leben. Ich konnte damals noch nicht ahnen, dass Hans-Eberhard mit diesem Vorschlag nicht nur für meine berufliche, sondern auch für meine persönliche Zukunft die Weichen gestellt hatte.

Auf der Rückreise traf ich erst in der Nacht an der Grenze ein. Es fanden sich noch zwei andere Verwegene, die mit mir in den russischen Sektor wollten: ein Oberschenkelamputierter an Krücken, ein Armamputierter, gleichfalls ohne Prothese, und ich mit meinen zwei Lederbeinen – wirklich ein verwegener Haufen. Anders als auf meinem Hinweg kamen wir diesmal durch ein kleines Waldstück, und da tauchte auf einmal eine russische Zweimannstreife vor uns auf. Welche von den beiden Parteien mehr Angst hatte, weiß ich nicht, aber die beiden Russen fühlten sich spürbar nicht wohl. Immerhin durchwühlten sie aber unsere Rucksäcke und nahmen ein paar belanglose Dinge als Souvenir. Den Kuchen, den mir Hilde gebacken hatte, sahen sie nur misstrauisch an. Da mein Rucksack nichts hergab, musste meine Armbanduhr dran glauben – lange hatte ich sie retten können. Dann verschwanden die beiden wieder in der Dunkelheit. Am Bahnhof des Grenzortes warteten wir versteckt auf den ersten Zug nach Magdeburg. Wir standen etwas entfernt auf der dem Bahnsteig abgewandten Seite des Zuges und eilten erst zu einem Wagon, als der Zug schon – schön langsam wie damals bei kohlebetriebenen Lokomotiven üblich – abfuhr und hievten uns in den Wagon, wobei die anderen Passagiere tatkräftig halfen. Ein Schaffner stand, als ob er auf uns gewartet hätte, schon da und kassierte stillschweigend neben unserem Fahrgeld noch eine kleine Strafe für Schwarzfahren; es schien für ihn ein ganz normaler Vorgang zu sein. Mittags war ich wieder in Berlin.

Es konnte nicht ausbleiben, dass Helgas und meine Möglichkeiten zusammen zu sein, durch unsere Aktivitäten stark eingeschränkt wurden. Wir waren früher eben verwöhnt gewesen. Nun kam es aber gelegentlich doch vor, dass wir uns stritten. Nicht laut und heftig, das entsprach nicht unserer Art, aber doch ein- oder zweimal so tief greifend, dass wir an Trennung dachten. Wir konnten es jedoch nicht ohne einander aushalten und versöhnten uns doch wieder. Worum es bei den Streitigkeiten ging? Keine Ahnung!

Im Juli 1947 stellte ich mich bei Herrn Kurth in der AEG-Turbinenfabrik vor. Er bot mir an, bei der AEG eine kaufmännische Lehre zu absolvieren. Ich war nun 26 Jahre und für mein Verständnis zu alt für eine Lehre. Herr Kurth räumte meine Bedenken jedoch aus. Damals gab es überall ehemalige Offiziere, die erst nach dem Krieg ihre Ausbildung begannen und entsprechend älter waren als ein Lehrling das normalerweise ist. Ich stimmte also zu und mein Lehrlingsgehalt wurde auf 45 Reichsmark festgelegt, zuzüglich eines freiwilligen Zuschlags von 30 Reichsmark in Hinblick auf mein Alter. Im zweiten Lehrjahr sollte das Gehalt um 10 Reichsmark erhöht werden. Am 1. August sollte ich anfangen. Meines Alters wegen wurde meine Ausbildungszeit von drei auf zwei Jahre reduziert. Da das erste Lehrjahr bereits seit vier Monaten lief, betrug meine gesamte Lehrzeit so nur ein Jahr und acht Monate. Ich war jetzt also endgültig auf der Spur, die mich zu Karin führen sollte, auch wenn sich unsere Wege erst einmal weit voneinander entfernten.

Fast zur gleichen Zeit, als ich in die AEG eintrat – im Spätsommer 1945 – verlor Karins Vater Harald seine Anstellung bei der AEG-Turbinenfabrik, die jetzt die »rote Turbine« genannt wurde, weil sie fest in kommunistischer Hand war. Ein Funktionär im Betriebsrat hatte an Haralds Parteimitgliedschaft Anstoß genommen und behauptet, dass er ein höherer Nazi gewesen sei, und das genügte für den Rausschmiss. Er fand kurz darauf jedoch eine Arbeit bei einem der Enttrümmerungsunternehmen, die damals in dem zerstörten Berlin ständig Hochsaison hatten. Er arbeitete zusammen mit vielen Frauen – den berühmten Trümmerfrauen – als Mann fürs Grobe, der Stahlträger mit dem Schneidbrenner zerlegen musste. Irgendwann kam ihm zu Ohren, dass die jugoslawische Militärmission Ingenieure für eine Werft in

Jugoslawien suchte. Er meldete sich und wurde prompt genommen. Zunächst einmal fuhr er alleine nach Rijeka, einer Hafenstadt in Istrien an der Adria, die die neue Heimat der Familie Schulz werden sollte. Im Frühjahr 1946 machten seine Frau und der Sohn Uwe sich auf den Weg nach Jugoslawien. Karin wurde zu ihren Tanten nach Bremen geschickt, um dort ihr Abitur zu machen, bevor sie ebenfalls nach Rijeka übersiedeln sollte.

Was in Kisten verstaut werden konnte, wurde eingepackt, der Rest musste zurückbleiben. Die Fahrt nach Rijeka dauerte mit der Bahn fast 14 Tage und fand auf dem längsten Teil der Strecke in einem der berüchtigten Viehwaggons statt, von dem Uwe später erzählte, dass man ihn sich zusammen mit den anderen Mitreisenden ganz gemütlich eingerichtet hätte. In Budapest gab es einen längeren Aufenthalt, und der 14-jährige Uwe konnte die schöne, unzerstörte Stadt bestaunen, in der es damals noch fast alles das zu kaufen gab, wovon man in Berlin zu dieser Zeit nur träumen konnte.

Die Familie blieb ein Jahr in Rijeka, dann wurde Harald zur Werft nach Pula versetzt, wo man bald eine große Wohnung fand, genau gegenüber dem großen Eingangstor der Werft gelegen.

Zu dieser Zeit war Karin noch in Bremen und mühte sich ab, die durch den Krieg entstandenen Lücken aufzuarbeiten und den Anschluss an ihr Klassenniveau zu erreichen. Es stellte sich aber heraus, dass man sie nicht ohne die Wiederholung einer Klasse zum Abitur zulassen würde. Das bedeutete Sitzenbleiben. Das ging Karin aber erstens gegen den Stolz, und zweitens wollte sie möglichst schnell zu ihrer Familie nach Pula. Also gab sie auf, verabschiedete sich von ihren Tanten und machte sich auf den Weg.

Wir schreiben Frühjahr 1947, und da reiste es sich für Deutsche nicht so einfach durch Europa. In einen Zug steigen und losfahren, so leicht war das nicht! Karin hätte mit einem Militärtransport fahren müssen, aber als alleinreisende Minderjährige wurde ihr das nicht gestattet. Die jugoslawische Militärmission in der britischen Zone machte sie deshalb kurzerhand zur Frau eines jugoslawischen Majors und stattete sie mit den entsprechenden Dokumenten aus, erst dann konnte es losgehen.

Schon kurz nach ihrer Ankunft fand sie eine Anstellung bei der Pulaer Werft, wo auch Uwe bereits als Elektro-Lehrling eingestellt war. Die anfänglichen Sprachprobleme in dem italienisch sprechenden Istrien überwand vor allem Karin sehr schnell. Nicht zuletzt aufgrund ihrer ausgeprägten Sprachbegabung konnte sie am Ende ihres jugoslawischen Intermezzos nicht nur perfekt Italienisch, sondern auch Serbokroatisch. Über ihre Kollegen hatte sie eine Folkloregruppe kennen gelernt und sich ihr angeschlossen. Mit diesen Leuten reiste sie singend und tanzend durch die Lande, lernte dabei viele der schönen Landschaften Kroatiens kennen und ihren ersten Ehemann Bruno Cortini.

Ich hatte damals gerade die ersten Monate meiner Lehrzeit hinter mich gebracht. An meinem ersten Arbeitstag, dem 1. August 1947, war ich zum Betriebsrat bestellt worden. Es empfing mich der für die kaufmännischen Angestellten zuständige Funktionär, ein Sozialdemokrat, und damit hatte ich Glück, war doch die Mehrzahl der Betriebsratsmitglieder kommunistischen Geistes. Trotzdem machte er mir unumwunden klar, dass ich Mitglied der Gewerkschaft werden müsse. Ich erklärte ihm, dass ich aus der Vergangenheit eine möglicherweise nachvollziehbare Abneigung gegen Massenorganisationen hatte und deshalb nicht gedachte, in die Gewerkschaft einzutreten. Mein Gegenüber schluckte ein wenig, sagte dann aber, dass man in Anbetracht meiner schweren Kriegsverletzung – diese wieder einmal mein Freund und Helfer – nicht darauf bestehen und meiner Einstellung zustimmen wolle.

Meine erste und längste Ausbildungsstation war das Rechnungswesen, wo ich die ersten Tage damit verbrachte, die monatlichen Beitragsmarken zur Rentenversicherung auf die Sozialversicherungskarten der 2200 Mitarbeiter der Fabrik zu kleben. Wir hatten noch die 48-Stunden-Woche, davon vier Stunden am Samstag. Dienstbeginn war um 6 Uhr 45, meine Fahrzeit zur Fabrik dauerte knapp eineinhalb Stunden, einschließlich des Fußmarsches über die zerstörte Schlossbrücke in Charlottenburg. Ich musste also spätestens um 4 Uhr 30 aufstehen. Das war grausamer als beim Arbeitsdienst. So war der Tag in der Berufsschule im Bezirk Mitte eine Erholung. In der Klasse mit etwa 30 Schülern saßen vier ehemalige Offiziere. Um uns herum lauter junge Leute, von denen keiner älter als 18 Jahre alt war. Was in der Schule geboten wurde, war für mich ein alter Hut, hatte ich den ganzen Stoff doch schon vor mehr als einem Jahr in meinen Privatkursen durchgenommen.

In dieser Zeit trennten Helga und ich uns endgültig. Seit ich die Lehre begonnen hatte, konnten wir uns oft nur am Sonntag sehen, was Helga zu wenig war, hatte sie doch wesentlich mehr freie Zeit. Irgendwann bekam ich mit, dass sie sich öfter mit einem anderen Mann traf. Ich war zu Tode gekränkt, nicht eigentlich eifersüchtig – nein, ich war gekränkt, weil ich ihr nicht zu genügen schien, ihr meine Gesellschaft in den wenigen freien Stunden nicht ausreichte, sie nicht auf mich warten wollte. Trotz ihrer Versuche, die Trennung abzuwenden, beendete ich unsere Beziehung. Dabei habe ich selbst noch monatelang darunter gelitten.

Im Rechnungswesen der Turbinenfabrik durchlief ich alle Gruppen der großen Abteilung. Es waren dort an die fünfzig Personen beschäftigt, denn alle Arbeiten mussten von Hand gemacht werden. In der Buchhaltung wurden die Hauptkonten im handschriftlichen Durchschreibeverfahren geführt. Additions- und Multiplikationsmaschinen waren noch vorsintflutliche Modelle, da die Russen alle Geräte, die etwas taugten, für sich eingesammelt hatten. »Demontage« nannte man das. Das Gleiche galt übrigens auch für die Werkzeugmaschinen, sodass die Fabrik bis zur Anschaffung neuer Maschinen einige Jahre später in ihrer hauptsächlichen Aufgabe, der Herstellung von Turbinen und Generatoren, praktisch lahm gelegt war.

Als ich in der Buchhaltung war, lernte ich ein junges Mädchen kennen, ausgerechnet die Tochter des Betriebsrats, der mich seinerzeit empfangen hatte. Das Mädchen sollte mich über die Trennung von Helga hinwegtrösten, aber das gelang nicht. Wir waren ein paar Mal zusammen im Kabarett, aber wir hatten uns nichts zu sagen. Damals dachte ich, dass vielleicht der Altersunterschied zu groß sei. Sie war erst 17 Jahre alt, 1930 geboren, im gleichen Jahr wie Karin.

Nach dem Rechnungswesen lernte ich die anderen Abteilungen der kaufmännischen Verwaltung kennen. Für mich als technisch Interessierten war das Betriebsbüro die Stelle, die mir am meisten bot. Ich war einem hervorragend beschlagenen älteren Herrn zugeteilt, der mir alles verständlich erklärte. Sein Verdienst war es, dass ich später in der Lage war, Gruppen von Laien durch die Fabrik zu führen und auf mehr oder weniger schlaue Fragen auch richtige Antworten zu geben.

In jener Zeit machte die Fabrik ihre Umsätze im Wesentlichen mit Reparaturarbeiten an Turbinen und Generatoren, aber auch an spartenfremden Objekten wie z. B. Straßenbahnwagen und dergleichen. Das Neubaugeschäft fing gerade erst an die Konstruktionsbüros zu beschäftigen.

Das folgende Jahr, 1948, war voll von Ereignissen. Am 15. Mai wurde der Staat Israel gegründet.

Ich habe als Kind jüdische Spielgefährten gehabt und mich bestens mit ihnen verstanden. Als nach der Machtübernahme durch Hitler so viele Juden aus unserer Umgebung verschwunden und ins Ausland gegangen sind, hatte ich meinen Vater einmal gefragt, weshalb man die Juden nicht mochte. Er hatte mir geantwortet, dass es der Neid sei, denn die Juden wären in ihren Berufen in der Regel tüchtiger und erfolgreicher als andere Menschen. Ich habe das damals geglaubt, denn die Juden, die um uns herum wohnten, gehörten alle dem »gehobenen Mittelstand« an, waren Rechtsanwälte, Richter, Ärzte, Bankiers, Mitglieder des Vorstands großer Aktiengesellschaften usw. Später aber, als ich mehr darüber nachdachte, sagte ich mir, dass das nur die halbe Wahrheit sein konnte, denn die große Mehrheit der Juden lebte in kleinbürgerlichen, oft durchaus nicht beneidenswerten Verhältnissen. Woran lag die Ablehnung der Juden aber dann? War es die mosaische Religion, in der aber doch unser christlicher Glaube auch seine Wurzeln hatte? War es die Tatsache, dass die Juden die Kreuzigung Jesus verschuldet hatten – heute jedenfalls kaum vorstellbar? Oder lag es einfach daran, dass sie anders waren? Die meisten Menschen auf dieser Erde sind anders, leben mit unterschiedlichen Sitten und Gebräuchen.

Für mich reichen alle diese Gründe nicht zur Erklärung des Hasses, der den Juden über Jahrhunderte hinweg immer wieder in fast allen Ländern Europas entgegengeschlagen ist.

Ab irgendeinem Zeitpunkt hatte ich gewusst, das Juden in Lagern oder Ghettos zusammengefasst, und dass sie zu Fronarbeit gezwungen wurden. Von der Judenvernichtung in Gaskammern hatte ich aber nie etwas gehört. Als ich nach Kriegsende erfuhr, dass Millionen Juden in Konzentrationslagern auf grausamste Weise ermordet worden waren, wollte ich das zuerst wie so viele Deutsche nicht glauben, bis ich durch Berichte und Bilder aufgeklärt wurde. Ich fühlte mich für dieses an den Juden begangene Verbrechen nicht schuldig, wohl aber schäme ich mich als Deutscher. Und im Wissen um das Schicksal der Juden in Deutschland und in den von Deutschen besetzten Ländern hege ich seitdem eine tiefe Sympathie für das jüdische Volk.

Der Sommer 1948 brachte uns die Währungsreform, die für die Berliner nur eine kleine sein sollte. Nachdem die Besatzungsmächte der Westzonen dort eine neue Währung eingeführt hatten, zog die sowjetische wenige Tage später für ihr Gebiet nach. Die neuen Währungen wurden offiziell DM-West und DM-Ost genannt; im Alltag sprach man von West- und Ostmark. Die Westberliner saßen zunächst mit leeren Händen dazwischen. Die Reichsmark war wertlos geworden. Wegen der bestehenden Verflechtungen und der offenen Grenzen wurde auch für die Westsektoren die DM-Ost zum gültigen Zahlungsmittel, mit dem alle lebensnotwendigen Ausgaben und auch die Miete bezahlt werden konnte. Gleichzeitig galt aber in den Westsektoren die DM-West.

Sehr schnell bildete sich zwischen den beiden Währungen ein Wechselkursverhältnis, das eine Schere bildete, die sich zeitweise bis zur Relation 1:8 zu Gunsten der DM-West öffnete. Die Konten der Westberliner blieben weiterhin gesperrt. Eine Abwertung der Guthaben fand auch noch nicht statt. Wir Beschäftigten der AEG erhielten ebenso wie die anderer Großunternehmen 60% unseres Gehalts in Westgeld, da wir ja auch Umsätze in den Westzonen hatten, die mit Westgeld bezahlt werden mussten. Dieses Westgeld konnten wir auf dem Schwarzen Markt, bald auch legal in Wechselstuben, in Ostgeld umtauschen. Da wir wegen der immer noch vorhandenen Schäden nur eine geringe Miete bezahlen mussten und diese in Ostmark entrichteten, kamen wir einigermaßen mit unserem Geld aus.

Aber die Verwaltung unseres Hauses begann jetzt ganz schnell mit den Renovierungsarbeiten an unserer Wohnung, und dies der Blockade zum Trotz, die von den Sowjets kurz nach der Währungsreform verhängt worden war. Es kamen weder auf dem Land- noch auf dem Wasserweg Versorgungsgüter nach Westberlin. Nur die westlichen Besatzungstruppen wurden auf dem Landweg durchgelassen. Die Westmächte begannen die Versorgung der Stadt auf dem Luftweg zu organisieren. In ständig steigender Zahl flogen die »Rosinenbomber« nach Westberlin und hatten alles an Bord, was zum Überleben von zwei Millionen Menschen notwendig war. Trotzdem wurden manche Dinge knapp, zuerst die Kohle. Mehrmals täglich gab es Stromsperren, da die Westberliner Kraftwerke mit ihren Kohlevorräten haushalten mussten. Um der Bevölkerung Material zum Heizen zu verschaffen, wurde in Teilen des britischen Sektors jeder zweite Straßenbaum gefällt. Viele Leute freuten sich nicht nur über das Brennmaterial, sondern auch über das Sonnenlicht, das nun in ihre gute Stube kam.

In dieser Zeit war ich zur Ausbildung in der Zentrale am Hohenzollerndamm. Das war nun endlich mal ein ganz bequemer Weg für mich, nur fünf Minuten mit der Straßenbahn und Dienstbeginn erst um 8 Uhr. Diese letzte Station meiner Lehrzeit war die betriebswirtschaftliche Abteilung der Fabrikenleitung, für die ich mich dann auch entschied, als ich nach Beendigung meiner Lehre im Frühjahr 1949 in eine Festanstellung übernommen werden sollte. Nicht nur, weil das für mich am bequemsten war, sondern vor allem, weil ich mir dort die größten Chancen für ein berufliches Weiterkommen ausrechnete. Ich sollte damit Recht behalten.

Der Frühsommer 1949 hatte noch mehr zu bieten. Seit Ende des Vorjahres war die Wohnung wiederhergestellt, und der Verwalter wollte die volle Miete sehen. Schon in der Zeit vor der Währungsreform hatte ich mit ihm um die Miete gestritten, und jetzt ging der Streit natürlich weiter und endete vor dem Gericht. Wir wurden zur Zahlung von 550 Ostmark einschließlich Anwalts- und Gerichtskosten verurteilt. Aber dann kam die Berliner Währungsreform, mit der die Westmark alleiniges Zahlungsmittel wurde. Jetzt betrug unsere Schuld aufgrund der Abwertung nur noch 55 DM-West, die wir, wenn auch jammernd, ganz schnell bezahlten.

Die Vergangenheit hatten wir nun bereinigt, aber das Problem der hohen Miete blieb. Meine Mutter hatte zu dieser Zeit noch keine Einkünfte, und mein Gehalt, wenn auch jetzt ein vollständiges Angestelltengehalt, war doch zu klein, um alle Ausgaben zu decken. Zwar wurden jetzt die Spar- und Girokonten freigegeben, aber was blieb nach der verordneten Abwertung auf den zehnten Teil schon noch übrig? Ich hatte von meinem Leutnantsgehalt etwa 5000 Mark gespart, das waren jetzt gerade noch 500 DM-West. Glücklicherweise fand sich eine Lösung. Die Frau eines Leutnants mit dem ich die Lehre zusammen gemacht hatte, stand vor der Niederkunft mit ihrem ersten Kind, und die beiden suchten händeringend nach einer Bleibe. Wir boten ihnen zweieinhalb Zimmer unserer großen Wohnung an, wenn wir das auch nicht gern taten, verloren wir doch unsere Unabhängigkeit. Sie schlugen zu, und beiden Parteien war geholfen.

Einige Zeit danach kam meine Mutter an die Wertpapiere, die sie von Großvater geerbt hatte. Das war eine große Hilfe für uns. Innerhalb der nächsten zwölf Monate bekam sie auch ihre Pension als Offizierswitwe und ein Witwengeld von 100 DM-West von der Allianz im Namen der Hermes-Versicherung, obwohl mein Vater noch keinen Pensionsanspruch erworben hatte. Ich erhielt in dieser Zeit meine Kriegsbeschädigtenrente, zuerst in Form einer schönen Nachzahlung in Höhe von 3500 DM-West, damals für mich eine kaum begreifbare Summe. Ab 1950/51 ging es uns also richtig gut. Trotzdem nahmen wir an, als uns eine kleinere Wohnung in der Ruhlaer Straße angeboten wurde, in der ich wohnte, bis ich zusammen mit Karin in eine andere Wohnung zog.

In Westberlin hatten die Kommunisten in der Nachkriegszeit ständig an Sympathie verloren. Die Blockade hatte die letzten freundschaftlichen Gefühle für die Russen und die Kommunisten beseitigt. Die rote Turbine war nur noch rosa, und man sah alles nicht mehr ganz so eng. In Pula erreichte Karins Vater die Nachricht, dass man ihn wieder in der Turbinenfabrik anstellen würde, wenn er sich der »Entnazifizierung« unterzöge. Das bedeutete eine Überprüfung seines Verhaltens in der Nazizeit und seiner demokratischen Gesinnung. Dem mussten sich alle ehemaligen Parteigenossen unterziehen. Diese Überprüfung geschah anhand langer Fragebögen und oft mündlich vor einer Kommission. Die meisten der Delinquenten wurden als »Mitläufer« eingestuft, galten dann als entlastet und hatten keine beruflichen Nachteile mehr.

So beschloss die Familie, den Heimweg nach Berlin zu wagen. Bis auf Karin, die sich in der Zwischenzeit so eng an Bruno gebunden hatte, dass sie sich eine Trennung nicht vorstellen konnte und wollte. Nein, sie würde nicht zurück nach Deutschland gehen! Ein Machtwort des Vaters entschied jedoch anders. Sie war nach dem gültigen Gesetz mit ihren zwanzig Jahren noch nicht volljährig.

Im November 1950 zog die ganze Familie, also mit Karin, Richtung Norden. Fast ein Jahr lang, in welchem Mutter, Tochter und Sohn wieder einmal bei den Tanten in Bremen unterkamen, dauerte es, bis eine Wohnung in der Gothaallee in Neuwestend/Charlottenburg gefunden wurde. Dort zog man für die nächsten Jahre ein, zumindest was den Vater, die Mutter und den Sohn betraf. Karins Herz sehnte sich nach Bruno. Inzwischen hatte die Zeit für sie gearbeitet: Sie war volljährig geworden und konnte nun für sich selbst entscheiden. Klammheimlich, nur ihr Bruder Uwe war eingeweiht, machte sie sich auf den Weg in Richtung Süden, um Bruno in die Arme zu schließen. Sie arbeitete wieder in der Buchhaltung der Pulaer Werft und wohnte mit ihm zusammen. Schon bald meldete sich Miriam an und es wurde geheiratet.

Meine Mutter und ich hatten uns in der neuen Wohnung in der Ruhlaer Straße gut eingerichtet und lebten recht harmonisch zusammen. Ich allerdings fühlte mich ohne Freundin doch sehr einsam. Zwar war ich mit der jüngeren Schwester eines früheren Klassenfreundes etliche Male in Konzerte der Philharmonie und sie schien mich auch zu mögen, aber der Funke, auf den ich wartete, sprang nicht über. Eines Tages beschloss ich, es mit einer Heiratsanzeige zu versuchen. Ziemlich hilflos saß ich vor etwa acht oder zehn Zuschriften, suchte mir eine heraus, bei der mir die Frau auf dem beigelegten Foto am besten gefiel und vereinbarte ein Treffen. Ich geriet an ein hübsches großes Mädchen, das mir aber gleich zeigen wollte, wer die Hosen anhatte. Ich erschrak mich fürchterlich und meldete mich nicht mehr bei ihr, und auch nicht bei einer der anderen Frauen, die mir geschrieben hatten. Stattdessen versuchte ich es einige Monate später mit einer Heiratsvermittlung. Das erste Treffen fand mit einem winzig kleinen Persönchen statt, das aus Hinterpommern stammte. Sie war ein freundliches Mädchen, machte aber kaum den Mund auf. Ich musste ihr ständig Fragen stellen, damit sie wenigstens ein paar Worte sagte. Danach entschied ich mich dazu, doch lieber auf das – mir hoffentlich wohlgesonnene – Schicksal zu vertrauen und bezog meine Freude von nun an weitgehend aus dem Arbeitsleben.

Ich hatte einen netten Kollegenkreis von vier Leuten. Wir machten Statistiken, stellten die Monatsabschlüsse der Werke zusammen und kommentierten sie, ehe diese an die Hauptzentrale in Frankfurt gingen. In diese Jahre fielen auch die Arbeiten für die DM-Eröffnungs-Bilanz, die per Gesetz auf den Tag der Währungsreform vorgeschrieben war. Für die parallel dazu laufende Prüfung durch die Wirtschaftsprüfungsgesellschaft war ich der leitenden Prüferin als Assistent beigeordnet worden.

Sie wurde von uns »das doppelte Lottchen« genannt, weil sie unermüdlich für zwei arbeitete. Bei Kräften hielt sie sich durch Kettenrauchen und riesige Portionen starken Kaffees. In jede Tasse gab sie zusätzlich zwei Teelöffel Nescafé. Unsere Zusammenarbeit ging über mehrere Jahre und ich habe sehr viel von ihr glernt.

Im Winter 1952/53 gab es für mich eine große Überraschung. Der Kaufmännische Direktor der Fabrikleitung rief mich zu sich und fragte mich, ob ich einen alten Betriebswagen, einen VW-Käfer, haben wollte. Er könne ihn mir für 1000 DM überlassen. Es handele sich um einen Wagen des Baujahrs 1950, der 100 000 km gelaufen sei. Man würde für mich noch einen Austauschmotor und eine Austauschhinterachse einbauen lassen. Ich müsse ihn auch dienstlich für Fahrten zu den Werken benutzen und erhielte dafür eine Vergütung von 100 DM im Monat. Ich nahm das Angebot begeistert an.

Und dann kam der große Tag im Februar 1953, an dem ich stolz meinen 24-PS-Käfer aus der Werkstatt von Eduard Winter in Charlottenburg rollen ließ. Er hatte kein automatisches Getriebe, das gab es damals bei uns noch nicht, er hatte auch keine Halbautomatik, ja, noch nicht einmal ein synchronisiertes Getriebe. Als ich auf dieser ersten Fahrt an der Kreuzung des Kurfürstendamms mit der Halenseestraße und der Hubertusallee hätte links einbiegen müssen, traute ich mich nicht, den komplizierten Vorgang des Schaltens allein mit der rechten Hand vorzunehmen, denn die linke war am Lenkrad und die Füße ging das alles nichts an – jedenfalls, ich traute mich nicht in dem starken Verkehr runterzuschalten und fuhr erst einmal geradeaus weiter.

Als ich immer mutiger und auch routinierter wurde, beschloss ich im Sommer 1953 an den Gardasee und nach Venedig zu fahren. Am Fuß des Brenners las ich zwei junge Mädchen aus Essen auf, die per Anhalter eine ähnliche Tour unternehmen wollten. Ich verstand mich mit den beiden ganz prächtig. Ich spürte ihre Erleichterung, als sie merkten, wie harmlos ich war. In Malcesine am Gardasee haben wir uns getrennt, nicht ohne vorher Ort und Zeit für ein Wiedersehen in Venedig zu verabreden. Ich blieb eine Woche in einem Hotel am kleinen Hafen des Ortes. Am Abend bediente mich immer der gleiche Kellner, mit dem ich mich mehr schlecht als recht auf Englisch unterhielt. Ich war doch etwas aus der Übung gekommen und er tat sich auch nicht gerade leicht damit. Am letzten Tag vor meiner Abreise hatte ich auf dem Parkplatz des Hotels mein Auto gewaschen, da es für die Weiterfahrt nach Venedig schön sauber sein sollte. An diesem Abend fragte mich der Kellner – natürlich auf Englisch, ob das mit dem Berliner Kennzeichen mein Wagen sei, was ich bejahte. Dann sei ich wohl Deutscher, sagte er, was ich wiederum bejahte. Darauf hin sagte er: »Ich auch«, und zwar immer noch auf Englisch. Wir mussten beide lachen und haben uns danach noch prächtig in unserer eigenen Sprache unterhalten.

Venedig war märchenhaft! Es gab damals nur einen Bruchteil der Touristen, die man heute erleben muss. Ich konnte alles ohne Gedrängel besichtigen und traf auch die beiden Mädchen wieder, die ich bis Malcesine mitgenommen hatte. Sie wollten sich wohl die günstige Rückreise nicht entgehen lassen. Wir fuhren durch Kärnten, am Wörther See entlang über die Tauernstraße bis München, wo wir uns trennten. Nach Venedig sollte ich noch einmal zurückkehren.

Im Frühjahr 1954 holte mich Direktor Schalk, der »Spender« des Käfers, wieder einmal in sein Büro. Er teilte mir mit, dass man die Absicht habe, mich zum Leiter des Rechnungswesens der AEG-Turbinenfabrik zu machen, ob ich dieses Angebot annehmen wolle. Natürlich überlegte ich nicht lange und sagte »Ja«. Dies war nun für mich der erste Schritt auf der Karriereleiter, den ich kriegsbedingt mit 33 Jahren relativ spät tat. Wieder in meinem Büro wurde mir die Problematik dieses Angebots erst richtig bewusst. Nicht die fachliche Seite bereitete mir Sorgen, sondern das Menschliche. Ich sollte eine sehr große Abteilung übernehmen, deren meiste Mitarbeiter mich noch aus meiner Lehrzeit kannten. Der oberste Buchhalter und Vertreter meines Vorgängers, der mich damals als Lehrling betreute, hatte sich selbst Chancen für die Nachfolge des Abteilungsleiters ausgerechnet. Und jetzt sollte ich auf einmal sein Chef werden. Tatsächlich ging dann aber alles glatt. Er verhielt sich loyal und ich merkte bald, dass mich auch die Gruppenleiter akzeptierten. Mein Vorgänger im Amt blieb noch drei bis vier Monate, damit ich mich einarbeiten konnte. Ich erinnere mich noch gut, wie er zitterte, wenn wir mit dem Monatsabschluss zum Kaufmännischen Direktor marschieren mussten, der jedes Mal einen Tobsuchtsanfall bekam, wenn er die roten Zahlen sah, welche die Turbinenfabrik damals noch regelmäßig schrieb. Als ich später den Canossagang allein machen musste, blieb der Direktor übrigens ruhig und sagte nur: »Na, Sie können ja schließlich nichts dafür.« Mein Gehalt machte damals einen riesigen Sprung nach oben.

Daraufhin unternahm ich im Sommer 1954 mit meinem Käfer eine Reise nach Österreich. An der damals noch streng bewachten deutsch-österreichischen Grenze war kein Mensch zu sehen, weder Reisende noch Grenzpolizisten. Erstaunt wartete ich eine Weile und begann dann zu hupen. Daraufhin schaute ein Kopf aus dem Fenster des Grenzhäuschens, im Hintergrund konnte ich ein riesiges Geschrei hören: »Tor, Tor, Tor!« Der Siegestreffer der deutschen Fußballmannschaft war soeben gefallen. Mit hastigen Schritten kam der Grenzpolizist aus dem Häuschen heraus, öffnete den Schlagbaum, winkte mich ohne jegliche Kontrolle durch, und eilte zu seinen Kollegen zurück.

Seit einigen Jahren verfügte die Turbinenfabrik über eine Kantine, die dank eines tüchtigen Kochs gutes Essen anbot. Für die Abteilungsleiter war ein Extratisch gedeckt, an dem bedient wurde. Hier fanden sich punkt 12 Uhr alle kaufmännischen und technischen Abteilungsleiter ein. Darunter war auch ein Harald Schulz, Leiter des noch im Bau befindlichen Dampfturbinen-Prüffelds. Er trat immer zusammen mit seinem Kollegen vom Generatoren-Prüffeld auf. Die beiden machten bei Tisch gerne Witzchen und trugen so zur Erheiterung der Runde bei. So lernte ich meinen zukünftigen Schwiegervater kennen, ohne zunächst irgendeine Ahnung von seiner Tochter zu haben. Da meine Abteilung für die Abrechnung der Prüffelder zuständig war, und wahrscheinlich auch, weil ich immer noch eine Vorliebe für die Technik hatte, bat ich ihn einmal, mir das Prüffeld zu zeigen, was er auch bereitwillig tat. Ein Jahr später starb er an einem Magenleiden.

In dieser Zeit hatte ich Ilse Peterle kennen gelernt. Als ich nach einer Urlaubsreise meine Mutter in Velden am Wörthersee abholte, machte sie mich im Hotel mit ihren Tischgenossen bekannt, für deren Tochter sie vorher geschwärmt hatte. Sie war wohl immer auf der Suche nach einer passenden Frau für mich gewesen. Ilse, eine Wienerin, gefiel mir sofort, hatte sie doch den unwiderstehlichen Wiener Charme und sprach den österreichischen Dialekt so reizend aus. Sie war gerade geschieden worden, und ich denke, auch ihre Mutter hielt die Augen offen, nach einem passenden Gegenstück für sie. Da kam ich gerade recht. Am Abend gingen Ilse und ich in die Spielbank, nicht ohne von ihrem Vater ermahnt worden zu sein, dass das Mädchen – immerhin schon fast 30 Jahre alt – um 22 Uhr wieder im Hotel sein müsse.

Zurück in der Ruhlaer Straße begann eine eifrige Korrespondenz zwischen uns, und ich freundete mich zunehmend mit dem Gedanken an, die Richtige gefunden zu haben. Zwei- oder dreimal besuchte ich Ilse in Wien, wo die Familie im schönen Sievering ein Haus in der Nachbarschaft von Anton Karras hatte. In dessen Lokal haben wir manchmal bei Zithermusik gevespert. Man bezahlte den Wein und bekam für die mitgebrachten Speisen Teller und Besteck umsonst. Ich merkte aber bald, dass unsere Beziehung ein Problem hatte: Sie wollte partout nicht nach Berlin, ja, nicht einmal zu Besuch, und ich verdiente doch hier meine Brötchen und hatte in Wien nichts verloren. Aber das Schicksal hatte sowieso anderes mit mir im Sinn.

In Pula hatte Karin am 5. November 1953 ihre Tochter Miriam geboren und war sehr glücklich über ihr Kind. Nicht so glücklich war sie über ihre Ehe mit Bruno, der immer eifersüchtiger wurde. Karin konnte keinen Schritt mehr alleine tun, ohne dass er in rasende Eifersucht verfiel und ihr eine Szene nach der anderen machte. Ihr Verzweiflung war inzwischen so groß geworden, dass sie nach jedem Strohhalm griff, der sich ihr bot. In ihrem Haus wohnte eine Frau, von der behauptet wurde, dass sie die Zukunft voraussagen konnte. Karin vereinbarte einen Termin mit ihr. Als der Tag gekommen war, öffnete die Frau auf das Klopfen von Karin hin die Türe und begrüßte diese mit »Frau Martini«. Sie blieb auch bei dieser Anrede nachdem Karin sie korrigiert und gesagt hatte, dass sie »Cortini« heiße. Sie sagte Karin, dass ihre Ehe geschieden würde. Nachdem Karin wiederholt als »Frau Martini« angesprochen wurde, fragte sie die Frau, warum sie immer diesen Namen, der nicht ihrer sei, benutze. Darauf erhielt sie die Antwort: »Ich sehe eine Frau Martini.«

Das Zusammenleben mit Bruno wurde immer unerträglicher. Es kam jetzt auch vor, dass er sie schlug. Nun war es so weit, dass Karin die Scheidung wollte. Sie wusste aber, dass sie mit dem Kind, das die jugoslawische Staatsangehörigkeit hatte, nicht ohne Brunos Zustimmung das Land verlassen konnte. Als sie am 10. Juli 1955 ein Telegramm aus Deutschland erhielt, in dem ihr der plötzliche Tod ihres Vaters mitgeteilt wurde, glaubte sie an einen Trick, der ihr ermöglichen sollte, mit dem Kind zu der angeblichen Beisetzung ihres Vaters nach Berlin zu kommen. Karin erhielt die Zustimmung von Bruno und alle Papiere, die zur temporären Ausreise nach

Deutschland erforderlich waren. Sie reiste los mit der Angst, dass immer noch etwas dazwischen kommen und Bruno seine Zustimmung in letzter Sekunde zurückziehen könnte.

In Berlin angekommen, erfuhr Karin, dass ihr Vater tatsächlich gestorben war. Ihre Trauer war groß, hatte sie ihn doch trotz ihres Zwistes sehr geliebt. Was zum Tod des Vaters geführt hatte, blieb immer unklar. War es Krebs gewesen?

Karin und Miriam zogen in der Gothaallee ein, wo auch Uwe lebte, der mittlerweile in die Fußstapfen seines Vaters getreten war auf dem Weg, Schiffsingenieur zu werden.

Karin musste nun Geld verdienen. Sie bewarb sich in der Turbinenfabrik, wo sie in der Hausverwaltung eingestellt und meist in der Telefonzentrale eingesetzt wurde. Es waren damals noch die goldenen Zeiten als jeder, der Arbeit suchte, auch Arbeit fand.

Eines Tages ging die Tür zu meinem Büro auf und eine gut aussehende, blonde Frau mit »Henkelkorb«-Frisur trat ein. Sie stellte sich mit »Cortini« vor und legte mir etwas zur Unterschrift auf den Schreibtisch.

Die Zeit mit Karin

Vorspiel

Ob Karin wohl an jene Dame aus Pula gedacht hat, als sie in mein Büro trat? Ja, das hat sie, wie sie mir später erzählte, und auch, dass sie neugierig geworden war, als sie gehört hatte, dass es in der Verwaltung einen Herrn Martini gab.

In den folgenden Wochen sah ich Karin öfter. Ich wusste damals noch nichts über ihr Schicksal, bis mich eines Tages ein Kollege ansprach und um eine private Unterredung bat. Er erzählte mir, dass Karin nach einer besser bezahlten Stelle suchte, und fragte, ob ich die Möglichkeit hätte, sie im Rechnungswesen unterzubringen, da sie schon zweimal in einer Buchhaltung gearbeitet hatte. Es war schon so, dass in einer großen Abteilung zu einer Zeit, in der noch keine strenge Personalplanung betrieben wurde, immer ein Plätzchen zu finden war, und so kam Karin in die Rechnungsprüfung und war fortan unter meinen Fittichen. Es ergab sich in dieser ersten Zeit nun auch, dass ich mit ihr dann und wann ins Gespräch kam und Näheres über ihre Situation erfuhr. Sie betrieb ihre Scheidung von Deutschland aus und lebte in der ständigen Angst, dass ihr Miriam ganz offiziell weggenommen und nach Jugoslawien ausgeliefert werden könnte. Noch mehr fürchtete sie aber, dass Bruno Cortini plötzlich auftauchen und das Kind entführen würde.

Ich hatte jetzt bei unseren gelegentlichen Gesprächen die Möglichkeit, Karin genauer zu betrachten, und ich tat dies mit wachsendem Interesse. Ihr Gesicht war geprägt durch ein energisches Kinn und strahlend blauen Augen, die wach und aufmerksam in die Welt blickten. Die kleine Nase mit dem breiten Wurzelansatz und ihr schön geschwungener Mund gaben ihrem Gesicht einen weichen Ausdruck, der mich mehr und mehr berührte. Über dem Kopf thronte stets der Kranz aus blonden Zöpfen, was ihrer Erscheinung etwas Rustikales verlieh. Irgendwann bemerkte ich bei unseren Unterhaltungen, dass meine Gedanken immer öfter abglitten, hin zu ihrem Mund, den ich am liebsten geküsst hätte, sobald er in meiner Sichtweite war.

Leider sollten unsere Begegnungen in den nächsten Monaten immer seltener werden, da ich nun gewaltig dabei war, mich auf die elektronische Datenverarbeitung vorzubereiten. Neben der Bundesversicherungsanstalt für Angestellte war die Turbinenfabrik in Berlin der einzige Betrieb, der den IBM-Magnettrommelrechner einführte. Während man bisher nur die numerisch-mechanische Datenverarbeitung nach dem Hollerith-System – zumindest in der zivilen Anwendung – gekannt hatte, ging man jetzt auf das binäre Zahlensystem über. Der Magnettrommelrechner war eine »Wort«-Maschine, die lediglich eine Speicherkapazität von 2000 Worten mit je maximal 10 Zeichen hatte, von der noch ein beträchtlicher Teil für das jeweilige Programm verloren ging. In der Praxis bedeutete das einen enormen organisatorischen Aufwand, da die numerischen Ordnungssysteme an die Anforderungen des Rechners angepasst werden mussten, was im wesentlichen in meinen Zuständigkeitsbereich fiel. Zudem mussten die Daten ständig rauf- und runtergeladen werden. Trotzdem konnte der Rechner in der Konstruktion, wo er als erstes eingesetzt werden sollte, die vielfältigen Rechenaufgaben bei der Berechnung der Schaufelprofile von mehreren Wochen auf einige Minuten reduzieren.

Karin sah ich in dieser Zeit nur noch einmal im Monat und zwar an dem Freitag, an dem das Gehalt für die Angestellten ausgezahlt wurde. Bargeldlose Zahlung war damals nicht üblich, und wäre bei den Arbeitern auch gar nicht erwünscht gewesen, denn sie wollten den für die Arbeiter wöchentlich ausgezahlten Abschlag am Freitag in der Hand halten. Für meine Angestellten wurde mir vom Kassenboten am letzten Werktag des Monats ein Kasten gebracht, in dem die Gehaltstüten sämtlicher Mitarbeiter meiner Abteilung alphabetisch geordnet lagen. Dann begann die Prozession. Nacheinander kamen die Leute einzeln in mein Büro, erhielten von mir ihre Tüten und mussten mir den Inhalt vorzählen, da spätere Reklamationen ausgeschlossen waren. Besonders freute ich mich dann natürlich auf Frau Cortini, selbst wenn wir uns nicht mehr als einen Blick zuwarfen.

So vergingen die Monate, mittlerweile schrieben wir das Jahr 1957, welches das entscheidende Jahr im Leben von Karin und mir werden sollte.

Ihre Ehe wurde am 17. Januar geschieden. Sie kam in mein Büro, um es mir zu erzählen. Bruno war als der schuldige Teil festgestellt worden, trotzdem aber hatte er das Sorgerecht für Miriam zugesprochen bekommen, da man Karin wegen ihrer Flucht nach Westberlin nicht zutraute, dem Kind eine sozialistische Erziehung angedeihen zu lassen. Obwohl ihr Rechtsanwalt in Berlin gesagt hatte, dass man nach deutschem Recht diese Entscheidung nicht anerkennen würde, war die Sorge, dass man ihr Miriam nehmen könnte, nun noch größer geworden.

Kurz darauf musste ich wegen einer Nachoperation an meinen Beinen für einige Wochen ins Krankenhaus. Neben den gelegentlichen Besuchen von Mitarbeitern und natürlich meiner Mutter erhielt ich eines Tages einen schönen, sommerlichen Blumenstrauß, der über Fleurop zugestellt und mir von einer Krankenschwester ans Bett gebracht wurde. Die beiliegende Karte verriet, von wem der Strauß kam: von Frau Cortini. Obwohl, wie Karin mir später erzählte, sie den Blumenladen angewiesen hatte, keine Rose in den Strauß zu tun, befand sich doch eine darin, und zwar eine rote. Dieser Strauß und vielleicht ganz besonders die Rose ließ mir die zärtlichen Gefühle bewusst werden, die ich mittlerweile für die Absenderin hegte. Die Blütenblätter der Rose habe ich in einem Fotoalbum aufbewahrt, bis sie vollständig zerkrümelt waren.

Als ich wieder ins Büro zurückgekehrt war, lernte ich zwei Studenten kennen, ein Ehepaar, die als Praktikanten der Betriebswirtschaft im Rechnungswesen hospitierten. Neben der Betriebswirtschaft studierten die beiden auch noch Gesang. Das eine Studium galt dem Broterwerb, das andere ihrer Neigung, der sie materielle Früchte wohl doch nicht zutrauten. Es ergab sich, dass mich das Ehepaar einmal zu sich nach Hause einlud, wobei sich herausstellte, dass sie sich auch mit Frau Cortini angefreundet hatten. Sie fragten mich, ob ich etwas dagegen haben würde, wenn sie uns gemeinsam einladen würden. Wie sollte ich? Mein Herz fing an zu tanzen und zu singen und klatschte, nur für mich hörbar, Beifall. Im August des Jahres 1957 war ich dann mit Karin zum ersten Mal privat zusammen, und das hatte dieses junge Kupplerpaar sicher nicht ohne Hintergedanken eingefädelt. Sie mussten wohl den Eindruck gewonnen haben, dass wir gut zusammenpassen würden. Ein Hoch auf ihre Menschenkenntnis!

Von da an trafen wir uns öfter, und dann ging alles ganz schnell. Wir waren an einem Samstagnachmittag im September in einem Museum in Dahlem, als Karin bei der Betrachtung eines Bildes einen Schritt zurücktrat und über mich, der hinter ihr stand, stolperte. Um sie zu halten, griff ich sie bei den Armen, und so stand sie mehrere Sekunden lang – jedenfalls länger als in dieser Situation notwendig – an mich gelehnt. Ich glaube, das war für uns beide der entscheidende Moment. Nach dem Museumsbesuch gingen wir in ein Feinschmeckerrestaurant in Dahlem und aßen in festlicher Stimmung zu Abend. Damals gab es noch keine Sommerzeit, und so war es Mitte September, als wir um 20 Uhr das Lokal verließen, schon dunkel. Trotzdem machte ich Karin den Vorschlag, für die Rückfahrt nach Neuwestend den Umweg über die Havelchaussee zu nehmen, die bei Tag ein schönes Bild von der Havellandschaft bietet und bei Nacht herrlich romantisch ist. Und so eine Kulisse brauchte ich für das, was ich jetzt vorhatte. Am so genannten »Großen Fenster« hielt ich an und stellte den Wagen etwas abseits von denen der anderen Nachtschwärmer ab. Wir blieben im Auto sitzen und schwiegen. Dann fasste ich mir ein Herz und fragte Karin – sie zum ersten Mal duzend: »Kannst du dir vorstellen, meine Frau zu sein?« Karin antwortete ohne zu überlegen: »Ich wüsste nichts, was ich lieber wäre!«

Endlich konnte ich den verlockenden Mund küssen! Es war wunderschön, und wir beide haben ein Leben lang immer wieder von diesem Augenblick erzählt und davon, dass wir nie im Zweifel gewesen waren, das Richtige getan zu haben.

Als ich zu Hause ankam, schlief meine Mutter schon. So konnte ich ihr von diesem Ereignis erst am nächsten Morgen beim Frühstück berichten. Ich merkte, wie glücklich und erleichtert sie war, dass ich endlich die Frau gefunden zu haben schien. Obwohl sie nichts über Karin wusste, zweifelte sie nicht daran, dass ich die richtige Wahl getroffen hatte. Dann machte ich mich auf den Weg nach Neuwestend, kaufte unterwegs zwei Blumensträuße – einen bunten für die zukünftige Schwiegermutter, ein Dutzend rote Rosen für meine Braut. Die Begrüßung war etwas steif. Frau Schulz, Karins Mutter, und ich sahen uns jetzt zum ersten Mal. Sie hatte seit dem Tod ihres Mannes ein Nervenleiden, das sich in der Muskelschwäche eines Augenlids auswirkte, umgangsprachlich ausgedrückt: Sie hatte ein Klappauge. Wie sich nach ein paar Wochen herausstellte, war die Freude über das Auftauchen eines Schwiegersohnes doch größer gewesen, als es im ersten Moment den Anschein gehabt hatte. Die Muskelschwäche war plötzlich verschwunden.

Nach den ersten seligen Tagen waren Karin wegen des ungewissen Schicksals von Miriam doch Bedenken gekommen. Wenn sie nach Jugoslawien zurückkehren müsse, so würde Karin in jedem Fall mit ihr gehen. Es gelang mir aber, sie davon zu überzeugen, dass man nicht sein ganzes Leben danach ausrichten könne, ob ein Ereignis vielleicht einmal einträfe. Aber auch meine eigenen Gefühle waren manchmal zweischneidig. Einerseits war ich überglücklich, andererseits bekam ich Bedenken, ob ich als Familienvater geeignet war. Ich war nicht mehr der Jüngste und hatte bisher ein recht eigenbrötlerisches Privatleben geführt. Und dann war da auch noch Ilse in Wien. In einem langen Brief bat ich sie um Verständnis für eine Trennung. Ich schilderte offen, dass nicht unserer Beziehung der Grund war, sondern meine Liebe zu Karin.

Wir trafen uns jetzt fast täglich, wobei wir bemüht waren, unsere Beziehung vor den Kollegen geheim zu halten, da wir den Klatsch fürchteten. Immerhin war ein Verhältnis zwischen Chef und Mitarbeiterin in der damaligen Zeit nichts Selbstverständliches. Wochentags trafen wir uns oft bei Karin in der Gothaallee, wo ich bei diesen Gelegenheiten auch Miriam kennen lernte. Sie war ein niedliches Mädchen von vier Jahren, das mich anfangs mit einiger Reserviertheit betrachtete. Für mich war die Rolle als zukünftiger Vater eines nicht mehr ganz kleinen Mädchens aber auch nicht leicht, und so begegnete ich ihr ebenfalls mit scheuer Zurückhaltung. Wenn sie im Bett lag, verschwand Karins Mutter ganz diskret zu einer Nachbarsfamilie, damit wir ein paar Stunden für uns allein hatten. Es waren schöne Stunden voller Zärtlichkeit.

Wir besuchten aber auch Theater, Oper und natürlich Konzerte der Berliner Philharmoniker, für die ich über zwei Abonnementsplätze verfügte. Durch diese Besuche lernte Karin, die damals mit klassischer Musik noch nichts im Sinn hatte, Beethoven, Mozart Tschaikowsky, Wagner – wenn nicht gesungen wurde – und sogar Richard Strauss kennen und lieben.

Nur wenige Tage nach meinem Brief erhielt ich eine Antwort von Ilse, wie es schien erleichtert, denn sie eröffnete mir, dass auch sie inzwischen einen Mann gefunden hatte, mit dem sie zusammenleben wollte. Sie hat ihren Kurt ein halbes Jahr nach meiner Hochzeit mit Karin geheiratet. Wir beiden Ehepaare blieben ein Leben lang freundschaftlich verbunden.

Karin und ich hatten schon ganz zu Anfang beschlossen, dass wir heiraten wollten, sobald wir eine Wohnung finden würden. Mit der Suche nach einer passenden Behausung war nun Karin befasst. Sie ist ihr Leben lang eine tatkräftige Frau gewesen, und so gelang es ihr überraschend schnell, eine schöne Wohnung in der Rheinbabenallee, nicht weit vom Roseneck entfernt, zu finden. Diese lag im Dachgeschoss einer Gründerzeitvilla, die fast alle vom Krieg verschont geblieben waren. Die Miete betrug 190 Reichsmark. Wegen der bestehenden Wohnraumbewirtschaftung, die eine Folge des kriegbedingten Wohnraummangels war, musste jeder Bezug einer Wohnung vom Wohnungsamt genehmigt werden. Meine Kriegsbeschädigung war auch hier wieder einmal von Vorteil. Hinzu kam unsere Heiratsabsicht, wir mussten jedoch binnen eines halben Jahres den Nachweis erbringen, dass wir tatsächlich geheiratet hatten, andernfalls hätten wir die Wohnberechtigung verloren. Als wir später diese Rückmeldung vergaßen, erhielten wir tatsächlich eine Mahnung vom Wohnungsamt.

Start in der Rheinbabenallee

Im Januar 1958 hörte Karin auf zu arbeiten. Wir hatten einen Standesamtstermin für den 18. Februar bekommen. Als wäre es ein Omen, kam an diesem Tag der Frühling zu Besuch. Die Sonne schien an einem wolkenlosen Himmel und es war ungewöhnlich warm für diese Jahreszeit. Ich fuhr mit Karin zum Standesamt im Rathaus Schmargendorf, das mit seinem neuklassizistischen Stil schon mehrmals die malerische Kulisse für Hochzeitszeremonien in Spielfilmen abgegeben hatte. Ob ich wollte oder nicht: ich war doch ganz schön aufgeregt, und Karin ging es ebenso.

Die kirchliche Trauung fand im Anschluss in einer kleinen Dorfkirche in Schmargendorf statt. Ich war wie berauscht und habe nichts von der Feier in Erinnerung behalten. Die beste aller Frauen war nun die meine, und das, was wir uns vor Gott gelobt hatten, haben wir auch gehalten, solange Er uns die Zeit dafür geschenkt hat.

Schon am nächsten Tag begann der Alltag wieder. Karins Sachen aus der Gothaallee kamen und ich hatte Gelegenheit, beim Auspacken einen Blick in ihre Bücherschätze zu werfen. Sie besaß nicht nur eine zweisprachige Ausgabe von Dantes »Göttlicher Komödie«, sie hatte sie auch gelesen. Unter ihren Büchern befanden sich viele Philosophen des Abendlands, Anthologien und Gedichtbände aller Art. Ich muss bekennen, dass ich keines ihrer Bücher je gelesen habe. Ich versuchte es immer wieder einmal, habe sie dann aber bald aus der Hand gelegt. Ich bevorzugte schon seit jeher Unterhaltungsliteratur. Als Karin, die in der Zeit zwischen ihrer Rückkehr aus Jugoslawien und unserer Heirat auch Spanisch gelernt hatte, ihre Liebe zu südamerikanischen Schriftstellern entdeckte, trafen sich unsere Geschmäcker wieder. Vor ihren Geburtstagen und zu Weihnachten kramte ich in Buchhandlungen nach Neuerscheinungen aus Südamerika. Ihr absolutes Lieblingsbuch wurde Marquez' »Hundert Jahre Einsamkeit«, das sie wohl zehnmal gelesen hat.

Auch Miriams Zimmer wurde jetzt eingerichtet. Es war zwar das kleinste der Wohnung, hatte dafür aber einen winzigen über der Haustür gelegenen Balkon, den sie über alles liebte.

Karin und ich empfanden den Alltag unseres Familienlebens nicht als Last, sondern als Glück. Für uns war es nach Herkunft und Erziehung selbstverständlich, dass ich der »Ernährer« war und meine Frau den Haushalt und die Kinder versorgte. Vielleicht hätte Karin anders darüber gedacht, wenn sie einen Beruf ausgeübt hätte, der ihrer Neigung und ihrem Intellekt gerecht geworden wäre. Jahre später erzählte sie mir einmal, dass sie mit einem Abitur sicher Medizin studiert hätte und Kinderärztin geworden wäre. Es klang dabei schon ein Hauch des Bedauerns aus ihren Worten. So aber in ihr Schicksal gestellt, fasste sie ihre Tätigkeit als »Hausfrau und Mutter« durchaus nicht als zweitklassig auf, sondern lebte sie aus.

Karin musste in den ersten Monaten unserer Ehe mit 250 DM auskommen, die für alle Ausgaben des täglichen Bedarfs zu reichen hatten. Das war auch damals nicht viel, aber wir mussten uns mein Gehalt einteilen, was ich bis dahin in dem gemeinsamen Haushalt mit meiner Mutter nicht nötig gehabt hatte. Karin stöhnte, legte sich zu ihrer eigenen Kontrolle ein Haushaltsbuch an, in dem sie die Ausgaben aufführte. Aber Geld ist nie ein Streitpunkt zwischen uns gewesen. Als ich nach einiger Zeit eine Gehaltserhöhung bekam das Haushaltsgeld um 100 DM aufstocken konnte, hat sie vor Begeisterung gleich 100 g Lachsschinken gekauft, was damals für uns ein Luxus war.

Klein Miriam, inzwischen viereinhalb Jahre alt, gewöhnte sich sehr schnell an die neuen Verhältnisse. Sie war ein ernsthaftes Mädchen, das sich gut mit sich selbst beschäftigen konnte, und hat schon sehr früh ganz wunderbar gemalt und gezeichnet. Allerdings konnte sie auch ihren eigenen Kopf haben. Ostern 1957 wollten Miriam und ich meine Mutter in der Ruhlaer Straße besuchen, um ihr ein von Karin liebevoll zusammengestelltes Körbchen mit Ostereiern zu überbringen. Am späten Vormittag zogen wir zum ersten Mal allein los, Miriam trug das Körbchen. Als wir noch in Sichtweite von Karin waren, die uns vom Balkon aus nachschaute, fing sie an, sich an den Ostereiern gütlich zu tun. Ich versuchte ihr zu erklären, dass die Eier für Oma Martini bestimmt waren, und dass diese ihr nachher sicher welche abgeben würde, aber es half nichts. Miriam aß ein Ei nach dem anderen und als ich ihr dann das Körbchen abnahm, setzte sie zu einem großen Gebrüll an, mitten auf der Straße, und hörte erst wieder auf, als Karin, die das alles mitbekommen hatte, heruntergelaufen kam und das Kind einsammelte, woraufhin ich alleine in die Ruhlaer Straße wanderte.

Mittlerweile war der alte Käfer einem neuen Opel gewichen, der den großen Vorteil besaß, ein halbautomatisches Getriebe zu haben, womit ich endlich die Kupplung los war. Bei gutem Wetter machten wir Ausflüge ins Grüne, zumeist an die Havel.

Unsere Hochzeitsreise hatten wir für Mai geplant. Miriam sollte in der Zeit bei Karins Mutter bleiben. Wir wollten eine Autotour durch Oberitalien machen, an deren Höhepunkt – man ahnt es schon – Venedig stehen sollte. Das war nun mit Karin eine ganz andere Stadt als bei meinem ersten Besuch. Wir wohnten sehr vornehm in der Pensione Academia. Am ersten Abend fand die obligatorische Gondelfahrt statt; zwar sang der Gondoliere nicht, aber es war auch so herrlich romantisch. Genauso wunderbar war es, mit Karin über die Brücken und durch die Gassen der Lagunenstadt zu streifen, unvergleichlich schöner als mein einsames Herumirren vor fünf Jahren. Und ich war so stolz auf sie, wenn sie ihr hervorragendes Italienisch sprach.

Nach einigen Tagen reisten wir weiter nach Malcesine am Gardasee, das ich ja auch schon von meiner ersten Reise mit dem Käfer kannte, und das mir so gut gefallen hatte. Wir quartierten uns in einem alten Palazzo ein, direkt am See gelegen, wo wir die einzigen Gäste waren. Wir hatten ein sehr großes, holzgetäfeltes Zimmer, in dem ein riesiges, altes Prunkbett mit Baldachin stand. Neben unserem Zimmer ging eine Tür direkt auf eine große, in den See gebaute Terrasse, in die ein Badebassin eingelassen war. Da die Comtessa, welcher der Palazzo gehörte, nicht im Hause wohnte, waren wir nachts allein und kamen uns wie Schlossherr und -herrin vor.

Auch auf dieser Reise musste ich wieder einmal über Karin staunen. Es war Markttag und wir hatten Lust auf frische Erdbeeren. An einem Stand waren diese schon fertig abgepackt. Karin fragte, wie viel in den Körbchen sei und erhielt die Antwort: »Ein Pfund.« Sie erwiderte auf Italienisch: »Das glaube ich nicht, wiegen Sie bitte ab!« Die Marktfrau wog laut nörgelnd ab, und siehe da, es fehlten mehr als 100 g. Da fing Karin ihrerseits an zu schimpfen wie ein Triestiner Marktweib, dass die Frau vor Staunen den Mund nicht mehr zu bekam und auf der Stelle weit mehr als die fehlende Menge auffüllte.

In Berlin ging für mich das normale Arbeitsleben wieder los, aus dem ich nun nicht mehr – wie früher – meine ganze Freude zog. Nach nun mittlerweile vier Jahren begann ich mich ein wenig zu langweilen und wollte die Karriereleiter eine Stufe höher.

Im Mittelpunkt stand aber nun erst einmal die kleine Familie, die mehr und mehr zusammenwuchs und gar nicht mehr lange so klein bleiben sollte. Unsere erstes gemeinsames Kind kündigte sich an. Die Geburt fand, wie damals meistens, zu Hause mit Hilfe einer Hebamme statt. Hingegen war es in jener Zeit nicht üblich, dass die Väter bei der Geburt dabei waren, und so saß ich während der unendlichen fünf Stunden im Wohnzimmer und konnte vor Aufregung nichts tun, als gebannt in das Schlafzimmer zu hören, aus dem ab und zu ein lautes Stöhnen drang. Karin erzählte mir später, dass sie gerne auch manchmal geschrieen hätte, sich aber nicht getraut hatte, weil sie wusste, dass ich nebenan war und zitterte. Dies war wieder einmal typisch für Karin, die selbst beim Kinderkriegen glaubte, Haltung bewahren zu müssen. Ich war nun 38 Jahre alt und stolzer Vater von zwei prächtigen Töchtern.

Karins Mutter war uns nun eine große Hilfe. Erst Anfang fünfzig und immer noch eine resolute und patente Frau, nahm sie Karin vieles ab. Weitere Erleichterung brachten die Anschaffung eines Kühlschranks, der damals noch nicht selbstverständlich war, und – vor allen Dingen – der Erwerb eines Wasch-Vollautomats. Einmalwindeln wie Pampers gab es noch nicht und so mussten ständig Stoffwindeln gekocht werden, was eine mühsame und zeitraubende Beschäftigung war. Wir entschieden uns für einen Bauknecht, der 26 Jahre tapfer durchhielt. Als wir den Wasch-Vollautomaten nach seiner Montage abends einweihten, machten wir daraus ein kleines Fest. Wir holten zwei Stühle vor die Maschine, setzten uns mit einem Glas Limonade davor, Miriam auf Karins Schoß, und sahen wie gebannt auf das Bullauge, hinter dem sich die Trommel mit der Wäsche in der Lauge drehte. Wir starrten sicher eine halbe Stunde auf dieses bewegende Schauspiel – nur Fernsehen hätte schöner sein können, aber das kannten wir zu dieser Zeit noch nicht.

Ich begann nun, in überregionalen Blättern wie der »Welt« oder der »FAZ« Stellenanzeigen zu lesen. Eine höhere Stellung und ein besseres Gehalt konnten wir jetzt gut gebrauchen, außerdem suchte ich eine neue Herausforderung, die mich wieder mit Begeisterung zur Arbeit gehen ließ. Aber meine Bewerbungsschreiben blieben ohne Erfolg. Ich hatte wohl zu hoch gepokert, als ich mich um die angebotenen Geschäftsführerstellen beworben hatte, die mittlerweile fast alle eine akademische Ausbildung voraussetzten.

Der Winter 1959/60 war sehr streng. Mit unserer Etagenheizung konnten wir die hohen Räume nicht warm bekommen. Der einzige gemütliche Ort in der Wohnung war die Diele, wo die Heizungsanlage hinter einem schmiedeeisernen Gitter stand. Und so spielte sich ein paar Wochen des Winters das gemütliche häusliche Beisammensein dort ab.

Das Jahr näherte sich seinem Ende zu. Es war das zweite Weihnachtsfest, das wir in unserer jungen Familie feiern sollten. Wir waren jetzt zu viert, aber für das neue Jahr kündigte sich schon ein weiteres Mitglied an. Karin war diesmal doch sehr schockiert, sie hatte sich eine größere Pause gewünscht. Ich selbst war eher stolz als erschreckt und gebe zu, dass ich insgeheim mit einem Sohn rechnete. Karin brauchte aber nicht lange, um sich dann doch mit mir auf das neue Familienmitglied zu freuen, ermahnte mich jedoch, ein Mädchen genauso willkommen zu heißen wie einen Sohn.

Der Wunsch nach einer beruflichen Veränderung wurde immer größer. Jetzt gab ich selbst ein Stellengesuch in der »Welt am Sonntag« auf. Die Zuschriften waren nicht gerade überwältigend, und es war auch nichts dabei, was mich gereizt hätte. Aber dann erhielt ich eines Tages einen Anruf von einem Herrn Büsser. Er meldete sich aus München, wo er als Geschäftsführer einer Tochtergesellschaft der AEG tätig war. Er habe gehört, sagte er, dass ich mich verändern wolle und meine Anzeige gelesen. Ich war etwas verwundert, da ich die Anzeige natürlich unter Chiffre aufgegeben hatte. Auf meine Nachfrage wich er geschickt aus. Er muss wohl gute Kontakte zum Anzeigenvertrieb der »Welt am Sonntag« gehabt haben. Letztendlich war es mir dann auch egal, denn er bot mir eine nicht uninteressante Position an. Es wurde jemand gesucht, der das Rechnungswesen der Industrie-Vertriebs GmbH in Ordnung bringen und für die Finanzen zuständig sein sollte. Bei Erfolg würde er mir Prokura geben. Wir verabredeten meinen Besuch in München.

Als ich Karin von diesem Gespräch berichtete, war sie Feuer und Flamme. München! Das war für sie ein Traumziel und die Möglichkeit, aus der Insellage Berlins herauszukommen. Büsser und ich wurden uns schnell einig. Das Gehalt stimmte und Prokura sagte er mir zu dem Zeitpunkt zu, an dem ich ihm den Monatsabschluss innerhalb von vier Wochen vorlegen würde. Bis jetzt hatte er ein Vierteljahr auf diesen warten müssen.

Vor meinem Wechsel nach München und der Geburt unserer dritten Tochter wollten Karin und ich noch einmal einen gemeinsamen Urlaub verbringen. Seit unserer Hochzeitsreise waren wir nicht mehr alleine unterwegs gewesen. Karins Mutter nahm die beiden Kinder und für uns ging es auf nach Holland. Wir hatten bestes Frühlingswetter, und die flache Landschaft mit ihren vielen Windmühlen war wirklich reizvoll. Karin wollte jede Mühle fotografieren, an der wir vorbeikamen, aber ich mochte die Fahrt nicht unterbrechen und meinte, dass wir später noch wesentlich mehr Mühlen sehen würden. Bekamen wir aber nicht; irgendwann war es vorbei mit den Mühlen und es kam keine einzige mehr. Karin hat mir das noch lange vorgehalten, genau neun Jahre, bis zu dem Zeitpunkt nämlich, ab dem wir von unserem Haus aus in 200 m Entfernung eine Mühle sehen konnten.

Furth – schönes Bayern

Nach wenigen Tagen im Hotel fand ich im Münchener Norden, in Schleißheim, ein möbliertes Zimmer und machte mich dann auch gleich auf die Suche nach einer Wohnung für meine Familie. Das war in München gar nicht so einfach, wie ich bald lernen sollte. Ganze Scharen, darunter viele Norddeutsche, hatten das gleiche Ziel wie ich und waren auf Wohnungssuche. Bald wurde mir klar, dass es nicht ausreichte, irgendwann am Samstag eine Zeitung zu holen und sie dann gemütlich beim Kaffee durchzugehen. Ich musste mich den in München üblichen Gewohnheiten anpassen und mir bereits am späten Freitagabend am Hauptbahnhof unter großem Gedränge die Zeitungen vom Samstag besorgen, um entweder noch am gleichen Abend oder ziemlich früh am nächsten Morgen Verbindung mit den potenziellen Vermietern aufnehmen. Dazu kam, dass wir entschieden hatten, Karins Mutter mit nach München zu nehmen. Ich musste also eine Wohnung für drei Erwachsene und drei Kinder suchen. Keine leichte Aufgabe.

Nach dem neuen Verfahren hatte ich dann allerdings schon am zweiten Wochenende Glück. Bei meinem Anruf am Freitagabend meldete sich eine urbayerische Stimme, die ich kaum verstand. Der Vermieter sagte, dass ich der erste Interessent sei und mich mit ihm am nächsten Morgen auf der Baustelle in Furth treffen könne. Furth gehöre zu Oberhaching, was im Süden von München liege.

Ich fand Furth und das Grundstück »Am Bachfeld 5« und dort eine Baustelle, die aber nicht so schlimm aussah, wie ich befürchtet hatte. Das Dach war schon gedeckt und die Hauswände waren verputzt, aber am Innenausbau war noch nichts getan. Wir hatten bei unseren Plänen in Berlin schon mit einem Einfamilienhaus geliebäugelt, meinten wir doch, so an den nötigen Platz für unsere Großfamilie zu kommen, den wir in den gängigen Mietwohnungen nicht finden würden. Und hier stand nun das Haus, aber es war wahrlich nicht groß. Herr Fichtlscherer, der Eigentümer, versprach die Fertigstellung bis zum 1. September. Ich telefonierte sofort mit Karin, die vor allem von der Lage im Süden von München begeistert war. Da Herrn Fichtlscherer das Geld ausgegangen war, wollte er ein zinsloses Darlehen von 20 000 DM haben, das mit der Miete von monatlich 400 DM verrechnet werden sollte. Mit Hilfe meines neuen Arbeitgebers war das kein Problem. Mein neuer Hauswirt konnte nun mit Hilfe seins Freundes- und Bekanntenkreises weiter ans Werk gehen. Es wurde nämlich jetzt nur noch in Eigenleistung gebastelt, wobei die Hauptarbeit von Frau Fichtlscherer geleistet wurde, die immerhin wie ihr Mann auch schon Mitte der Fünfziger war. Bei allen meinen samstäglichen Baustellenkontrollen konnte ich feststellen, dass seine Leistungen sich im Wesentlichen auf Anweisungen und Biertrinken beschränkten. Bei letzterem brachte er es auf einen Kasten Halbliterflaschen pro Tag.

Aber auch ich merkte nun mehr und mehr, dass ich in Bayern war. Mein Büro lag unmittelbar am Stachus über einem großen Bierlokal, dem »Weißbräukeller«. Dort konnten die Mitarbeiter des Industrievertriebs für einen Firmenbon von zwei Reichsmark zu Mittag essen. Dieser Betrag reichte damals im Allgemeinen für eine ausreichende Mahlzeit. Wie bei fast alle anderen, mit denen ich zum Essen ging, wurde das Mittagessen jeden Tag um eine halbe Maß Bier angereichert.

Meine Einarbeitung erfolgte dadurch, dass ich während der ersten Monate alle Abteilungen durchlief. Der Industrievertrieb brachte vor allem Waschmaschinen aus der AEG-Produktion im Haustürverkauf mittels Vertreter an den Mann. Es war damals nach »Vorwerk« das zweitgrößte Unternehmen seiner Art in Deutschland und tummelte sich auch in Österreich. Bei den Kunden gab es immer wieder Fälle von Zahlungs- oder Annahmeverweigerungen, aber auch das schlichte Unvermögen zu zahlen. Die Folge war, dass der Industrievertrieb einen Riesenberg an Not leidenden Kundenkonten und dementsprechend auch an Vertreterkonten, deren ungerechtfertigten Provisionsvorschüssen man nachjagte, vor sich her schob. Es blieb nicht aus, dass über die Firma öfter in der Presse berichtet wurde. Es gab einen Prokuristen, der nur dazu da war, die dann erforderlichen Abwehrschlachten zu führen. Und bei solch einer Firma war ich gelandet.

Am 25. August 1960 hospitierte ich bei der Vertreterbuchhaltung, als ich einen Anruf aus Berlin bekam. Karin war in der Leitung. »Hörst du nichts?« – »Was soll ich hören?« – »Na, nun hör doch mal richtig hin!« Und da hörte ich ganz schwach ein Babygewimmer. Unsere dritte Tochter war geboren.

Am 15. September war es so weit: Karin, ihre Mutter und die Kinder siedelten nach Furth über. So ein Umzug war in jener Zeit eine komplizierte Angelegenheit. Die DDR und deren Besatzungsmacht befürchtete, dass sich zwischen den Möbeln versteckt »Republikflüchtige« und Spione über die Zonengrenze davonmachen könnten. Alle Umzugsgüter mussten deshalb einzeln in einem Warenbegleitschein aufgelistet werden, auch Bücher mit ihrem Verfasser und Titel; es konnten ja Werke dazwischen sein, die im Osten auf dem Index standen. Wir umgingen dieses Problem, indem wir alle Bücher als Postpakete in den Westen schickten. Die Möbelwagen mussten so beladen werden, dass ein freier Gang blieb, der eine bequeme Kontrolle der Ladung ermöglichte.

Mit der neuen Behausung waren alle einverstanden. Viele neue Anschaffungen machten wir erst einmal nicht, außer einer altdeutschen Polstergarnitur Worpsweder Art, die Karin so liebte, dass wir sie auch nach Jahrzehnten nicht ersetzten, sondern neu polstern ließen. Diese Garnitur steht heute noch in meinem Wohnzimmer in Hamburg.

Miriam kam gleich in die Grundschule. Es stellte sich schnell heraus, dass viele Eltern den Umgang ihrer Kinder mit der »Preußin« begrüßten, da dies deren Chancen verbesserte, Schriftdeutsch zu lernen. Umgekehrt hatte aber Miriam so ihre Probleme, den bayerischen Dialekt zu verstehen. So kam sie Anfang Dezember aus der Schule nach Hause und erzählte, dass am nächsten Tag in der Klasse Kerzen verschenkt würden, ob sie sich eine geben lassen könne. Wieso auch nicht? Es war ja Advent. Am folgenden Tag kam sie mit einer ganz jungen Katze anmarschiert, zur großen Freude aller im Hause anwesenden Frauen. Das Problem war nur, dass alle meine Abneigung gegen Katzen kannten. Als ich an diesem Abend nach Hause kam, begrüßten mich meine beiden älteren Töchter besonders herzlich. Kaum hatte ich die Türe aufgeschlossen, waren sie mir entgegen gesprungen, um mir meine Tasche und meinen Mantel abzunehmen. Sie fragten, ob ich einen guten Tag gehabt hatte und guter Laune war. Eine solche Begrüßung war mir nun doch nicht alle Tage beschert. Als dann auch noch Karin, die ich in der Küche begrüßte, mit der Zubereitung meiner Lieblingsnachspeise beschäftigt war, die es sonst nur am Wochenende gab, roch ich den Braten, ich wusste nur noch nicht, was für einer es war. Erst einmal ließ ich mir aber nichts anmerken und genoss die uneingeschränkte Aufmerksamkeit meiner Töchter, die sich zu mir auf das Sofa gesetzt hatten und wild vor sich hin plapperten. Auf einmal sagte Miriam: »Papa, wir haben jetzt eine Kerze.« Ich war etwas verwundert über diese Aussage, da ich ja wusste, dass wir auch zuvor schon welche gehabt hatten. Ich fragte sie: »So, so, ist das denn eine besondere Kerze?« Wie aus der Pistole geschossen, riefen beide gleichzeitig: »Ja!« Nun wurde ich doch neugierig und bat darum, sie einmal sehen zu dürfen. Die beiden liefen aus dem Zimmer und als sie wieder kamen, hatte Miriam eine Katze auf den Armen. Ich war sprachlos bei diesem Anblick und dachte im ersten Moment, meine Augen würden mir einen Streich spielen. Als dann aber auch noch meine Ohren ein zaghaftes Miauen vernahmen, war ich mir doch sicher, dass ich richtig gesehen hatte. Nun erfuhr ich von Karin, die hinter den beiden Mädchen ins Zimmer getreten war, was sich zugetragen hatte. Man hatte in der Schule nie Kerzen verschenken wollen, sondern einen Wurf junger Katzen. Miriam, des Bayerischen noch nicht mächtig, hatte »Koaze« als »Kerze« verstanden. Da sie die Erlaubnis bekommen hatte, sich eine Kerze geben zu lassen, verfielen meine schlauen Frauen auf die Idee, die Katze kurzerhand »Kerze« zu nennen und ihr damit das Bleiberecht zu verschaffen. Da standen sie nun vor mir, schauten mich noch treuherziger und unschuldiger an, als die Katze selbst es tat, und warteten auf mein: »Na ja, wenn's denn sein muss.« Ich zögerte absichtlich etwas länger, wohl wissend, dass ich es nicht über das Herz bringen würde, dem vor mir versammelten Komitee einen abschlägigen Bescheid zu erteilen. So kam unsere erste Katze ins Haus; sie sollte nicht die Letzte bleiben.

Besonders Karin lebte sich sehr schnell in unserer neuen Umgebung ein. Ihr freundliches und zuvorkommendes Wesen öffneten uns viele Türen. In der Nachbarschaft und den umliegenden Geschäften war sie schon nach kurzer Zeit äußerst beliebt, was sich auch auf mich, den man ja nur gelegentlich sah, übertrug. Wenn ich einmal alleine Besorgungen machte, wurden mir stets »die besten Grüße an die Ehefrau« aufgegeben. Vor allem sie war es, die uns »zugezogenen Preußen« bald einen anerkannten Platz unter den einheimischen Bayern schenkte. Wieder einmal war ich voller Stolz auf sie und es wurde mir mehr und mehr bewusst, dass sie es war, die mir ein Zuhause gab.

Das erste Jahr in Furth verging in Windeseile. Mittlerweile schrieben wir das Jahr 1961 und mein 40. Geburtstag stand an. Weil es sowieso nötig war und nun zusätzlich ein Anlass bestand, wollte ich mir einen neuen Anzug anfertigen lassen. Der Schneider nahm Maß, rechnete und sagte dann: »Plus 10 % für Überweite.« Ich glaubte nicht recht zu hören und fragte, was das denn solle. Er antwortete schlicht und einfach, dass ich für die Normalgröße eben zu dick sei. Verdutzt schaute ich in den Spiegel und dabei fiel mir siedendheiß meine tägliche halbe Maß beim Mittagessen ein. Hatte Karin nichts bemerkt, oder hatte sie nur nichts gesagt? Ich zog den Auftrag zurück, fuhr zum nächsten Haushaltswarengeschäft, wo ich eine Waage kaufte, und aß ab diesem Tag zu Mittag nur noch ein ungesüßtes Keks und trank schwarzen Kaffee dazu. Als ich nach sechs Monaten neun Kilo abgenommen hatte, ließ ich mir den Anzug schließlich anfertigen – in Normalgröße.

Meinen 40. Geburtstag begingen wir zu Hause mit einem großen Fest. Ich hielt es nun für an der Zeit, mir endlich den Traum von einer elektrischen Eisenbahn zu erfüllen. Auf Karins Bitte hin, ihr meinen Wunschzettel rechtzeitig zu übergeben, schrieb ich nur diesen einen Wunsch, der mir in meiner Kindheit verwehrt geblieben war. Als es dann soweit war, kreiste auf dem Geburtstagstisch die Grundausstattung einer Trix-Eisenbahn. In die Mitte hatte Karin einen Kinderreifen mit 40 brennenden Kerzen gestellt. Meine Rührung versuchte ich mit dem Auspusten der Kerzen zu überspielen, aber weder das eine noch das andere wollte mir so recht gelingen. Die Eisenbahn habe ich im Laufe der nächsten Jahre zu einer mittelgroßen Anlage ausgebaut, die in ihren besten Zeiten den größeren unserer beiden Kellerräume komplett ausfüllte.

Vier Monate nach meinem Antritt hatte ich die Forderung von Herrn Büsser erfüllt und das Rechnungswesen auf Vordermann gebracht. Den Monatsabschluss konnte ich jetzt sogar schon nach drei, nicht wie gefordert, nach vier

Wochen vorlegen. Büsser ignorierte das völlig und so war ich nach drei weiteren Monaten gezwungen, ihn an seine Zusage der Prokura zu erinnern. Er machte auf mich nicht den Eindruck, dass er das vergessen hätte, er schien eher auf meine Reklamation gewartet zu haben. Binnen einer Woche war ich Prokurist. Ich war erst einmal zufrieden.

Wir hatten nicht geahnt, wie nahe wir in Furth dem Voralpenland sein würden. Mit dem Auto brauchten wir auf stets leeren Nebenstrecken nur etwa eine halbe Stunde bis Bad Tölz, etwas länger zum Tegernsee, während sich an schönen Wochenenden endlose Autoschlangen auf der Autobahn und über die Tegernseer Landstraße in die gleiche Richtung quälten. Oft ging es an die Isar, dorthin, wo sie noch wild rauschte, oder zum nahe gelegenen Deininger Weiher, wo es aber an den Wochenenden recht voll war. Natürlich klapperten wir auch alle Dörfer der südlichen Umgebung Münchens ab. Aber auch ganz in der Nähe unseres Hauses gab es genügend zu entdecken. Am Waldrand, der an unseren Ort grenzte, fanden wir zur Reifezeit jede Menge Walderdbeeren, Himbeeren und Brombeeren, die von Karin zu köstlichen Marmeladen verarbeitet wurden. Auch Pilze gab es in Hülle und Fülle. Nachdem Karin das festgestellt hatte, ging sie mehrere Tage mit dem »Pilzmariechen« in den Wald. Das Pilzmariechen war eine schon hochbetagte Frau, die in unserer Straße wohnte und der man nachsagte, dass sie sich hervorragend mit Pilzen auskenne. Nach dieser Lehrzeit ging Karin alleine los und sammelte in manchen Jahren so viele Pilze, dass sie die Ernte an einige Hotels in der Umgebung verkaufen konnte. In einem Jahr brachte ihr das gut über 2000 DM ein, die sie, wie auch die anderen Erlöse, in ihr »Geschenktöpfchen« legte, um davon für die Kinder, oder auch für mich, wunderschöne Überraschungen zu kaufen. So manches von meiner Eisenbahnerweiterung stammte aus dieser Quelle. Das Pilzmariechen hingegen erhielt von jedem Verkauf ihren Obolus.

Mittlerweile hatte Karin ihr langes, blondes Haar, das sie seit Jahren zu einem Knoten gesteckt hatte, gegen eine Kurzhaarfrisur eingetauscht. Eines Abends, als ich nach Hause kam, stand sie mit ihrer neuen Frisur vor mir. Auf meine fassungslose Frage, wo denn die Haare geblieben seien, drehte sie sich um, nahm einen Karton vom Küchentisch und drückte ihn mir wortlos in die Hände. Als ich ihn öffnete sah ich, dass ihre Haare darin lagen. Sie hatte meine Reaktion so gut voraus gesehen, dass sie diese kleine Szene inszenieren konnte. Wir mussten beide herzhaft lachen und danach war sie für mich mit der neuen Frisur noch schöner als zuvor.

Aber es ging nicht immer so fröhlich zu. Auch wenn Karin und ich uns selten gestritten haben, so kam es doch manchmal zu Spannungen, die nicht so schnell mit einem Lachen aufgelöst werden konnten. Vielleicht lässt sich das auch gar nicht vollständig vermeiden, wenngleich ich mir das, besonders jetzt im Nachhinein, sehr gewünscht hätte. Ich liebte und liebe Karin aus ganzem Herzen und nichts hat mir mehr weh getan, als sie zu verstimmen. Ich wollte sie glücklich machen und war bereit, alles dafür zu tun. Vielleicht habe ich aber doch manches übersehen und Dinge getan, die sie verletzt haben. Gäbe es eine Möglichkeit, so würde ich jedes Mal, das vorgekommen ist, wieder gut machen wollen. Ich hoffe aber und glaube auch, dass Karin immer wusste, dass es nicht aus böser Absicht, sondern aus eigener Unzulänglichkeit passierte. Mein tiefster Wunsch ist, dass sie meine Liebe zu ihr immer gespürt hat und es auch jetzt noch tut. Ich weiß, dass sie immer in mein Herz sehen konnte.

Wenn ich heute darüber nachdenke, worüber wir uns – wenn überhaupt – gestritten haben, dann erscheint es lächerlich und nichtig. Ich erinnere mich an einen Abend, als wir schon im Bett lagen. Unter dem Hohlraum unserer Kellertreppe hatte sich im Laufe der Monate allerlei Gerümpel und Krimskrams angesammelt. Karin hatte schon wiederholt gesagt, dass sie da einmal aufräumen müsse. An diesem Abend fragte ich sie, ob sie dieses Werk inzwischen erledigt habe. Vielleicht habe ich sie auch gefragt, ob sie es denn endlich schon erledigt habe. Ich weiß es nicht mehr. Karin jedenfalls fuhr, wie von einer Tarantel gestochen, auf, ging ohne ein Wort in den Keller und räumte bis in den frühen Morgen die Sachen unter der Kellertreppe auf. Ich konnte kein Auge zu machen und wartete die ganze Nacht darauf, dass sie zurückkommen würde. Zu ihr hinunter zu gehen, traute ich mich nicht, ich wusste nicht, was ich ihr hätte sagen sollen. Ich traf sie erst am Frühstückstisch wieder, noch bevor die Kinder auf waren, entschuldigte mich bei ihr und sie gab mir einen Kuss!

In Berlin gingen die Dinge nicht so erfreulich voran. Meine Mutter, die mittlerweile schon die Mitte der Siebzig überschritten hatte, zeigte immer mehr Anzeichen einer beginnenden Alzheimer-Krankheit. Im Herbst 1963 beschlossen wir, sie in einem Seniorenheim in unsere Nähe unterzubringen. Karin kümmerte sich rührend um sie, aber die Krankheit schritt unaufhaltsam voran. Besuche meines Vaters, der mittlerweile schon fast 20 Jahre tot war, kamen nun ebenso vor, wie Seehunde, die sie aus ihrem Bett verdrängen wollten. Eines Tages, als wir zu Besuch kamen, lag sie nicht mehr in ihrem Zimmer, sondern war in einen Raum im Dachgeschoss verlegt worden, wo sie mit fünf anderen alten Frauen auf den Tod warten sollte. Karin und ich waren entsetzt über diese Umquartierung, die auch noch ohne Rücksprache mit uns erfolgt war. Noch am gleichen Tag nahmen wir meine Mutter vorerst zu uns nach Hause, bis sie einige Tage später von Hilde und Hans-Erhard nach Geesthacht abgeholt wurde. Beide hatten sich sofort bereit erklärt, sie in ihrem Haus aufzunehmen und zu betreuen.

Ende 1963 machte Karin den Führerschein und ich beschloss, sie mit einem Auto zu überraschen. Ich fand einen Fiat 500, den Nachfolger des legendären Topolino, der 2400 DM kostete und 4000 km gelaufen war, also fast ein neues Auto. Es war für vier Personen zugelassen, somit ausreichend für eine Mutter mit drei Kindern, und eine Oma würde auch noch Platz finden. Am Vormittag des 24. Dezembers wurde das Auto vom Händler vor unsere Haustür gestellt. Er sollte den Wagen offen und die Schlüssel im Auto stecken lassen, so hatte ich es mit ihm vereinbart. Als ich sah, dass das Auto angekommen war, fragte ich Karin, ob sie einen kleinen Spaziergang mit mir machen würde. Es war ein kalter, aber sonniger Wintertag und in der Nacht war eine ganze Menge Neuschnee gefallen. Anfangs wollte Karin nicht so recht, da sie mit den Vorbereitungen für Heiligabend vollauf beschäftigt war, aber ich drängelte sie, doch das schöne Wetter ein wenig auszunutzen, bis sie einverstanden war und mit mir vor die Türe ging. Da stand nun das Auto, von dem Karin noch nichts wusste, und welchem sie deshalb auch keine besondere Aufmerksamkeit schenkte. Ich sagte zu ihr: »Schau einmal, ist das nicht ein hübsches Auto?« Karin blieb stehen, besah kurz das Auto und erwiderte ohne großes Interesse zu zeigen: »Ja, gefällt mir auch ganz gut.« Als Karin schon weitergehen wollte, forderte ich sie auf: »Steig doch einmal ein.« »Wieso soll ich in ein fremdes Auto einsteigen?«, fragte sie mich. »Es ist kein fremdes Auto, es ist deins.« Ich glaube, es hat fast eine Minute gedauert, bis Karin meine Worte begriffen hatte und tatsächlich in das Auto einstieg. Glauben konnte sie es auch nach der kleinen Probefahrt, die wir machten, noch immer nicht so richtig. Erst nachdem sie im Laufe des Tages wiederholt zu dem Wagen gegangen war und ihn angesehen hatte, konnte sie ihrer Freude freien Lauf lassen.

Natürlich wurde jetzt jede Fahrt in die Stadt mit dem Kleinen gemacht, was hin und wieder zu einem Knöllchen über zwei Mark wegen Falschparkens führte. Die Bezahlung musste vor Ort auf dem zuständigen Polizeirevier erfolgen. Einmal, als es wieder soweit war, fand Karin keinen Parkplatz. Kurz entschlossen stellte sie sich auf den Platz, der für die Einsatzfahrzeuge reserviert war und vor dem ein Polizeibeamter patroullierte. Karin stieg aus, ging auf den Polizeibeamten zu und bat ihn: »Grüß Gott, bitte passen sie doch auf meine Kinder auf; ich muss drinnen mal eben ein Knöllchen bezahlen.« Sprach's und ließ den Beamten, ohne eine Antwort abzuwarten, stehen und verschwand im Polizeirevier. Kurz darauf kam sie wieder heraus, sagte »Dankeschön!« zu dem Beamten und fuhr weg. Das war Karin!

Anfang des Jahres 1965 kam das Gerücht auf, dass der Industrievertrieb liquidiert werden sollte. Mittlerweile waren die von uns vertriebenen elektrischen Waschmaschinen von den Waschvollautomaten abgelöst worden, die sich gut über den normalen Fachhandel verkaufen ließen, und so den Industrievertrieb überflüssig machten. Im Frühsommer fiel die endgültige Entscheidung. Ich war darüber nicht einmal unglücklich, dachte auch, dass man vielleicht mir die Abwicklung der Firma übertragen würde, die in Anbetracht der vielen Millionen an Außenständen Jahre dauern würde. So kam es aber nicht und somit hatten wir zwei Gründe, für einen erneuten Wohnungswechsel. Ich musste mir eine neue Stelle suchen und wir mussten in ein größeres Haus umziehen. Unser viertes Kind hatte sich angemeldet.

In dieser Zeit erreichte uns eines Tages ein Brief von Bruno Cortini, in dem er Karin mitteilte, dass er im Rahmen einer Gesellschaftsreise nach München käme und die Gelegenheit nutzen wolle, Miriam wiederzusehen. Bei uns klingelten die Alarmglocken: Wollte er jetzt sein Recht durchsetzen und das Mädchen zu sich holen? Welche Möglichkeiten hatten wir, um zu verhindern, dass Bruno das Kind gleich bei seiner Rückreise mit sich nähme? Er hatte schließlich das Sorgerecht für Miriam vom jugoslawischen Scheidungsrichter verbrieft bekommen. Wir suchten einen Rechtsanwalt auf, der einen Antrag auf Erlass einer einstweiligen Verfügung vorbereitete, damit später keine Zeit verloren ginge, wenn der Ernstfall einträte.

Dann kam der Tag des Treffens mit Bruno. Ich habe den ersten Augenblick der Begegnung von ihm mit seiner Tochter nicht miterlebt, ich kam erst später dazu. Das Treffen fand im Künstlerhaus am Lenbachplatz statt und als ich dort ankam, fand ich eine ganz friedliche und harmonisch wirkende Runde vor. Bruno, den ich nun zum ersten Mal sah, machte einen sympathischen Eindruck auf mich. Karin sagte mir, dass er noch am Abend mit seiner Busgesellschaft zurückreisen würde und bedeutete mir damit, dass keine Rede davon gewesen sei, dass er Miriam mitnehmen wolle. Er hatte einfach nur seine Tochter und das Umfeld, in dem sie lebte, kennen lernen wollen. Die ganze Aufregung war also Gott sei Dank umsonst gewesen.

In den nächsten Tagen erhielt ich einen Anruf von Herrn Fuchs, stellvertretendes Vorstandsmitglied bei der AEG in Frankfurt und zuständig für das Prüfungswesen. Wir kannten uns von verschiedenen Tagungen und Abschlussbesprechungen. Er teilte mir mit, dass er auch in den Vorstand von »Telefunken« berufen worden und dort ebenfalls für das Prüfungswesen zuständig war. Telefunken war zu dieser Zeit im Alleinbesitz der AEG, agierte aber völlig selbstständig. Er sagte, dass er einen neuen Leiter für die Konzernrevision von Telefunken suche. Er habe an mich gedacht, da ich ja quasi wieder »auf dem Markt« sei, und er mir diese Aufgabe zutraue. Ich war einigermaßen erstaunt über dieses Angebot aus heiterem Himmel, konnte aber auch feststellen, dass mein Ruf bei der AEG besser war, als ich mir je hatte träumen lassen. Meine Entscheidung sollte ich ihm innerhalb einer Woche mitteilen.

Ich besprach die Angelegenheit mit Karin. Natürlich reizte mich die angebotene Aufgabe, sah ich doch in ihr eine neue Chance für meine berufliche Laufbahn. Mein Gehalt würde sich auch erheblich verbessern und zum ersten Mal bekam ich die Option auf eine dividendenabhängige Ausschüttung. Allerdings wäre ich viel auf Reisen und wir mussten wieder nach Berlin ziehen, was für zwei unserer Töchter einen Schulwechsel bedeuten würde. Trotz allem entschied ich mich für die Annahme des Angebots und Karin war ebenfalls einverstanden. Ahnen konnte ich zu diesem Zeitpunkt noch nicht, dass meine neue Aufgabe nur von kurzer Dauer sein würde. Sicher war damals aber schon in den oberen Etagen von AEG und Telefunken die geplante Fusion der beiden Gesellschaften bekannt gewesen, die dann das Ende meiner Tätigkeit bedeuten würde. Vielleicht war dies auch einer der Gründe, die zu meiner Berufung geführt hatten: Ich stellte eine Interimslösung dar.

Karin flog schon bald nach dieser Entscheidung zur Wohnungssuche nach Berlin. Wir würden in einigen Wochen sieben Personen in der Familie sein, und das Problem, eine Bleibe für uns zu finden, wurde immer schwieriger. Aber es klappte auf Anhieb. Karin fand eine sehr schön gelegene Wohnung in Kladow gegenüber der Pfaueninsel.

Am 28. Dezember 1965 brachte ich Karin ins Krankenhaus. Am nächsten Morgen gegen sechs Uhr klingelte das Telefon. Es war die Klinik, am Apparat eine Schwester der Entbindungsstation: »Sie haben ein Töchterchen bekommen!« Zwei Tage später, am 31. Dezember verstarb meine Mutter in Geesthacht.

Zwischenspiel in Kladow

Unser neues Zuhause befand sich im Obergeschoss eines im englischen Landhausstil gebauten Hauses aus der Mitte der Zwanzigerjahre. Es hatte den Grundriss eines halben Sechsecks, das mit seiner offenen Seite zur Havel blickte. Zwischen seinen beiden Flügeln lag eine große Terrasse. Das Grundstück fiel zur Havel hin leicht ab und hatte einen direkten Zugang zum Wasser, welches an dieser Stelle allerdings nicht sehr einladend aussah. Das hat die Meinen aber nie daran gehindert, dort zu baden. Insbesondere Karin, als begeisterte Wasserratte, ist häufig zur Pfaueninsel hinübergeschwommen. Schon 200 m weiter war die Zonengrenze, mit einem Zaun, der bis ins Wasser reichte. Weitere 250 m entfernt stand die berühmte, halb in die Havel gebaute Sakrower Kirche – trotz ihrer Nähe für uns unerreichbar und auch im Wasser von einem hohen Zaun umgeben.

In den knapp über drei Jahren, die wir in Kladow verbrachten, war ich die meiste Zeit von meiner Familie getrennt. Ich hatte ja gewusst, dass ich viel reisen musste, aber die Wirklichkeit übertraf meine Befürchtungen bei weitem. Herausragend war das Jahr 1968, in dem ich 232 Nächte allein in fremden Betten schlafen musste. Umso schöner war dann immer wieder die Heimkehr. Aus dem ersten Frühling in Kladow habe ich noch heute ein Bild vor Augen, das mich glücklich und gleichzeitig auch wehmütig stimmt. An einem Nachmittag kam ich von einer längeren Reise zurück. An der britischen Kaserne in der Sakrower Landstraße sah ich aus dem Taxi Karin, die mit unserem Neugeborenen im Kinderwagen unterwegs war. Im gleichen Augenblick entdeckte auch sie mich und strahlte mich so glücklich an, dass ich den Taxifahrer anhalten ließ, aus dem Auto ausstieg, zu Karin eilte, sie umarmte und küsste, während die Soldaten in den Fenstern der Kaserne grölten und Beifall klatschten.

Durch meine häufige Abwesenheit kenne ich vieles aus dieser Zeit nur von Karins Erzählungen. Es war für sie sicher nicht immer einfach gewesen, mit den Kindern alleine zu sein, auch wenn sie ihre Mutter hatte, die ihr in vielen Dingen half. Karin hat sich aber nie über meine vielen Reisen beklagt. Sie war auch nicht der Typ, der eifersüchtig geworden wäre. Als ich sie einmal fragte, ob sie sich über meine Treue Gedanken mache, sagte sie: »Nein, dazu bist du viel zu bequem.« Damit war für sie das Thema beendet. Allerdings hatte sie auch keinen Grund zur Eifersucht. Wenn ich nicht mit Karin zusammen war, vermisste ich sie viel zu sehr, als dass ich Gefallen an einer anderen Frau gefunden hätte.

Zu meinen neuen Aufgaben gehörte ganz wesentlich die Prüfung der Tochtergesellschaften im In- und Ausland. Diese Prüfungen erstreckten sich vor allem auf die Feststellung von Unregelmäßigkeiten, gemeint waren damit auch Unterschlagungen und die Aufdeckung organisatorischer Mängel, die solche erleichterten. Wenn es anstand, dass Telefunken sein Programm oder seine Kapazität durch einen Firmenkauf erweitern wollte, so oblag mir die Bewertung des fraglichen Unternehmens, wobei es auch darum ging, versteckte Risiken festzustellen.

Wegen einer solchen Aufgabe war ich einmal 14 Tage in Istanbul. Das war seinerzeit eine Flugreise, die fast einen ganzen Tag dauerte, wenn man in Berlin startete. Nach dem Umsteigen in München gab es keine Maschine, die Istanbul direkt anflog; es ging nicht ohne Zwischenlandungen in Wien und Belgrad. Als wir dann über Istanbul einschwebten, machte das Flugzeug in niedriger Höhe einen Bogen über der Stadt. Der Blick den man dabei von oben auf das märchenhafte Stadtbild hatte, war phantastisch. Leider habe ich sonst nicht viel gesehen, da ich, wie bei Aufträgen dieser Art üblich, alleine unterwegs war und von morgens bis in den späten Abend zu tun hatte. An einem Sonntag allerdings zeigten mir die beiden Firmeninhaber, türkische Juden, die gut Deutsch sprachen, die Sehenswürdigkeiten Istanbuls, so zum Beispiel das Serail, wo ich sogar einige Räume zu sehen bekam, die für den allgemeinen Besuch gesperrt waren. An meinem Abreisetag schaffte ich es noch, mir den großen Basar anzusehen und Geschenke für die Familie einzukaufen.

Ungefähr zur Halbzeit unseres Kladower Zwischenspiels schlug die Bombe ein: Die AEG schluckte das Telefunken-Unternehmen, das mir zu dieser Zeit doch schon etwas an Herz gewachsen war. Meine Revision wurde der Generalrevision der AEG einverleibt und ich hing fortan ohne feste Funktion in der Luft. Meine Mitarbeiter mussten nach Frankfurt ziehen, wo sie die Generalrevision verstärkten. Fairerweise wurde mir ein Umzug nicht zugemutet, da man sich wohl klar darüber war, dass ich in absehbarer Zeit eine neue Aufgabe übernehmen würde. Ich verlor trotzdem meinen Schreibtisch im Telefunken-Hochhaus, erhielt aber auch keinen festen Arbeitsplatz in Frankfurt. Trotzdem musste ich von nun an jeden Montag mit dem ersten Flieger nach Frankfurt starten und kam erst am Freitagabend zurück. Für die Strecke Frankfurt–Berlin durften wir nur das Flugzeug benutzen, da wir mit unseren Unterlagen nicht den Landweg durch die DDR nehmen sollten. Am Flughafen Tegel wurde ich in dieser Zeit bekannt wie ein bunter Hund. Karin und ich führten ab jetzt eine Wochenendehe.

In dieser Zeit kamen und gingen die Vorstandsvorsitzenden wie die Käufer in einem Warenhaus, was ein Beweis für die Probleme des Hauses war. Einmal bot man mir an, Repräsentant der AEG in den USA zu werden. Ich lehnte das Angebot jedoch ab, da mir die Aufgabe nicht gelegen hätte und ich auch meiner Familie diesen Wechsel nicht zumuten wollte.

Im Winter 1968/69 war ich mit kurzen Unterbrechungen in Mailand. Mit mir waren zwei Mitarbeiter der AEG-Abteilung für Beteiligungen von der Partie. Wir mussten mit drei Herren der US-Firma General Electric (GE) ein Unternehmen bewerten, das als Telefunken-Betrieb bei Kriegsende zum Feindvermögen in Italien gerechnet, dementsprechend enteignet worden und von GE als Schnäppchen erworben worden war. Inzwischen hatte man aber keine Freude mehr an diesem Erwerb und versuchte, den Betrieb an den Alteigentümer zurück zu verkaufen.

Als für mich die Aufgabe in Mailand abgeschlossen war, und ich wieder in Frankfurt auf einen neuen Auftrag harrte, sprach mich ein Kollege an, mit dem ich auf freundschaftlicher Basis verkehrte, und sagte, dass er gehört habe, ich ginge zu Mauser. Mauser? Mir waren nur die Mauser-Werke in Oberndorf im Württembergischen ein Begriff, die Waffen herstellten. Mich hätte das gereizt, aber ich selbst hatte noch nichts davon gehört, und so hielt ich das Ganze für ein Märchen. Ich bekam erst einmal eine neue, vorübergehende Aufgabe als Mitglied einer Kommission, die sich mit der Organisationsoptimierung des Bundesministeriums für Inneres befassen sollte. Wir waren vier Externe, darunter ein Unternehmensberater, ein Wirtschaftsprüfer und ich, der als Vertreter der Industrie von der AEG abgestellt worden war. Wir tagten im Ministerium in Bonn etwa alle acht bis 14 Tage und hatten unter der Leitung eines Ministerialdirektors bis in den Sommer 1969 zu tun, ehe wir einen Organisationsvorschlag vorlegen konnten.

Irgendwann einmal gegen Ende des Winters wurde ich zum Finanzvorstand der AEG bestellt, den ich noch aus seiner Zeit als Wirtschaftsprüfer kannte. Er teilte mir mit, dass er mich den Gesellschaftern von Mauser als Finanzchef empfohlen hatte, da der bisherige vor seiner Pensionierung stand. Die Stellung sei mit der Stellvertretenden Geschäftsführung verbunden. »Aha«, dachte ich »also doch Mauser!« An dem Gerücht war also etwas dran gewesen. Aber es handelte sich nicht um die Oberndorfer Mauser, die ich kannte, sondern um einen anderen Zweig des Familienstammes, der seit langem seinen Sitz in Köln hatte. Das Unternehmen befasste sich mit Herstellung und Vertrieb von Verpackungen und Büromöbeln. Als dann auch noch herauskam, dass es sich um eine Familiengesellschaft handelte, sank meine Begeisterung erst einmal auf den Nullpunkt. Ich hatte bisher wenig Gutes über solche Gesellschaften gehört. Deren Problematik lag in den möglichen Streitigkeiten innerhalb der Familie, die eine Unternehmensführung zur Farce machen konnten. Meine Bedenken wurden mit dem Hinweis zerstreut, dass der Gesellschaftsvertrag der Firma einen familienneutralen Beirat vorsehe, der dafür zu sorgen habe, dass es eben nicht so weit käme.

Ich blieb erst einmal skeptisch, stimmte aber einer ersten Begegnung mit den Mauser-Leuten zu. Die Aussicht, stellvertretender Geschäftführer zu werden, hatte durchaus seinen Reiz.

Die folgenden Gespräche verliefen in jeder Hinsicht erfolgreich. Am 1. Mai 1969 sollte ich bei Mauser eintreten. Gleichzeitig bekam ich von der AEG eine auf zwei Jahre befristete »Rückfahrkarte«, die mir die Wiedereinstellung garantierte, wenn es bei Mauser aus irgendeinem Grund nicht klappen sollte.

Mit Karin, die meinen Entschluss, zu Mauser zu gehen, ohne Wenn und Aber mit trug, war ich einig darin, dass es dieses Mal ein eigenes Haus werden sollte. Die Sekretärin eines der Mauser-Geschäftsführer war eifrig beschäftigt, bei Maklern und in Zeitungsanzeigen ein geeignetes Objekt für uns zu finden. Zwei oder drei Mal bin ich dann mit einem Cadillac samt Fahrer, die von Mauser gestellt wurden, die Häuser abgefahren, ohne aber etwas Passendes zu finden. Die Suche musste intensiviert werden. Es blieb uns nicht mehr viel Zeit, denn in Kürze musste ich an meinem neuen Schreibtisch sitzen, und dann fiel ich für weitere Sucharbeiten aus.

Also fuhren Karin und ich gemeinsam am Freitag, den 1. Mai 1969 nach Köln, womit zunächst für meine Person das Zwischenspiel in Kladow beendet war.

Auch am Wochenende blieb unsere Suche erfolglos. Am Montag war für mich der erste Arbeitstag und nun musste Karin alleine die Häuser ansehen, die wir nicht geschafft hatten.

Die Mauser Werke GmbH hatte ihren Firmensitz in Köln-Ehrenfeld. Neben der Verwaltung waren dort auch kleinere Betriebsteile untergebracht. An meinem ersten Tag sah ich mir Bilanzen und Wirtschaftsprüfungsberichte der letzten Jahre der einzelnen Gesellschaften an und gewann so meinen ersten Eindruck von der Lage der Mauser-Gruppe.

Mittags rief mich Karin an: Sie hatte das richtige Haus gefunden, es lag in Stommeln, an der B 59, 15 km nordwestlich von Köln, wie sie mir erklärte. Wir verabredeten, dass ich am Nachmittag dorthin kommen würde. Der Makler und die Eigentümer sollten auch da sein, sodass man Nägel mit Köpfen machen konnte.

Nach einer knappen halben Stunde Fahrt kam ich in Stommeln an. Karin hatte mir den Weg gut beschrieben, was sie allerdings nicht erwähnt hatte war, dass fast alle Straßen nach der B 59 erst noch welche werden sollten und bislang nur ausgefahrene Wege waren. Als ich den Distelweg einbog, der immerhin schon einen Namen hatte, sah ich drei Häuser; am Ende des Weges auf der linken Seite ragte das Haus empor, das Karin mir beschrieben hatte. Ein einfacher, eckiger Kasten, der für mein Empfinden ziemlich hässlich aussah. Und nirgendwo war ein Baum oder ein Strauch zu sehen, aber in ca. 200 m Entfernung ragte eine Mühle empor. Nun wusste ich Bescheid!

Drinnen begrüßte mich Karin mit leuchtenden Augen, machte mich mit dem Makler und den beiden Eigentümern, einem Brüderpaar, bekannt, die als Kleinbauunternehmer das Haus im Wesentlichen von eigener Hand erbaut hatten. Von innen machte das Haus einen weitaus erfreulicheren Eindruck als von außen. Ein geräumiges Wohnzimmer, eine große Essdiele, die zur oberen Etage hin offen war und damit dem ganzen Haus einen großzügigen Eindruck gab. Die Türen der oberen vier Räume öffneten sich auf einen Umgang, der durch eine geschwungene Freitreppe von der Essdiele aus zu erreichen war. Im Erdgeschoss befanden sich neben der großen Küche, von der eine Treppe in das Souterrain führte, noch ein kleines Zimmer und die Gästetoilette. Die Küche hatte einen separaten Ausgang auf eine kleine Terrasse. Im Untergeschoss gab es direkt unter dem Wohnzimmer zu ebener Erde noch ein genau so großes Zimmer, zwei Kellerräume und den Heizungskeller mit einem großen Vorraum. Das Haus lag an einem zum Garten hin abfallenden Hang, sodass man zwar von der Straße her das Haus ebenerdig betrat, wenn man dann aber durch den Flur auf die Hauptterrasse ging, befand man sich auf der Höhe des ersten Stockwerks. Und diese Terrasse war der Clou. Nicht nur, dass sie sehr groß war – unter ihr lag eine Doppelgarage – sie war auch durch zwei darüber liegende Räume des Obergeschosses überdacht. Das schönste an ihr aber war der Ausblick auf die Windmühle mit ihren vier Aluminiumflügeln. Jetzt verstand ich Karins Begeisterung und das glückliche Strahlen in ihren Augen. Die holländischen Windmühlen, die ich neun Jahre zuvor versäumt hatte zu fotografieren, müssen sie die ganze Zeit über verfolgt haben, und nun wollte sie eine Mühle für sich, fest und unverrückbar in ihrem Blick.

Es kam bei mir nicht mehr der geringste Zweifel auf, dass dieser hässliche Kasten unser zukünftiges Zuhause sein würde. Als wir das Haus besichtigten, war es etwa zu 95 % fertig gestellt. Es fehlten noch die Beläge der Fußböden in den Wohnräumen, die Tapeten und einige andere Kleinigkeiten mehr. Wir konnten also noch Änderungs- und Ergänzungswünsche vorbringen. Der Kaufpreis betrug 198 000 DM, aber wir sollten später noch viel Geld hineinstecken müssen. Es war aber letztendlich dennoch preiswert, wenn man bedenkt, dass es auf einem Grundstück von 900 Quadratmeter stand, was schon seinerzeit als recht großzügig galt. Am Dienstag der folgenden Woche waren wir beim Notar. Mitte des folgenden Monats zog die Familie ein.

Die Kinder brauchten ein wenig Zeit, um sich in Stommeln einzuleben, Karin und ich aber fühlten uns von Anfang an wohl. Wir lebten dort dann mehr als 27 Jahre zusammen, die längste Zeit unserer glücklichen Ehe, auch die längste Zeit unseres Lebens an einem Ort. Wir gewannen Freunde in der Nachbarschaft und heute noch wird ein kleines Fest gefeiert, wenn ich aus Anlass von Karins Geburtstag oder ihres Todestags nach Stommeln komme, um ihr Grab zu besuchen.

Karin hatte schon in Kladow begonnen, ihre Leidenschaft für Gartenarbeit zu entdecken. Hier in Stommeln, in unserem eigenen Haus und auf unserem eigenen Grund und Boden, wurde diese zu ihrer liebsten Beschäftigung. Mit Begeisterung ging sie an die dringliche Aufgabe, das Umfeld des Hauses zu verschönern. Wir brauchten möglichst schnell wachsende Bäume und so wurde auf der Straßenseite ein schon recht großer roter Ahorn gepflanzt, links vom Zuweg eine Kiefer und ein Wacholder. Später kamen noch ein Mammutbaum hinzu, der im Laufe der Jahre das Haus überragen sollte, eine Hemmlocktanne, einige Fichten und ein Trompetenbaum, der in seiner Blüte immer ein besonderer Schmuck für unseren Garten war. Vor dem Haus wurden vier Birken gesetzt, die vor der Schieferfassade, welche wir nach ein paar Jahren an der Vorderfront des Hauses hatten anbringen lassen, wunderschön zur Geltung kamen.

Das Beste aber, was der Garten einmal bieten sollte, waren seine Himbeeren, die auf einem Mandelbaiser-Boden, den Karin selbst backte, unschlagbar gut schmeckten. Die Triebe dieser Himbeersträucher wurden in der ganzen Nachbarschaft verschenkt, und ihre Ernte wird noch heute »die Himbeeren der Frau Martini« genannt.

Als unsere Kinder ihre eigenen Wege gingen, und wir beide alleine waren, meinte ich einmal, dass das Haus für uns doch viel zu groß sei, ob wir uns nicht eine kleinere Bleibe in schönerer Landschaft, vielleicht am Bodensee, suchen sollten. Aber Karin war strikt dagegen. »Ich will nicht noch einmal von vorne anfangen. Hier gehöre ich hin!« Im Grunde meines Herzens fühlte ich genauso und widersprach ihr nicht.

Beruflich entwickelte sich alles über das vertraglich Zugesicherte hinaus. Schon kurz nach meinem Eintritt erhielt ich Prokura für alle Gesellschaften der Firmengruppe. Anfang 1970 wurde ich zum Direktor ernannt. Das war nicht so etwas Besonderes, wie es vielleicht klingt, denn davon gab es bei Mauser mehr als ein halbes Dutzend. Aber die Schnelligkeit, mit der meine Ernennung erfolgte, überraschte Mitarbeiter und Kollegen doch. Im Sommer wurde ich zum Stellvertretenden Geschäftsführer der Mauser Werke GmbH bestellt. Da war dann allseits die Überraschung erst recht groß, allerdings wuchs diese noch, als ich zwölf Monate später Ordentlicher Geschäftsführer wurde. Man wollte mit dieser Maßnahme ein Regulativ zwischen den beiden gesellschaftsführenden Mauser-Brüdern schaffen und so hatte ich in der Zukunft auch tatsächlich immer einmal wieder die undankbare Aufgabe, zwischen diesen beiden Brüdern zu vermitteln. Dies habe ich wohl all die Male recht erfolgreich getan, sodass ich einige Jahre nach meinem Eintritt schließlich Geschäftsführender Gesellschafter der gesamten Mauser-Gruppe wurde.

Im Gegensatz zu meiner letzten Tätigkeit war ich nun wesentlich weniger auf Reisen und konnte so viel mehr Zeit mit Karin und den Kindern verbringen. Ab und zu ging es aber doch hinaus in die große weite Welt. Für die Vorbereitung eines Jointventure mit einer amerikanischen Firma musste ich auch ein paar Mal in die Staaten reisen. Auf einer dieser Reisen saß ich neben einem Herrn v. Ribbentrop, mit dem ich ins Gespräch kam. Es stellte sich heraus, dass er ein Sohn jenes Ribbentrop war, der als Hitlers Außenminister in Nürnberg hingerichtet worden war. Irgendwie kamen wir auf das Ende von Joseph Goebbels und seiner Familie zu sprechen, und ich fragte ihn, ob er Verständnis dafür hätte, dass dieser seine Kinder umgebracht hatte. Er verneinte und meinte, dass sie durchaus eine Chance in Leben gehabt hätten. Ihm hätte sein Name letztendlich auch nicht geschadet, er war als Broker für die Deutsche Bank an der Wallstreet tätig.

Bei Mauser blieb ich bis zu meiner Pensionierung am 31. Dezember 1982. Meine Verabschiedung wurde mit vielen freundlichen Ansprachen begangen und dann war ich auf einmal »Ruheständler.« Viele Wochen, vielleicht sogar Monate, lauerte ich auf einen Telefonanruf, mit dem mich jemand um meinen Rat oder nach meiner Meinung fragen würde, aber nichts geschah. Es war, als hätte ich bei Mauser überhaupt keine Lücke hinterlassen, ja, als hätte ich dort nie existiert. Das war in der ersten Zeit ziemlich frustrierend, aber schließlich fand ich mich damit ab, freute mich über meine monatlichen Pensionszahlungen, für die ich nicht mehr tun musste, als am Leben zu bleiben.

Nun konnte ich mich unbeschwert in mein Privatleben stürzen, und im Nachhinein bin ich froh, dass ich mich so früh zur Ruhe gesetzt habe, und mit Karin noch bei guter Gesundheit viele schöne und interessante Jahre erleben durfte. Sie sind die schönsten unseres Lebens gewesen.

Bis es aber soweit war, vergingen 13 Jahre, in welchen wir die Freuden und die Leiden eines Elternpaares von vier Töchtern durchlebten. Die unzähligen Höhen und Tiefen, die schönen Momente und die sorgenvollen würden ein weiteres Buch füllen. Zum Schluss sind alle Töchter ihren Weg gegangen und ich bin heute glücklicher denn je, dass ich sie habe.

Eingehender erzählen möchte ich über mein Zusammenleben mit Karin, das trotz mancher familiärer Schwierigkeiten zutiefst harmonisch und partnerschaftlich war. Karin nahm ihre Aufgabe als Hausfrau und Mutter sehr ernst und sie erledigte sie mit großer Hingabe. Wenn ich daran denke, mit wie viel Freude sie stunden- und manchmal sogar tagelang die Besuche unserer Kinder vorbereitete, und mit welchem Stolz sie dann unter ihnen saß, dann glaube ich, dass Karin sehr zufrieden, ja glücklich war mit ihrem Leben. Ich bin dem Schicksal dankbar, dass es uns durch seine Fügung zusammengeführt hat. Vielleicht wären wir uns nie begegnet, wenn Karins berufliche Entwicklung eine andere gewesen wäre.

Sicher hatte sie noch einen anderen Weg, mit all den kleinen und großen Sorgen fertig zu werden: ihre Liebe zum Garten. Die Anwesenheit ihrer Mutter, die sich seit 1960 mit um den Haushalt und die Kinder kümmerte, gaben ihr einen großen Freiraum für dieses Hobby. Karins Mutter war wirklich ein Geschenk für uns. Nur durch sie konnten wir, auch als die Kinder noch kleiner waren, unsere vielen Reisen unternehmen. Besonders hoch habe ich ihr angerechnet, dass sie weder Karin noch mir in irgendeiner wesentlichen Angelegenheit je dreingeredet hat. Aber auch sie wurde immer älter und begann körperlich und auch geistig spürbar abzubauen. Besonders ihre Sehkraft wurde immer schlechter. Sie litt an der Makula-Degeneration, einer Zerstörung des Netzhautmittelfeldes, und ich wusste damals noch nicht, dass diese Krankheit auch mich – wie vor mir meine Mutter und meinen Großvater – in einigen Jahren fest in ihrem Griff haben würde. 1990, mit 84 Jahren starb Karins Mutter.

Ab diesem Zeitpunkt waren Karin und ich wirklich die letzten Bewohner des Hauses Distelweg 5 in Stommeln. Und es sollte nur noch eine kleine

Zahl sehr, sehr schöner Jahre für unser Zusammensein bleiben; wir ahnten nicht, wie bald Karin mich für immer verlassen musste.

Wenn wir keinen Besuch von unseren Kindern oder Enkelkindern hatten oder nicht auf Reisen waren, führten wir ein ruhiges Leben, das Balsam für unsere Seele war. Wir hatten unsere Rituale. Ich stand jeden morgen als Erster auf und ging ins Badezimmer, während Karin noch vor sich hindöste. Wenn ich fertig war, ging ich zu ihr zurück und küsste sie wach; ohne dieses Wachküssen ist Karin nicht aufgestanden. Werktags nahmen wir unsere Mahlzeiten in der Küche ein, aber sonn- und feiertags zelebrierten wir Frühstück und Mittagessen in der Essdiele mit unserem besten Geschirr und bei Kerzenlicht. Für Tischmusik sorgte eine Schallplatte, oft mit Marschmusik, die auch Karin liebte, und deren Lautstärke eine bestimmte Untergrenze nicht unterschreiten durfte.

Wenn wir etwas benötigten, fuhren wir nach dem Frühstück zum Einkaufen. Am schönsten war es, wenn Karin etwas für sich besorgen wollte. Dann fuhren wir nach Köln und ich setzte mich in ein Café, während sie durch die Stadt bummelte. Für mich waren die Wege zu weit und so wartete ich voller Vorfreude, bis Karin mit strahlendem Gesicht und die Hände voller Tüten in das Café kam und mir noch vor Ort alle ihre Einkäufe zeigte. Sie konnte so glücklich aussehen, bei so vielen Dingen, die sie tat.

Wenn wir nichts zu besorgen hatten, hörte ich vormittags Musik, oder las ein Buch, während Karin sich mit dem Haushalt beschäftigte. Zum Mittagessen fanden wir uns wieder zusammen. Karin war eine begeisterte Köchin. Ständig probierte sie neue Rezepte aus einer ihrer vielen Kochbücher, und die meisten gelangen ihr vortrefflich. Eines der neuen Gerichte wurde prämiert und dann beim so genannten Rentneressen, das Karin ins Leben gerufen hatte, wiederholt. Zum Rentneressen trafen sich regelmäßig sechs bis acht Nachbarn, mit denen wir uns angefreundet hatten.

Unschlagbar blieb jedoch Karins Rhabarberspeise, die ich heute noch vermisse. Niemand, ich nicht und auch keine meiner Töchter, kann sie so lecker zubereiten wie meine Frau. Dabei mutet das Rezept ganz einfach an: Auf den Boden einer Schüssel kommen Löffelbiskuits, darüber der gekochte Rhabarber und dann wird das Ganze mit Vanillepudding übergossen. Am besten lässt man es dann einen Tag im Kühlschrank stehen damit es richtig durchzieht. Lecker!

Solange das Wetter es zuließ, arbeitete Karin nachmittags im Garten. Wenn sie ihre Arbeit für eine Zigarettenpause unterbrach und sich auf unserer Steinbank unter den Birken ausruhte, kam ich hinaus und setzte mich zu ihr. Oft saßen wir dann schweigend nebeneinander und genossen die Schönheit um uns herum. Wir konnten gut miteinander schweigen, in einem tiefen, wortlosen Einverständnis.

An warmen Sommer- und Herbstabenden, gelegentlich auch bei Gewitter, nahmen wir das Abendbrot auf der Terrasse ein. Karin machte Schnittchen und danach saßen wir bei einer Flasche Wein zusammen bis tief in die Dunkelheit. Dann kam es manchmal vor, dass wir aus unserer Vergangenheit erzählten, meist kleine Episoden aus Jugendtagen.

Oft erinnerten wir uns aber auch an unsere Erlebnisse auf den vielen Reisen, die wir unternommen hatten oder planten die nächste. Es gab so Vieles, das wir gemeinsam erlebt hatten. Da waren die jährlichen Besuche in Cap d'Agde, im Languedoc gelegen, wo wir 1980 eine Ferienwohnung gekauft hatten. Wir fuhren meist im Früh- oder im Spätsommer dorthin. In den ersten Jahren sind wir mit dem Auto gefahren und erkundeten so viele wunderschöne Regionen Frankreichs. Auf einer solchen Reise war es, dass ich wieder einmal so richtig stolz auf Karin war. Wir waren in Annecy am gleichnamigen See und saßen zum Abendessen im Garten eines Restaurants. Am Nebentisch hatte sich ein junges, italienisches Pärchen niedergelassen, das hilflos auf die Speisekarte starrte; sie konnten offenbar kein Französisch. Da ging Karin an ihren Tisch und fragte in ihrem prächtigen Italienisch, ob sie helfen könne. Erleichtert nahm man ihr Angebot an, sie übersetzte ihnen die Speisekarte in ihre Sprache und gab dann auch noch die Bestellung auf.

Karin hatte sofort nach dem Kauf des Appartements einen Sprachkurs gemacht und beherrschte die französische Sprache bald perfekt. Mir dagegen genügte es, wenn ich die Speisekarte lesen konnte. Cap d'Agde wurde zu unserem zweiten Zuhause. Auch dort genossen wir es, abends bei einer Flasche Wein auf dem Balkon zu sitzen und den Sternenhimmel zu beobachten.

Ein bleibendes Erlebnis war auch unser Besuch einer »Aida«-Aufführung in der antiken Arena von Verona, die wir während einer Italienrundreise erleben durften. Besonderen Eindruck machte auf uns die Begeisterung des italienischen Publikums, das nach jeder Arie und orchestralem Highlight in frenetischen Beifall ausbrach. Es war eine schöne und milde Sommernacht. Als wir um Mitternacht mit einiger Mühe unter hundert anderen unseren Bus gefunden hatten, mussten allerdings gleich drei von unseren Mitfahrern feststellen, dass sie Taschendieben zum Opfer gefallen waren. Wir waren zuvor gewarnt worden, dass bei solchen Gelegenheiten die Langfinger aus ganz Italien zusammenströmen, um sich auf ihre Beute zu stürzen. Wir hatten weder ein Portemonnaie noch Papiere oder Schlüssel bei uns, Karin hatte ein paar 1000-Lire-Scheine unter ihrem BH versteckt, wo sie sicher verwahrt waren, solange ihr keiner an die Wäsche ging; damit brauchten wir aber wohl nicht zu rechnen.

Nach der Öffnung der Grenze 1989 machten wir viele Reisen in den Osten. Natürlich besuchten wir nun auch wieder einmal Kladow, um endlich die

Sakrower Kirche zu besuchen, die wir jahrelang dicht vor der Nase hatten, die aber trotzdem für uns unerreichbar gewesen war. Schon wenige Wochen nach der Öffnung hatte sich dort ganz in der Nähe der Kirche bereits ein Würstchenstand etabliert.

Eine andere Reise durch den Osten Deutschlands führte uns 1992 auf der Elbe mit einem Flusskreuzfahrtschiff von Hamburg bis zur tschechischen Grenze und wieder stromabwärts bis Dresden. Unsere Reise führte uns an den unbewohnten Elbauen vorbei und wir waren erstaunt darüber, wie vogelreich diese waren, trotz der jahrzehntlangen industriellen Verschmutzung der Elbe in deren östlichen Teil.

Bei dieser Gelegenheit besuchten wir auch meine Schwester Hilde, die ja in der Nähe von Hamburg, in Geesthacht, wohnte. Es sollte unser letzter Besuch bei ihr sein. Am Ende des nächsten Jahres, es war Dezember 1993, erhielt ich völlig unvorbereitet die Nachricht, dass sie an einer Thrombose gestorben war. Ich wurde so unvermutet mit ihrem Tod konfrontiert, dass ich doch sehr berührt war. Sie war 82 Jahre alt geworden und die letzte Verbindung zu meiner Kinder- und Jugendzeit.

Im Herbst 1973 hatte ich Karin zum ersten Mal dazu überreden können, mit mir, den das schon lange gereizt hatte, eine Kreuzfahrt zu unternehmen. Es sollte nicht unsere letzte bleiben. Unser erstes Schiff war die griechische »Regina magna.« Die Route führte von Amsterdam über Lissabon nach Madeira. Dort mieteten wir uns ein Taxi, wie wir es bei anderen Gelegenheiten auch noch oft getan haben. Das kam uns nicht nur erheblich billiger als die angebotenen Busfahrten, sondern war in unserer Zweisamkeit auch sehr viel schöner. Unser Fahrer brachte uns quer durch die Insel zu einem kleinen Fischerort. In dem einzigen Lokal, das es dort gab, aßen wir den köstlichsten Schwertfisch aller Zeiten. Es war brütend heiß, kein Mensch war auf der Straße, und das einzige Geräusch kam von der Brandung des Meeres, das sich an den Klippen brach.

Eine andere Kreuzfahrt führte uns nach Israel und Ägypten. Ich erinnere mich an einen Gang durch die Via Dolorosa in der Altstadt von Jerusalem. Die vielen kleinen Geschäfte dort waren in der Hand von Palästinensern, die lautstark ihre Waren anboten. Plötzlich klopfte mir einer der Händler auf die Schulter und sagte: »Hitler gut!« Daraufhin klopfte ich spontan mit der Faust auf meine hohl klingenden Prothesen und antwortet: »Hitler schlecht!« Der Dialog war damit beendet und Karin musste sich wirklich anstrengen, um nicht in schallendes Lachen auszubrechen.

Mitte der achtziger Jahre machten wir eine Reise zu den Azteken und Mayas nach Mexiko. Wir starteten unsere Unternehmung in Mexiko-City, wo wir vier Tage blieben, um die Hauptstadt und ihre Umgebung anzusehen. Wir haben uns dort sehr wohl gefühlt. Auch das Klima und die berüchtigte schlechte Luft von Mexiko-City konnten unserer Stimmung nichts anhaben. Mehr dämpfte unsere Freude, dass wir beim Besuch im sehr sehenswerten Archäologischen Museum meinen Fotoapparat einbüßten. Mein Verdacht richtete sich gegen einen Polizisten, der neben mir gestanden war, als ich den Apparat kurz aus der Hand gelegt hatte, um einen neuen Film aus meiner Jackentasche zu nehmen. Aber sollte ich mich mit dem anlegen?

Für die Weiterreise mussten wir uns einer etwa 25-köpfigen Reisegruppe anschließen. Yukatan bereisten wir per Bus. Am ersten Tag ging die Fahrt über 800 km, die nur für das Mittagessen unterbrochen wurde. Das Ganze war also keine reine Vergnügungsfahrt. Was wir dann aber zu sehen bekamen, entschädigte uns voll und ganz für die erlittenen Strapazen: Faszinierend schön standen die Pyramidenbauten der Mayas vor unseren Augen! Diese eindrucksvollen Bauwerke musste ich allerdings auf allen Vieren rauf- und runterklettern, da ich zu dieser Zeit noch keinen Stock benutzte. Dieser fehlte mir dann auch ganz erheblich in der Dschungelstadt Palenque, als ich einen Bach auf einem Baumstamm überqueren musste. So etwas hatte ich, seit ich Prothesenträger war, nicht gemacht und auch hinterher nie wieder getan.

Nach Abschluss unserer Rundfahrt durch Yukatan nahmen wir unseren Badeurlaub in Puerto Valarta, einer kleinen, im Norden Mexikos gelegenen Stadt. In einem großen Hotel hatten wir ein Zimmer im vierten Stock mit Blick auf den Pazifik. Ausflüge machten wir mit einem VW-Käfer, der auch vom großzügigsten deutschen Polizisten wegen Verkehrsgefährdung sofort von der Straße genommen worden wäre, aber wir haben alle Ausfahrten unbeschadet überlebt.

Unserer jahrelangen Tradition folgend, wann immer ein Balkon oder eine Terrasse verfügbar war, dort abends zusammen zu sitzen und gemütlich einen Wein zu trinken, hatte Karin im benachbarten Supermarkt eine Flasche gekauft. Da wir keinen Korkenzieher im Reisegepäck hatten, war ihre Entscheidung zugunsten einer Flasche mit Schraubverschluss gefallen. Als wir uns dann mit freudiger Erwartung niedergelassen hatten, öffnete ich die Flasche und goss jedem von uns ein Zahnputzglas voll ein. Wir sagten »Zum Wohl!« und nahmen einen ordentlichen Schluck. Igittigitt – was war das für ein Gebräu! Es schmeckte scharf und trieb mir fast die Tränen in die Augen. Als wir uns die Flache näher besahen, konnten wir feststellen, dass Karin anstelle von Wein, Tequilla gekauft hatte.

Im Jahr darauf machten wir eine Weltreise. Es ging über San Francisco, wo wir einen Tag Zeit hatten, um uns in der Stadt umzusehen. Am Abend aßen wir in China-Town bei einem Chinesen als so ziemlich die einzigen europäischen Gäste. Der Wirt war stinkbeleidigt, als wir die Essensreste nicht mitnehmen wollten. Am nächsten Tag hatten wir Aufenthalt in Los Angeles. Es ging nach Disneyland, wo sich Karin und ich an eine Spaceshuttle-Fahrt wagen wollten, ohne überhaupt zu wissen, was das war. Wohl fielen uns in dem Schlauch, in dem wir uns mit den Wartenden vorwärts schoben, immer wieder Hinweise auf, dass man hier noch die Wartezone verlassen könne, aber wir meinten, dass es so schlimm wohl nicht werden würde. Wir sollten uns gründlich geirrt haben. Es war noch viel schlimmer: Wir wurden in die Tiefe geschleudert, um Ecken geworfen, alles in völliger Dunkelheit, nur ab und zu blitzte für den Bruchteil einer Sekunde ein Sternchen auf. Der Schreck saß uns tief in den Knochen und das war vielleicht der Grund, warum wir den Weg zurück ins Hotel nicht mehr fanden. Als Karin mit unserem Mietwagen von einem Polizeibeamten gestoppt wurde, weil sie verbotenerweise in ein Flugfeld einbiegen wollte, waren wir fast erleichtert. Wir fragten den Polizisten nach dem Weg. Die Erklärung war etwas umständlich und unsere Gesichter drückten wohl hinreichend aus, dass wir ihn nicht verstanden hatten. Da setzte sich der Polizist in seinen Wagen, gab uns ein Zeichen, dass wir ihm folgen sollten und brachte uns mit Blaulicht vor uns herfahrend zu unserem Hotel.

Am Abend ging es mit dem Flugzeug nach Tahiti. Um 4 Uhr 30 Ortszeit kamen wir dort an. Als wir das Flugzeug verließen, glaubten wir, in einen dampfenden Backofen gesteckt zu werden. Es hatte gerade geregnet und die Luftfeuchtigkeit betrug 92 %. Der Regen kam meist am Abend oder in der Nacht, von der einen auf die andere Sekunde und dann mit einer Dichte und Heftigkeit, als wenn eine große Brause voll aufgedreht worden wäre. Nach ein bis zwei Stunden hörte er genauso abrupt wieder auf, und zurück blieb eine dampfende Schwüle. Sowohl Karin als auch ich gewöhnten uns aber schnell an dieses Klima. Das Schönste an unserem Aufenthalt auf Tahiti und der Nachbarinsel Moorea war das Baden in dem 26 bis 28 °C warmen Wasser. Es war glasklar und voller kleiner, bunter Fische. Für diese Reise hatte ich meine Schwimmprothesen mitgenommen, ungeachtet der Unbequemlichkeit, einen Koffer mehr herumschleppen zu müssen. So schnorchelte auch ich, wenngleich nicht annähernd so ausdauernd wie Karin, und hatte den Eindruck, in einem Aquarium herumzupaddeln.

Besonders gefallen haben uns die Fidschi-Inseln. Hier machten wir eine mehrtägige Atoll-Rundfahrt auf einem kleinen Hotelschiff, das 30 Passagieren Platz bot. Täglich wurden wir mit der Barkasse des Schiffes an wunderschöne, einsame Badestrände gebracht. In der Nähe eines Marktes auf einem bewohnten Atoll sahen wir in einem der typischen Südseehäuser, deren Seitenwände aus Matten bestehen, die zu Lüftungszwecken hoch gezogen werden können, in einer Hängematte einen schon sehr alten Mann liegen, der mit dem Fuß eine Wiege bewegte, in der ein nackter Säugling lag. Das Leben auf den Fidschi-Inseln kam wirklich sehr gemütlich daher.

Über Australien, wo wir aber nur zwei Tage Aufenthalt hatten und außer Sydney nur dessen nähere Umgebung erkunden konnten, erreichten wir das Traumziel unserer Reise: Bali. Die Landschaft ist geprägt von riesigen Reisfeldern mit kunstvollen Bewässerungsanlagen, die terrassenförmig an den Berghängen angelegt sind. Das Innere der Insel, von der Zivilisation fast völlig unberührt, ist übersät mit Hindu-Tempeln. Wir sahen auf Bali die Vorbereitungen für die Verbrennung der Leiche eines wohlhabenden Mannes. Es ist dort üblich, dass arme Leute die Überreste ihrer vielleicht schon vor Monaten verstorbenen und bis dahin nur provisorisch begrabenen Angehörigen der Leiche eines Reichen beilegen dürfen – eine brüderliche Geste zwischen Arm und Reich. Von Bali ging es über Bombay zurück nach Hause, wo wir uns nun erst einmal ein wenig erholen mussten.

Allerdings nicht allzu lange. Es gab noch einen Kontinent, der auf uns wartete: Afrika. Ungeachtet des Boykotts gegen Südafrika, entschieden wir uns für dieses Land. Es war damals zwar möglich, Angebote für eine solche Reise zu finden, aber gar nicht so leicht, einen Veranstalter darunter zu haben, der das Angebot auch tatsächlich realisierte. Immer wieder kamen Absagen, aber schließlich fand sich eine kleine Gruppe von zehn Interessenten unter der Flagge der »Air Tours« zusammen und so flogen wir Anfang 1986 Richtung Afrika. Da afrikanische Länder wegen des Boykotts gegen Südafrika nicht überflogen werden durften, ging es über den offenen Atlantik zu den Kapverdischen Inseln, denen wohl die Einnahmen aus den Transfergebühren mehr wert waren als der Stolz, sich an dem Boykott gegen Südafrika zu beteiligen. Unser erstes Ziel war Windhoek, die Hauptstadt der ehemaligen deutschen Kolonie Deutsch-Südwest-Afrika. Als wir dort waren, war das Land noch als ursprüngliches Mandatsgebiet des Völkerbundes, jetzt der UNO, unter der Verwaltung von Südafrika. Das große Wildreservat der Etoscha-Pfanne, das wir als erstes Ziel in einem Bus ansteuerten, gab uns einen Eindruck von der Grandiosität afrikanischer Tierparks. Nördlich von diesem Gebiet liegt das Ovambo-Land, das damals für Touristen gesperrt war, da von hier die Unruhen ausgingen, welche die Unabhängigkeit des heutigen Namibias zum Ziel hatten, ein Ziel, das wenige Jahre später auch erreicht wurde.

Von Windhoek aus ging es mit dem Flugzeug nach Kapstadt. Ein Besuch des Tafelberges, der an diesem Tag ausnahmsweise einmal nicht im Nebel verhüllt, war, ermöglichte uns einen phantastischen Blick über die Stadt und den Hafen. Nach zwei Tagen begann unsere Durchquerung Südafrikas, Richtung Nordosten meist entlang des Indischen Ozean bis nach Johannesburg. Wir sahen in den Städten, die wir passierten, Schwarze und Weiße anscheinend harmonisch zusammenleben. Wohl fiel uns zum Beispiel bei den Parkbänken auf, dass es besondere für Schwarze und Weiße gab; das wurde aber keineswegs streng beachtet. Unsere südafrikanische Führerin, eine Weiße, erzählte uns, dass sie in einem Viertel der Schwarzen lebe, was eigentlich verboten sei, aber die Mieten in den Weißen-Vierteln seien ihr zu hoch. Als außenstehende Touristen hatten wir aber wahrscheinlich keinen sehr tiefen Einblick in die politischen und sozialen Gegebenheiten.

Die Reservate, die wir außer dem Krüger-Nationalpark, den wir aber nur streiften, besucht haben, waren alle in Privatbesitz. Hier wurde uns erst bewusst, welch trauriges Leben die Tiere in den zoologischen Gärten führen, auch wenn diese für manche Arten die einzige Überlebenschance sind. Allerdings gab es auch Situationen, wo mir die Sicherheit in einem Zoo ganz lieb gewesen wäre. Bei einem Ausflug zu dem so genannten Crocodile-River standen wir auf einer Felsplatte, die in den Fluss ragte, als ich auf einmal ausrutschte und lang hinfiel. In dem Wasser, das zuvor noch vollkommen ruhig ausgesehen hatte, fing es in Sekundenschnelle an wild zu brodeln. Hätten mich nicht kräftige Männerarme an das feste Ufer zurückgezogen, wäre ich unter Umständen ein Fraß der Krokodile geworden, die dann aber hoffentlich an meinen Prothesen erstickt wären.

Ein anderes Mal schien es ein Elefantenbulle auf Karin und mich abgesehen zu haben. Unser Guide hatte ihn an der Krone eines Baumes rupfend entdeckt und, da Elefanten in diesem Reservat Mangelware waren, mit seinem Funkgerät weitere Fahrzeuge herbei gerufen. Alle diese Fahrzeuge bestanden ausschließlich aus offenen sechssitzigen Landrovern, deren letzte Sitzreihe erhöht war. In unserem Wagen hatten Karin und ich dort unseren Stammplatz. Die herbeigerufenen Fahrzeuge, etwa fünf oder sechs an der Zahl, stellten sich, das Heck dem Bullen zugewandt, im Halbkreis um diesen auf, in einer ungefähren Entfernung von 30 m. Diese fluchtfreundliche Aufstellung zeugte von Weitsicht, denn auf einmal schien sich der alte Herr über seine ungebetenen Gäste zu ärgern; er stieß einen lauten Trompetenruf aus und setzte zum Angriff an – ausgerechnet auf unseren Landrover. Unser Guide gab Vollgas und ich fürchtete nicht zuletzt um unseren schwarzen Fährtensucher, der auf einem primitiven Sitz auf dem vorderen Kotflügel saß. Der aber klemmte sich eisern fest, was Karin und ich ihm eifrig nachtaten. Wir gewannen den Wettlauf mit dem Elefanten, allerdings nicht ganz ohne Opfer. Meine Kopfbedeckung blieb auf der Flucht an einem Dornbusch hängen, der darüber hinaus noch für blutige Striemen auf meinem kahlen Schädel sorgte und mein extra für diese Reise gekauftes Khakihemd zerfetzte.

Auf dieser ersten Afrikareise lernten wir die Sitte des Sundowner-Drinks kennen. Bei Dämmerung wird man mit dem Wagen an einen schönen Platz gefahren, der Guide packt Whisky und andere Getränke sowie Eiswürfel aus, und man genießt dann mit einem Glas in der Hand den Sonnenuntergang in der Weite Afrikas. Nicht nur wegen dieser schönen Erweiterung unserer Balkon- und Terrassenabende sind wir in den nächsten Jahren immer wieder nach Afrika gereist.

Unsere erste Reise ins südliche Afrika beendeten wir in Zimbabwe, dem früheren Rhodesien, wo wir die großartigen Victoria-Fälle besuchten. Wir wohnten im ersten Haus am Platze, nur einige 100 Meter von den Fällen entfernt. Von dort aus konnten wir die Gischt in den Himmel sprühen sehen, während das beeindruckende Geräusch der fallenden Wassermassen zu uns herüberdrang. Unser Zimmer war wunderschön, im Erdgeschoss gelegen mit einer eigenen kleinen Terrasse – unser Traum. Allerdings hatte man uns geraten, die Verandatüren geschlossen zu halten, da draußen eine Menge frecher Affen, die wie die Raben stahlen, die Gegend unsicher machten. Die Idee, auf der schönen Terrasse den Abend zu verbringen, mussten wir deshalb aufgeben. Auch mit dem Frühstück wurde es nichts. Wir blieben im Zimmer, während vor uns die Affen spielten und sich ab und zu die Nasen an der Glastüre breitdrückten.

Als wir dort waren, war Zimbabwe erst seit kurzer Zeit unabhängig, und die Ungewissheit über ihre Zukunft stand den Weißen, mit denen wir sprachen, ins Gesicht geschrieben. Ich habe keinen Einzigen von ihnen lachen sehen, und die Zukunft hat dann auch bewiesen, dass sie nichts zu lachen haben würden. Aber den Schwarzen ging es wohl auch nicht so gut, wie sie es sich einmal erträumt hatten. In dem ehemals blühenden Land konnte man verwundert feststellen, dass nach Fleisch in langen Schlangen angestanden, und auch den Touristen im Hotel das Fleisch vom Chefkoch vorgezählt wurde.

Zum Abschied unternahmen wir eine Flussfahrt auf dem Sambesi, hinein in den Sonnenuntergang, und erlebten eine Gruppe von Elefanten, die sich im Abendlicht am Ufer tummelten.

Wir sind noch dreimal ins südliche Afrika gereist: nach Südwest-Afrika, dem heutigen Namibia, nach Kenia und – unsere letzte Afrikareise – nach Tansania.

Im Februar 1991 flogen wir in einer brechend vollen Maschine nach Addis Abeba, über das wegen des Kuwait-Kriegs alle Flüge nach Südasien umgeleitet wurden. Wir mussten dort umsteigen und eine Maschine nach Arusha nehmen, die allerdings war nun fast leer. Wohl des besagten Kuwait-Krieges wegen, gab es in diesem Jahr in Tansania kaum Touristen. In den Hotels und Lodges waren wir fast allein, die Straßen und Reservate gehörten uns. Das konnte uns nur recht sein, denn so durften wir ungestört die herrliche Tierwelt bewundern, die alles in den Schatten stellte, was wir bisher gesehen hatten. Mit unserem Fahrer durchstreiften wir dieses wunderschöne Land.

Ein unvergesslicher Ausflug war die Fahrt in den Ngorongoro-Krater, der in der südlichen Serengeti liegt. Als wir vom Kraterrand, vielleicht 100 m über dem Grund, in flachen Serpentinen in ihn hineinfuhren, glaubten wir in einem Film zu sein. Es war noch früh am Morgen, und zu dieser Zeit trieben die Massai-Hirten ihre Rinderherden zu einer Wasserstelle, die mitten im Krater lag. Diese Wasserstelle, die eigentlich nur ein Tümpel war, wurde auch von den Wildtieren benutzt, und die strebten zur gleichen Zeit wie die Massai-Hirten und wie auch wir, der Tränke zu. Ein Löwenrudel marschierte erhaben und stolz, ohne die Massais mit ihren Rindern, die anderen Tiere oder auch uns zu beachten, etwa 50 m von uns entfernt, dorthin. Karin und ich standen neben unserem Wagen ohne auch nur einen Anflug von Angst, so friedvoll war das Bild. Nicht weit von uns entfernt graste eine Büffelherde. Es schien in diesem Augenblick, als gäbe es keine Jäger und Gejagten, sondern nur ein friedliches Miteinander, in dem jeder den Anderen sein lässt. Fast unbewusst fanden sich Karins und meine Hand und so standen wir wie zwei staunende Kinder, die glaubten, im Paradies angekommen zu sein.

Nach drei Wochen traumhafter Naturerlebnisse war unsere letzte Reise nach Afrika beendet. Diesem faszinierenden Kontinent blieben sowohl Karins als auch mein Herz verbunden. Wenn wir uns gemeinsam erinnerten, so waren es immer wieder diese Geschichten, die wir uns erzählten: »Weißt du noch …?«

Abschied

Also musst du fort von hier
Und musst Abschied nehmen.
Ach, du meines Herzens Zier –
Scheiden, das bringt Tränen …

Wir schreiben den Anfang des Jahres 1994, des Jahres, in dem Karin das letzte Stück ihres Weges gegangen ist. Die Krankheit, die ihr das Leben kosten würde, wohnte schon in ihrem Körper, aber davon wussten wir nichts.

Im späten Frühjahr beschlossen wir, nach Cap d'Agde zu fahren, um den Frühsommer an der Mittelmeerküste zu genießen. Waren es dann Vorahnungen, die Karin auf die Idee brachten, jetzt den Versuch zu machen, unser Appartement zu verkaufen? Uns waren die Fahrten mit dem Autoreisezug lästig geworden; sie dauerten zu lange und schlafen konnten wir im Zug auch nicht mehr ordentlich. Einmal am Ort, fanden wir es immer noch wunderschön. Aber uns wurde klar, dass uns mit dem Älterwerden die ganzen Umstände, die mit einem Urlaub in der eigenen Ferienwohnung verbunden sind, immer lästiger werden würden. Wir schätzten mehr und mehr den Wert komfortabler Hotels, wo man sich um nichts kümmern musste. Ich stimmte Karin also zu und tröstete uns beide mit der Aussicht, dass wir ja immer noch eines der Hotels in Cap d'Agde als Quartier nutzen konnten, wenn es uns noch einmal hierher zöge. Der Makler, den wir daraufhin aufsuchten, riet uns aber von einem Verkauf ab, da der Markt keine guten Preise hergab.

Bald nachdem wir wieder in Stommeln waren, fing Karin an zu kränkeln. Sie war schlapp und schwitzte nachts fürchterlich. Es dauerte eine Weile, bis ihre Ärztin nach einer Röntgenaufnahme der Lunge zu der Erkenntnis kam, dass Karin eine Lungenentzündung hatte. Die war inzwischen verschleppt worden und ließ sich trotz der Einnahme von Antibiotika mit der Heilung über Gebühr Zeit. Karin sollte strikt im Bett bleiben. Jeder, der sie gekannt hat, weiß, wie schwer ihr das gefallen sein muss. Nicht so schwer fiel es ihr, das Rauchen nun aufzugeben. Sie hat von heute auf morgen keine Zigarette mehr angerührt, auch nicht als sie scheinbar genesen war.

Nach einigen Wochen schien sie sich erholt zu haben. Ihr ging es so gut, dass wir beschlossen, eine Herbstreise nach Kärnten zu machen. Wir hatten uns ein Hotel direkt am Ossiacher See ausgesucht. Mit dem Autoreisezug reisten wir nach München und hatten dann noch eine etwa dreistündige Fahrt auf der Autobahn vor uns. Als wir am Ziel angekommen waren, gestand mir Karin, dass ihr die Autofahrt sehr schwer gefallen war, und dass sie am liebsten zwischendurch angehalten hätte, um alle Viere von sich zu strecken. Auf der Fahrt hatte sie aber nichts zu erkennen gegeben. Es wurde trotzdem ein schöner Urlaub, auch für Karin, wie ich glaube. Ich konnte nicht feststellen, dass sie noch irgendwelche Beschwerden hatte. Aber vielleicht hat sie diese auch vor mir verborgen.

Zu Hause verschlechterte sich ihr Zustand abermals. Sie war wieder schlapp und fing an zu schwitzen, wenn auch nicht in dem Ausmaß wie im Sommer. Ihre Ärztin wurde jetzt skeptisch, hielt dies nicht mehr nur für eine Lungenentzündung und schickte Karin zu einem Lungenspezialisten. Dieser, ein renommierter Professor, war aber mit Terminen für vier Wochen ausgelastet. So lange wollte nicht einmal Karin warten und wir fanden mit Hilfe eines befreundeten Ehepaares einen Lungenspezialisten, der sie ohne Termin sofort drannahm. Er untersuchte Karin, ließ sofort eine Röntgenaufnahme von der Lunge machen, stellte fest, dass an der rechten Bronchie etwas saß, was da nicht hingehörte, und machte auch gleich eine Bronchoskopie. Er nahm eine Gewebeprobe und sagte, dass er erst nach der pathologischen Untersuchung Klarheit darüber habe, ob das festgestellte Geschwulst gut- oder bösartig sei.

Es war bösartig, ein Platten-Epithel-Karzinom! Nur durch eine Totaloperation, das heißt, nur durch die Entfernung des rechten Lungenflügels konnte es beseitigt werden. Er sprach den schwachen Trost aus, dass dieses Karzinom in der Regel nur langsam wuchs und nicht zum Streuen neigte. Für mich war das der Hoffnungsschimmer, an den ich mich klammerte. Für die Operation empfahl der Arzt eine Spezial-Lungenklinik in Velbert bei Essen. Er setzte sich umgehend mit dieser Klinik in Verbindung und Karin wurde noch für das gleiche Jahr ein Bett versprochen.

Von nun an war das Leben für uns beide nicht mehr wie früher. Sorge und Angst erfüllten unsere Tage und Nächte, und ich, der bis dahin kein religiöser Mensch war, habe das Beten wieder gelernt. Ich versuchte, meiner Verzweiflung Herr zu werden, ich wollte Karin ein zuverlässiger und starker Partner sein, jetzt, wo sie mich wirklich brauchte, um sich anzulehnen, um sich auszuruhen, von ihren Ängsten und vielleicht auch schon von ihren Schmerzen. Doch Karin war die Starke. Sie gab mir den Trost, den ich ihr so gerne gegeben hätte, und die Hoffnung, die ich in meiner Verzweiflung immer wieder verlor.

Zwischen Weihnachten und Silvester 1994 wurde Karin operiert. Jetzt begann die lange Zeit des Hoffens und des Bangens – in dieser Reihenfolge. Im Verlaufe des Jahres 1995 schien die Hoffnung zur Gewissheit zu werden: Alles würde wieder gut! Karin machte einen besseren Eindruck, als man es nach einer solch schweren Operation erwarten konnte. Sicher war sie noch schwach, schonte sich auch zu Hause, so gut es ihr möglich war. Aber wer Karin kannte, weiß, dass ihr das nur in Grenzen gelang. Immerhin war sie so einsichtig, dass sie einer täglichen Hilfe im Haushalt zustimmte.

Da Karins Stimmbänder bei der Operation gelitten hatten und das Sprechen ihr schwer fiel, musste sie einige Wochen zu einer Logopädin, die ihre Praxis in Köln in der Nähe des Ebert-Platzes hatte. Seit ihrer Lungenentzündung begleitete ich sie auf allen ihren Wegen. Während Karin ihre Therapie machte, besuchte ich ein Café am Ebert-Platz und nahm ein zweites Frühstück ein, ehe mich Karin dort wieder abholte.

Im Frühjahr werkelte Karin ein wenig im Garten herum, aber ehe das in Arbeit ausartete, wollte ich mit ihr lieber irgendwo hinreisen, wo das Klima für sie schon bekömmlicher war. Ihre Ärztin riet uns zur französischen Riviera und so machten wir uns mit dem Autoreisezug via Avignon dorthin auf.

Wir fanden in der Nähe von St. Tropez ein nettes Hotel direkt am Meer und fühlten uns die zehn Tage, die wir dort waren, sehr wohl. Das Wetter war allerdings nicht so, dass wir die zum Meer gelegene Terrasse hätten nutzen können. Um die Luft der großen, weiten Welt zu schnuppern, machten wir einmal einen Ausflug nach Cannes. Dort standen die Filmfestspiele bevor, und einige Stars waren schon eingetroffen. Karin hatte eine kindliche Freude daran, nach bekannten Gesichtern Ausschau zu halten.

Als wir durch die Stadt bummelten, überredete ich sie dazu, sich etwas besonders Schickes zu kaufen. Ich wollte ihr ein Geschenk zu ihrer Wiedergeburt machen, eigentlich aber war es ein Dankeschön an das Schicksal, das Karin noch an meiner Seite ließ. Wir fanden in einer Boutique eine cremegelbe Jacke und eine dazu passende Hose. Ich versuchte aus reinem Übermut den Preis etwas herunterzuhandeln, aber der Ladenbesitzer machte ein pikiertes Gesicht – in Cannes handelt man nicht.

Einmal schon im Süden Frankreichs, entschlossen wir uns, anschließend nach Cap d'Agde, zu fahren. Wir blieben dort weitere 14 Tage, in denen wir nicht so viel unternahmen wie in früheren Jahren. Karin, die ja immer am Steuer zu sitzen gehabt hätte, musste geschont werden. Zum Baden im Meer war das Wasser noch zu kalt, aber im geheizten Swimmingpool unserer Wohnanlage machte Karin ihre ersten Schwimmversuche nach der Operation. Zunächst schaffte sie nur eine Bahn, war dann aber mächtig stolz, als sie hin und zurück schwimmen konnte.

Wieder zurück in Stommeln, nahm das Leben seinen gewohnten Lauf. Karin schien immer kräftiger zu werden, und schon machten wir Pläne für eine Herbstreise. Es sollte wieder ans Mittelmeer gehen, aber in eine Region, die auch in dieser fortgeschrittenen Jahreszeit noch sommerlich warme Tage bot. Unsere Wahl fiel auf Zypern. In einem sehr schönen Hotel an der Südküste der

Insel haben wir drei erholsame Wochen verbracht. Mit dem Baden im Meer war es aber auch hier nichts, da Karin der Seegang zu rau war, und so blieb wieder nur der Swimmingpool, in dem sie aber immer längere Strecken schaffte.

Es ging nun auf Weihnachten zu und die ganze große Familie sollte sich unter dem Tannenbaum treffen. Die Stimmung war bei allen gelöst und hoffnungsvoll. Die Operation lag jetzt ein Jahr zurück und Karin schien es immer besser zu gehen.

Im Frühsommer fuhren wir wieder nach Cap d'Agde. Wir waren jetzt fest entschlossen, das Appartement zu verkaufen. Es war Karin, die darauf bestand. Fühlte sie sich nicht so gut, wie es den Anschein hatte? Wir beauftragten einen Makler, der uns aber wiederum keine Hoffnungen auf einen guten Preis machte; das war uns inzwischen jedoch egal. In unserem Stammlokal in Mèze aßen wir noch einmal die köstlichen, von uns so sehr geliebten Jakobsmuscheln und sagten den Wirtsleuten Lebewohl.

Es ist mir nicht mehr in Erinnerung, wann Karin zum ersten Mal über Sodbrennen und Schluckbeschwerden klagte. Es dürfte bald nach unserer Rückkehr nach Stommeln gewesen sein. Bei einer der Nachuntersuchungen bei unserem Deutzer Lungenspezialisten, der Karin bisher so gut betreut hatte, berichtete sie von ihren Beschwerden. Sie tat dies ohne zu jammern – das hätte nicht ihrer Art entsprochen. Der Arzt meinte, dass sich Magen und Speiseröhre in Folge des fehlenden Lungenflügels verlagert hätten und dass dies die Ursache ihrer Beschwerden sei. Der Tumor-Marker ihrer Blutuntersuchung zeigte keinen Befund, sodass er nicht glaubte, sich wegen eines möglicherweise erneut auftauchenden Karzinoms Gedanken machen zu müssen. Karins Schluckbeschwerden wurden aber im Verlauf der folgenden Wochen immer schlimmer. Sie konnte schließlich kaum noch feste Nahrung zu sich nehmen und suchte bei anderen Ärzten Hilfe. Neben ihrer Hausärztin konsultierte sie noch zwei Fachärzte für Inneres, aber keiner fand etwas. Es wurde eine Computertomographie vom Magen veranlasst, aber als ich den Röntgenologen fragte, ob dabei auch die Speiseröhre erfasst würde, sagte man mir, dass dies nicht verordnet gewesen sei. Die Computeraufnahme zeigte keinen Befund.

Nun begann das Bangen.

Im Sommer des Jahres 1996 waren Karins Schluckbeschwerden so stark, dass sie nur noch Suppen und Sahne-Eis zu sich nahm. Im September, bei einer erneuten Nachuntersuchung durch ihren Lungenspezialisten, wurde wieder nichts festgestellt. Karin war mittlerweile auf 45 Kilo abgemagert und sah völlig ausgezehrt aus. Sie hatte noch zehn Wochen.

Durch einen Kontakt aus dem Bekanntenkreis erfuhren wir, dass im Klinikum Rechts der Isar in München ein Chirurg war, der auf Operationen an der Speiseröhre spezialisiert sei. Den solle man doch einmal ansprechen.

Diese Konsultation wurde aber erst einmal verschoben, da wir vor einer Kreuzfahrt im Mittelmeer standen, zu der wir uns einige Wochen zuvor entschlossen hatten. Karin hatte sich gewünscht, diese Reise zu machen. Bis zuletzt versuchte ich sie zum Rücktritt zu bewegen, weil ihr Zustand nicht stabil genug war, aber sie war wild entschlossen.

So starteten wir Ende September in Genua unsere letzte gemeinsame Reise. Sie führte uns durch die Ägäis bis nach Istanbul und zurück. Wir reisten auf einem kleineren Schiff, das für etwa 400 Passagiere vorgesehen war. Dementsprechend gemütlich war es an Bord und die Stimmung war gut. Kunststück, denn an Bord waren viele jungverheiratete Paare, für die die Reederei ein Sonderangebot offeriert hatte. Aber das Essen, sonst immer einer der Höhepunkte einer Kreuzfahrt, war für Karin eine Katastrophe. Natürlich konnte sie nichts von den feinen Sachen genießen, sondern lebte nur von Suppen und einer doppelten Portion Eis. Anlässlich des Captain's Dinners tanzte ich ein letztes Mal mit ihr – abgesehen von der Tanzstunde habe ich mein ganzes Leben lang nur mit ihr getanzt; sie brach aber selbst ab, weil sie nicht mehr konnte. Ich musste auf dieser Reise erleben, wie sie beinahe täglich schwächer wurde. Es kam auf unseren Landgängen immer wieder vor, dass sie mich bat, sie zu stützen, und wir dann nach einer Sitzgelegenheit Ausschau halten mussten. In unserer Kabine habe ich ihr morgens und abends den Rücken sanft massiert, wie ich es schon vor Wochen begonnen hatte. Ich konnte so mit meinen eigenen Händen fühlen, wie sie mehr und mehr verging und schließlich nur noch Haut und Knochen war.

Ich musste die Tränen unterdrücken, wenn ich an Karin dachte, wie sie voller Leben war. Ein Bild kam in diesen Tagen immer wieder vor mir hoch und hat mich bis heute nicht verlassen:

Einige Monate nachdem wir nach Stommeln gezogen waren, hatten wir uns einen Hund angeschafft, einen französischen Basset, Olivia genannt. Als sie läufig wurde, zog sie Freier von nah und fern an. Besonders ein Schäferhund, dessen Herkunft wir nicht kannten, ließ nicht locker. Wir hatten unsere liebe Not, Olivia zu beschützen, zumal sie selbst sehr gerne auf diese Beschützung verzichtet hätte. Eines Tages, der Schäferhund lauerte wieder einmal vor dem Haus, entwischte mir Olivia doch. Als ich die Haustüre geöffnete hatte, um den Schäferhund zu vertreiben, flitzte sie an mir vorbei, dem von mir Vertriebenen hinterher, und bevor ich noch irgend etwas tun konnte, rannte Karin ebenfalls an mir vorbei, um Olivias Unschuld zu retten. Die Jagd ging über den Distel- und den Lerchenweg, vorneweg der Rüde, in zehn Meter Abstand hechelte Olivia hinterher und weitere fünf Meter dahinter sprintete Karin, als gelte es, eine Olympiamedaille zu gewinnen. An der Gartenstraße war das Verfolgungsrennen beendet: Karin konnte Olivia packen, nahm sie fest auf den Arm und schlich erschöpft, nun ihrerseits von dem Schäferhund in gehörigem Abstand verfolgt, ins Haus zurück.

Ich wünschte ihr von ganzem Herzen diese Kraft, die sie einmal hatte, die sie leben, die sie überleben lassen und die sie bei mir bleiben lassen würde. Ich hasste meine Hilflosigkeit.

Dann kam das Abschiedsdinner am Ende der Reise. Alle Gäste waren in feiner Garderobe, auch Karin in ihrem Hosenanzug aus Cannes und ich in weißem Dinnerjacket. Der Bordfotograf ging herum und machte Aufnahmen. Als er zu uns kam, gelang es ihm nicht, uns, die wir einander gegenübersaßen, zusammen auf ein Bild zu bringen und so schlug er vor, dass Karin sich hinter mich stellen sollte. Als wir das Bild dann in der Hand hatten, sagte Karin, die auf der Aufnahme auf mich herabblickte: »Ich stehe da wie dein Schutzengel!«

In Stommeln trafen wir am 10. Oktober spät abends ein und gleich am nächsten Tag nahmen wir Kontakt zu dem von unseren Bekannten empfohlenen Chirurgen in München auf. Er fragte, ob schon eine Röntgen-Schluckaufnahme von der Speiseröhre gemacht worden sei; wenn nein, so sei dies dringend nachzuholen. Nichts dergleichen war bisher geschehen, und Karins Hausärztin schrieb nun eine Überweisung zum Röntgenologen mit der entsprechenden Verordnung aus. Zwei Tage später waren wir bei ihm im Klinikum. Als er nach der Entwicklung der Aufnahme zu uns kam, wirkte er erschreckend ernst: »Es sieht nicht gut aus. Es gibt eine Geschwulst, die die Speiseröhre einklemmt. Wäre sie innerhalb der Speiseröhre, so hätte man sie vielleicht eher entdeckt.«

Wollte er mit dieser Bemerkung seine Kollegen entlasten? Wäre Karin noch am Leben, wenn einer der vielen Ärzte, die sie im Sommer untersucht hatten, auf die Idee gekommen wäre, eine Röntgen-Schluckaufnahme machen zu lassen?

Anfang der folgenden Woche ließen wir uns zum Krankenhaus Merheim auf der rechten Rheinseite fahren. Dort sollte die renommierteste Onkologische Abteilung im Kölner Raum sein. Das Wartezimmer war voll, und ich, der gemeint hatte, dass Karin sofort drankommen müsste, wollte nur schwer einsehen, dass die anderen Patienten genau so dringende Fälle sein konnten. Dann aber war Karin an der Reihe. Sie hatte die Röntgenaufnahme von ihrer Speiseröhre dabei, sodass der Professor schnell zu einem Ergebnis kam: Karzinom in unmittelbarer Nachbarschaft zur Aorta, die Speiseröhre einklemmend. Ich war bei der Untersuchung nicht dabei gewesen. Als Karin in das Wartezimmer zurück kam, sagte sie mit fester Stimme und leerem Blick: »nichtoperabel!«

Ich war außer mir, drängte mich in das Vorzimmer des Professors, erwischte ihn und schrie ihn an, wie er nach so einer kurzen Untersuchung zu einem abschließenden Urteil kommen könne. Er war von meiner Erregung völlig unbeeindruckt und wiederholte das Todesurteil: »So dicht an der

Aorta kann man nicht operieren. Stehen sie ihrer Frau zur Seite so gut Sie können.«

Auf der Rückfahrt im Taxi fragte ich Karin, ob der Professor gesagt hätte, wie lange sie noch leben könnte. Sie antwortete: »Vielleicht sechs Monate. Das wäre bis zum Frühjahr nächsten Jahres.« Als wir wieder zu Hause waren, setzte sich Karin auf das Sofa. Nach einer Weile sagte sie in den Raum hinein: »Ich wollte noch nicht sterben.«

»Karin, du darfst nicht gehen, du bist mein Leben, du bist alles, was ich habe. Bitte, sterbe nicht, lasse mich nicht alleine. Du musst leben!« All diese Gedanken rasten durch meinen Kopf, durch mein Herz, durch meinen ganzen Körper. Ich hätte sie hinaus schreien wollen, zu diesem Lieben Gott, der nicht geholfen hatte, zu den Ärzten, die machtlos waren, in die ganze Welt hinein, die weiterlebte, während mein Leben, während Karin starb. Aber ich schrie nicht, ich sagte nichts, ich setzte mich wortlos neben sie, umklammerte ihren schmalen Körper, legte meinen Kopf auf ihre Schultern, und weinte alle Tränen meines Lebens.

Als ich mich gefangen hatte, unterrichtete ich unsere Töchter. Sie schienen gefasster, als ich selbst es war. Kurze Zeit nach meinen Telefonaten meldete sich der Ehemann unserer ältesten Tochter und bestand darauf, einen Kontakt zur Nuklearmedizinischen Abteilung an der Kölner Universitätsklinik herzustellen, dessen Leiter er kannte. Das ging dann auch alles ganz schnell. Ich meldete Karin als Privatpatientin an, um einer Beratung durch den Chefarzt persönlich gewiss zu sein. Zweimal waren wir dort. Das erste Mal wurden wieder Aufnahmen gemacht, die Karin sehr mitnahmen. Beim zweiten Besuch meinte der Professor, man könne den Versuch mit einer Kobaltbestrahlung ja machen und ließ schon die maßgeblichen Stellen an ihrem Körper fixieren. Er betonte jedoch, dass es ein Versuch mit unsicherem Ausgang sei. Als sich der Professor verabschiedet hatte, sagte der Oberarzt der Station, der bei allen Untersuchungen dabei gewesen war: »Ich rate dringend von einer Bestrahlungstherapie ab, sie wird nichts bringen. Sie wird nur die letzte Zeit des Lebens Ihrer Frau zur Qual machen.« Ähnlich äußerte sich später auch der Oberarzt der Endoskopie am Merheimer Krankenhaus. Als ich ihn fragte, welche Chancen er einer Strahlentherapie gäbe, sagte er: »Um Gottes Willen, tun Sie Ihrer Frau das nicht an! Lassen Sie sie in Ruhe sterben.« Als wir die Universitätsklinik verließen, hatten wir die letzte Hoffnung begraben.

An einem der nächsten Abende sagte Karin, dass wir uns zusammensetzen sollten, weil sie ihren Schmuck auf die Töchter verteilen wolle. Die meisten Stücke hatte ich ihr geschenkt. Was war das gegen das, was ich ihr jetzt nicht geben konnte? Bei etlichen Stücken war sie sich sicher, für welche Tochter sie jeweils bestimmt sein sollten, bei anderen war sie im Zweifel und fragte nach meiner Meinung. Ich saß neben ihr und betrachtete sie, wie sie dabei war, ihr Leben, ihr Gehen zu ordnen. Ich habe allen ihren Vorschlägen zugestimmt. Ich habe nicht gefragt: »Karin, was fühlst Du?«

In den nächsten Wochen mussten wir immer wieder nach Merheim fahren, wo Karin jetzt von dem Oberarzt der Endoskopie betreut wurde, einem sehr einfühlsamen, sympathischen Arzt. Er sollte ihre Speiseröhre durch Einsetzen eines »Spunds« durchgängiger machen. Bei der dafür notwendigen Voruntersuchung stellte er fest, dass die Speiseröhre an einer Stelle kurz vor der Perforation stand. Er sagte, dass er versuchen wolle, diese Stelle durch den Spund abzudecken. Der Zweck des eingebrachten Spundes bestand letztendlich nur darin, Karin bis zu ihrem Tod die Einnahme von flüssigen Speisen zu ermöglichen. Der Eingriff war unter Vollnarkose vorgenommen worden. Bis zum Aufwachen und bis zur Regulierung ihres Kreislaufs wurde sie im Rollstuhl in ein kleines Zimmer geschoben, in das die fürsorglichen Schwestern für mich einen zweiten Rollstuhl stellten.

Es war etwa zu dieser Zeit, als Karin meinte, dass sie dringend Garderobe brauche, da sie aus ihren Sachen heraus fallen würde. Wir fuhren zu einer Boutique in Pulheim, wo sie sich einen Rock und eine Hose kaufte, die aber beide enger gemacht werden mussten. Karin hat die Hose, nicht mehr aber den Rock getragen. Die Zeit, die ihr jetzt noch bleiben sollte, war zu kurz bemessen. Wir hatten beide noch an das Frühjahr geglaubt.

Sie wurde immer weniger, sie verlor mehr und mehr ihrer Kraft. Aber immer wieder zwang sie sich körperliche Leistungen ab, so zum Beispiel, wenn sie in den Garten ging, um einige Arbeiten zu verrichten. Ich erinnere mich, als sie zum letzten Mal aus dem Garten kam, erschöpft aber glücklich. »So, das war's. Jetzt kann ich nicht mehr!«

Anfang November ging es Karin immer schlechter. Unsere Töchter kamen zurück nach Stommeln, um sich um ihre Mutter zu kümmern. Mit mir war nichts mehr los. Ich versuchte, zu tun, was ich tun konnte, aber ich konnte nicht mehr viel. Karin war meine Stütze gewesen, ohne sie musste ich erst wieder laufen lernen. Ich fand nicht die Worte, die ich ihr gerne gesagt hätte, ich fand nicht die Stärke an ihrer Seite zu sein, ich war einfach nur verzweifelt. Ich weiß, dass Karin das weiß und ich weiß auch, dass ihre Größe die meine war.

Fast 39 Jahre waren wir verheiratet. Unsere Ehe war voller Harmonie und – trotz unserer vier Kinder – geprägt von einer innigen Verbundenheit und erfüllenden Zweisamkeit. Eine meiner Töchter hat einmal gesagt, sie denkt, dass Karin auch vieles schlucken musste. Ich kann das nicht beurteilen, Karin hat sich mir gegenüber nie in dieser Weise geäußert. Eines aber kann ich mit Sicherheit sagen: «Karin war mein ganzes Glück.« Ihre letzten Worte, die sie am Morgen ihres Todestages an mich richtete, waren: «Kurt, ich habe dich sehr, sehr geliebt, all die vielen Jahre.« Sie geben mir die Hoffnung, dass auch ich ein Teil ihres Glücks gewesen bin.

Im Gegensatz zu den anderen Ortschaften der näheren und weiteren Umgebung zwischen Rhein und Eifel ist Stommeln vor einigen tausend Jahren von der Eiszeit begünstigt worden, die beim Rückzug mit ihren Ablagerungen für eine wellige, ja, hügelige Landschaft gesorgt hat. Die höchsten Erhebungen sind der Mühlenberg und der Kirchberg. Auf dem ersteren steht unsere geliebte Mühle, auf dem anderen ist in gotischem Stil die alte katholische Kirche erbaut worden, umgeben von einem schönen Friedhof, auf dem auch die Urne mit Karins Asche beigesetzt ist.

Epilog

Sechs Monate nach Karins Tod bin ich in ein Seniorenheim nach Hamburg gezogen, wo einer meiner Töchter lebt. Das Haus in Stommeln und die Ferienwohnung in Cap d'Agde wurden verkauft. Die Jahre nach Karins Tod waren schwer, voller Einsamkeit und Trauer. Sie fehlt. Mittlerweile bin ich 85 Jahre alt und das Leben geht weiter. Es gibt Tage, an denen weiß ich nicht, ob ich das will und Nächte, in denen ich immer und immer wieder den gleichen Traum träume: Ich bin allein und laufe einen Weg entlang, von dem ich nicht weiß, wohin er führt. Der Weg endet jedes Mal an einer Stelle, wo es für mich kein Weiter gibt, an einem Abgrund hinter einem einsamen Gehöft. Ich will weitergehen, aber finde den Weg nicht mehr und kenne auch kein Ziel – und dann werde ich wach.

Das Ziel meines Lebens war das Leben mit Karin. Durch ihren frühen Tod endete dieser Weg in einem Abgrund, vor dem ich nun stehe und – wenn ich in ihn hinein sehe – vielleicht meinen eigenen Tod betrachte. Ich bin nicht bange, ich habe keine Angst vor ihm. Vielleicht werde ich danach Karin wieder begegnen. Ich weiß es nicht, aber es ist ein schöner und tröstlicher Gedanke.

Mein Leben geht einen gleichförmigen, ruhigen Gang. Ich bin wieder der Eigenbrötler geworden, der ich schon in meiner Kindheit und meiner Jugend war. Meine Kontakte im Heim beschränken sich auf die mittäglichen Tischgespräche über das Wetter, die Krankheiten meiner Tischnachbarn und das eine oder andere kleine Erlebnis, das ab und zu dem einen oder anderen widerfährt. Besuche erhalte ich regelmäßig von meinen Töchtern und manchmal auch von meinen Enkelkindern. Aber sie leben ihr eigenes Leben, was auch gut so ist.

In den ersten Jahren unternahm ich noch kleinere Reisen. Einmal bin ich einen Tag mit dem Zug nach Berlin gefahren, um die Stätte meiner Kindheit und Jugend und der ersten Jahre mit Karin zu besuchen. Das Roseneck hat sich nicht sehr verändert, abgesehen davon, dass der schöne Hohenzollerndamm eine mehrspurige Straße geworden ist, und vielleicht noch, dass die kleine Rennstrecke meiner Kindheit, die auf dem Riffelpflaster rund um unser Haus führte, durch die Einfahrt einer Tiefgarage unterbrochen ist. Besucht habe ich niemanden. Aus meiner Jugend lebt niemand mehr, den ich heute noch kenne – der Krieg hat das Seine dazu beigetragen.

Zweimal im Jahr fahre ich noch immer nach Köln und Stommeln, jeweils an Karins Geburts- und Todestag. Dann treffe ich mich mit meinen in Köln lebenden Töchtern zu einem Abendessen. Auch meine Kölner Freunde besuche ich an diesen Tagen, und wenn ich nach Stommeln komme, fühle ich mich wieder zu Hause.

Meistens aber sitze ich auf meinem Fernsehsessel, höre Musik oder lasse mir ein Buch vorlesen, eines dieser Hörbücher, die es mittlerweile gibt.

Mit der Erzählung meiner Geschichte habe ich vier Jahre nach Karins Tod begonnen. Es waren erfüllte und manchmal auch bewegende Stunden. Ich hatte ein glückliches Leben.

Hamburg, im Sommer 2006